Joachim Seyppel
Die Streusandbüchse

JOACHIM SEYPPEL

DIE STREUSANDBÜCHSE

Roman aus der Mark Brandenburg

ULLSTEIN

CIP-Titelaufnahme der Deutschen Bibliothek
Seyppel, Joachim:
Die Streusandbüchse – Frankfurt a. Main; Limes 1990
ISBN 3 8090 2291 8

Alle Rechte vorbehalten
© Limes Verlag im Verlag Ullstein GmbH,
Frankfurt a. Main/Berlin 1990
Satz: Fotosatz-Service Weihrauch, Würzburg
Druck und Verarbeitung: Ebner Ulm
Printed in Germany 1990
ISBN 3 8090 2291 8

Inhalt

1. Gesang	Vom Unruhigen der Seele oder in Lübben	9
2. Gesang	Baedeker oder Furcht und Hoffnung zu Schlepzig	19
3. Gesang	Der Gurkeneinleger oder Träume zu Lübbenau	27
4. Gesang	Sandmann oder die Monade zu Fürstenwalde	38
5. Gesang	Mit Paul Gerhardt nach Mittenwalde	45
6. Gesang	Mit Witwe Pittelkow zum Teupitzer See	57
7. Gesang	Am Ende nur Märkische Namensmusik	66
8. Gesang	Where the hell is Frankfurt an der Oder	80
9. Gesang	Oderfahrt aus Liebeskummer von Stettin bis Crossen	91
10. Gesang	Bei Dr. med. G. Benn, Mansfeld und Zielin	106
11. Gesang	Der Maler der City aus Birnbaum	114
12. Gesang	Zwischenspiel des Dr. jur. F. Kafka am Fichteberg	122
13. Gesang	In Stalins Bett oder die Windhunde von Sanssouci	130
14. Gesang	Das alte Fräulein oder Café Heider	137
15. Gesang	Stine aus Treuenbrietzen	144
16. Gesang	Auch nur eine deutsche Landschaft	157
17. Gesang	Nostalgietour über Birnbaum ans Chinameer oder die Föderative Eurasische Union	173
18. Gesang	Zufällige Anteilnahme	192

Das Kleingedruckte, das sowieso niemand liest,
oder Statt eines Nachworts
Letzter Gesang   In Sachen Franz Fühmann   194

Landkarte: Fontanes Mark Brandenburg   200

Hinweise   202

der Garten in polnischem Besitz
die Gräber teils-teils
aber alle slawisch,
Oder-Neiße-Linie
für Sarginhalte ohne Belang

Gottfried Benn

In memoriam
Hans Scholz
Volker von Törne
Franz Fühmann
Wolfdietrich Schnurre

1. Gesang

*Vom Unruhigen der Seele
oder in Lübben*

Ich hatte etwas verloren, und ich wußte nicht, was.

Etwas wirst du schon finden, dachte ich und beschloß, suchen zu gehen. Es fügte sich, daß ein Brief eintraf, ein Herr Mroß hatte ihn abgeschickt.

»Wir haben Ihre Sendung erhalten«, schrieb er, knapp und klar, und fuhr dann bedeutungsvoll fort, »wenn es Ihnen bei uns gefällt, wollen wir hoffen, sind wir einverstanden.«

Das ist, überlegte ich, Paul Mroß, wie er leibt und lebt. »Für eine Person und eine Nacht zahlen Sie drei Mark fünfzig; im Hotel vier Mark fünfzig ohne Kaffee«, fügte er hinzu. »Also Frühstück ist bei uns auch nicht mit drin. Sie haben bei uns aber Gas, so ist es nicht schwierig, sich Kaffee zu machen. Was wir für Sie tun können, wird selbstverständlich auch getan werden, soweit dies bei uns möglich ist, denn meine Frau ist auch berufstätig.«

Der Brief trug einen Stempel, »Genossenschaft der Kahnfährleute«, was beruhigte. Ein Nachsatz stimmte jedoch bedenklich. »Eines möchte ich Ihnen aber noch mitteilen«, hieß es drohend, »Am 23. März ist bei uns eine Geburtstagsfeier, da geht es bei uns immer ein wenig lustig her. Wenn Sie dies an dem Tage nicht sehr stört? Sie müssen das wissen!«

Voll dunkler Ahnungen reiste ich ein. Ich nahm die Eisenbahn und fuhr auf der feudalen Strecke von der Friedrichstraße über den Alexanderplatz nach Königs Wusterhausen. Hier stieg ich um. Kurz hinter Königs Wusterhausen lag die kleine Station Bestensee mit dem hölzernen Unterstellraum und dem Bahnübergang, der auf die Landstraße führte zum Weg neben der

Gastwirtschaft, wo es zu Wald und See ging und dem Sommerfrischenhäuschen von Tante Martha und Onkel Theo, aber alles schien einige Meter oder Zentimeter kleiner geworden, wie es immer scheint, wenn wir Orte unserer Kindheit wiederfinden. Dann das Dorf Lubolz, geduckte braunschwarze Katen, ein bäuerlicher Reiter galoppierte aufs Feld, vor ihm der schwarze, kläffende Spitz. Warte, mußte ich denken, so kommst du mir, alter Fährmann, gaukelst mir Potemkinsche Dörfer vor?

Gerade hatte ich mich erst dem Rhythmus der Räder angepaßt, die Andersartigkeit der Abteile studiert, fremde Reklamen, seltsame Fotos, Mitreisende in anderen Schuhen und anderen Joppen, wurde selber aufmerksam gemustert, als sich plötzlich ein Bahnhofsschild vorbeischob. »Lübben« stand drauf. Eine Stunde und fünfzehn Minuten bis hin zu einem der entferntesten Punkte der Erde? Weiter als Karibik, Südafrika, Philippinen, Melbourne? Am Tag vor der Abreise hatte ein Bekannter, der zufällig Apotheker und Schriftsteller in einer Person ist, neugierig gefragt, wohin es denn gehe, und auf die Antwort »In den Spreewald«, wo er sicherlich »Venedig« erwartet hatte, mit ebenso elegischem wie zynischem Gesichtsausdruck erwidert: »Guter Witz!« Ja, denke ich, um die Wahrheit zu verbergen, was notfalls sein muß, scheint es am besten, sie rundheraus zu sagen; man glaubt sie ja ohnehin nicht.

Es fiel Regen, der in Schnee überging. Der niedergedrückte oder deprimierte Qualm der uralten Dampflokomotive, die noch nach Görlitz wollte, und der Rauch aus zahllosen Schornsteinen verhüllten vieles vom Bahnhof. Es war das bekannte alchimistische Frühlingswetter dieser Breitengrade.

»Von uns ist jemand am Bahnhof«, hatte Herr Mroß brieflich versprochen. »Sie werden ja sehn, ein Fahrrad mit einem Fahrradanhänger«, denn es sei »eine halbe Stunde zu laufen, eventuell noch mit Koffern?«

Nun schauten wir uns in der verdeckten Stationslandschaft

um. Ich hatte zur Sicherheit meine Tochter mitgenommen, vierzehn Jahre jung, womöglich hatte sie sich romantischen Vorstellungen von Spreewaldtrachten nach dem ausländischen Schulbuch hingegeben; sie blickte nun enttäuscht auf ein eher alltägliches Vorplatzgewimmel, wo ich aber schon Spuk zu erkennen meinte. Die Realisten in der Familie, Frau und Sohn, dieser bereits sechzehn, entdeckten am Ausgang einen Menschen, eine Einheimische mit lustigfaltigem Gesicht, die uns kritisch musterte: so wenige Personen und so viele Koffer? Konnten das nicht nur die von weit aus dem Westen her, dem Abendland, sein? Was mich betraf, ich erspähte draußen an der Bahnhofswand etwas anderes, das Mroßsche Fahrrad mit dem bewußten Fahrradanhänger, und daran hielt ich mich fest, resolut rollte er vor uns her, und wir trabten tapfer hinterdrein.

»Wo der Wendenkönig geboren ist und bei wem er in der Jugend bis zu seinem fünfzehnten Jahr gelebt hat, vermag niemand mehr zu sagen«, sprach Frau Mroß, zu den aufmerksam lauschenden Kindern gewandt. »Eines Abends ist er in der Tracht eines Hirten in ein abseits gelegenes Gehöft getreten. Das Gehöft wurde von einer Witwe, meiner Mutter, und uns, ihren Töchtern, bewohnt. Es befanden sich alle Hausgenossen, da es Winter war, in der Stube am Ofen, als wir den Hofhund außergewöhnlich laut bellen hörten. Von weitem ließ sich der feste Schritt eines Wanderers auf dem hartgefrorenen Boden hören. Als sich aber die Schritte dem Haus genähert hatten, verstummte der Hund plötzlich. Bald darauf trat der Fremde ins Zimmer, und die Witwe bewillkommnete ihn. Sie bot ihm an, er möge die Nacht im Hause bleiben, was er annahm. Am anderen Morgen betrat die Witwe ihren Hof; wie gewöhnlich ging sie zuerst zum Hund und liebkoste ihn, allein diesmal gab derselbe keinen Laut von sich, und sie bemerkte zu ihrem Schrecken, daß er stumm war. Kurze Zeit darauf betrat auch der Fremde den Hof, sah, daß der Hund krank war, und versprach, ihn zu heilen. Als dies nach einigen Tagen geschehen war, sprach man bald im ganzen Dorf davon. Man brachte dem Fremden viel krankes Vieh, er aber heilte alles. Nun traf es sich, daß in der Schenke Tanz war, an dem der Fremde teilnahm. Es kam zum Streit, vom Streit zur Schlägerei, die Burschen wollten den Fremden hinauswerfen, der freilich zeigte eine furchtbare Kraft und warf immer zwei der Burschen zur Tür hinaus, so daß er zuletzt mit den Tänzerinnen allein in der Schenke blieb. Kurze Zeit danach verließ er das Dorf. Es schien nun, als ob aller Segen vom Dorf gewichen sei. Krankheiten trafen Mensch und Vieh. Und niemand konnte helfen. Da begann man sich nach dem Fremden zu sehnen, und man sprach fortan nur noch von ihm, vom Kral. Eines Tages trug es sich zu, daß der Fremde wieder erschien. Wo hinfort eine Krankheit ausbrach, holte man den Kral, und der heilte Mensch und Tier. Dafür erhielt er Geld, und er sparte sich eine tüchtige Summe. Er machte sich auch beliebt, weil er zum Tanz aufspielte, wie beim Erntefest. Und er schlichtete Streitigkeiten. Ein Kreis von Männern und Jungen bildete sich um ihn, die ihn auf seinen Streifereien begleiteten. Einst entbrannte zwischen ihm und den Bauern eine Fehde, doch alle Geschosse prallten vom Kral ab, obwohl der nur Holzstiefel und einen blauen Leinwandkittel trug. Die Bauern, sofern sie nicht gefallen waren, mußten dem Kral, der sich jetzt König nannte, in Burg auf dem Berg ein Schloß bauen. Nach fünfzig Jahren versammelte er seine Getreuen um sich und sprach, er würde sie verlassen, und niemand werde erfahren, wohin er sich wende. Man erzählt, seine Seele habe im Grabe keine Ruhe gefunden, deshalb sieht man auf dem Burgberg öfter die Flammen lohen.«

Wir wanderten hinter dem Fahrrad nebst Anhänger her durch den Stadtkern, zerschossen, denn noch im Mai eines gewissen Jahres mußten Kinder, Krüppel, Greise, Pensionäre im Volkssturm den Endsieg verfechten. Geblieben der Gasthof »Zum Goldenen Löwen«, die spätgotische Backsteinkirche am Markt nebst Denkmal für den Liedermacher Paul Gerhardt und die dunkle Erinnerung, der Dichter der beziehungsreichen Verse »Befiehl du deine Wege« könnte hier vor rund dreihundert Jahren verstorben sein.

»Nun ja, einst hieß dies ja wohl Lubin oder Lubens, und ich, ich hieß Krawak, bis ich den jungen Mroß nahm«, sagte die Frau, »und die Spree, die mündet hier in die Berste! Damals, als ich klein war, gab's so an die zehn jüdischen Familien, in Garnison das hübsche Jägerbataillon Nummer drei, Synagoge, Höhere Töchterschule, Hebammeninstitut, die Idiotenanstalt, Tricot-, Pappen-, Zigarren-, Schuhfabrikation, Schloß und Ständehaus, aber zusammen mit Stadtmauerresten besteht nun Lübben zumeist aus Neubauten aus vorgefertigten Teilen, Ordnung muß ja wohl sein!«

Am Dreilindenweg empfing uns Herr Mroß, hager, gebückt, Gesicht zerfurcht, und ich entsann mich des vergilbten Fotos im Album zu Haus: Langer schwarzer Kahn, in Kahnmitte eine Kaffeetafel, darauf Kaffeekanne unter riesigem Wärmer und der Napfkuchen. Dreizehn Personen saßen drum herum. Hinten Onkel Böttcher, Besitzer des Schützenhofs und Alter Kämpfer, doch hatten ihn die Nazis nach der Machtergreifung nicht berücksichtigt, weil er Quartalssäufer war, seine Frau falsches Deutsch sprach und die Kinder die Hilfsschule in der Filandastraße besuchten. Neben ihm Tante Emma, die Herrin der Albrechthof-Lichtspiele Steglitz, heute der Kreisel. Dann zwei Damen, deren Namen mir entfallen sind. Das Ehepaar Pötsch, bekannt als Vegetarier und Kommunisten. Wieder eine Vergessene. Nun Frau Böttcher vom Schützenhof. Meine Mutter. Tante Martha, die Schwester meiner Mutter. Tante Mariechen, Albrechtshof-Erbin, doch mit einem Halbjuden verheiratet. Und vorn der Chauffeur, »*Herr* Lippold« mußte ich zu ihm sagen, er faselte viel vom »französischen Erbfeind«, lenkte den hohen Mercedes mit Trittbrett, der zum Albrechtshof gehörte, und fuhr uns zuweilen nachts auf Geheiß von Tante Emma nach Haus, von meinem sozialdemokratisch angehauchten Vater widerstrebend, doch weil es sich so gehörte, mit einem Trinkgeld bedacht. Da war sie also, die ganze Mischpoche, oft verfeindet, immer wieder sich zusammenraufend, Großkapitalisten und Rote, jüdisch Versippte und Antisemiten, wie war dies möglich gewesen? Die abwesenden Männer mochten eine Herrenpartie machen oder bei Kaffee-Schulze auf der Kegelbahn sein. Abends fuhr man zurück, durchgeschwitzt, glücklich und eingeregnet, Herr Lippold in olivgrüner Uniform hinterm überdimensionalen Steuerrad, an der riesigen schwarzen Gummihupe, prahlte von seinem Kompressor, das schwarze Verdeck war zurückgeklappt, die Damen schliefen hinter Autobrillen und unter Autohauben, die Herren rissen Zoten, der Mercedes suchte mit seinen Scheinwerfern auf naßglänzenden Chausseen zwischen schwarzen Bäumen die Spuren vor dem lichter werdenden Großstadthimmel, während unsereiner in Kniestrümpfen und kurzen Hosen am Unterleib fror, aber heiße Wangen hatte. Und was das Wichtigste auf dem Foto war: der junge, hagere, lustige Fährmann, der auf dunklen Fliesen die Kahnpartie rudernd oder stakend in Bewegung gehalten hatte, der jugendliche Paul Mroß?

Herr Mroß blickte mich mißtrauisch an. War er es vielleicht, der etwas verloren hatte, und nicht ich? Suchte er nach etwas, von dem er nicht genau wußte, was es war? Kam im März jemand hierher, der es nicht unbedingt mußte? Mußte denn im März jemand eingeladen werden, der dies womöglich gar nicht gewollt hatte?

Wie im Roman der Held, so begann auch ich nun den Blick auf die Sondersituation zu richten, in der ich mich befand. Und welche Fülle von Denkwürdigkeiten! Zunächst einmal am Straßenrand die Kursächsische Postmeilensäule von Anno 1735, sie wies nach »Calau vier Stunden«, woher also die Kalauer kamen, »nach Berlin achtzehn, nach Magdeburg vierzig, nach Prag achtundfünfzig« Stunden. Anleitung, mußte ich denken, zur

Republikflucht? Am Wege standen Bürger- und Ackerbürgerhäuser des achtzehnten Jahrhunderts mit dem berühmten märkischen Stuck für die Hermes und Zeus, zu Krankenhaus und Schule konvertierte Kasernen, am Portal noch der rote Adler und das Regimentswappen.

»Niemand weiß, wo er sich befindet«, sagte Herr Mroß, »solange er sich nur immer bewegt, ohne eigentlich den Ort zu kennen, durch den er ja nun einmal muß! Was die Mark Brandenburg betrifft, die in ihrer sozusagen klassischen Gestalt, die hatte ja die Form eines Adlers, der auf den Landkarten noch dazu in roter Farbe gemalt war. Rot ist eben stets in Mode, und deswegen darf auch der Adler an der Kaserne bleiben, choroscho?«

Dann begann er zu singen, ein altes Lied. »Steige hoch, du roter Adler, hoch über Sumpf und Sand, Sumpf und Sand –«

Und mitgerissen fiel ich ein: »– hoch über dunkle Kiefernwälder, heil dir, mein Brandenburger Land!«

Er legte den Zeigefinger auf die Lippen, als wäre das Lied verboten, und fuhr dann mit seiner Erklärung fort. Diesem Adler seien aber die Schwingen gestutzt worden. Verloren habe der Raubvogel fast ein Drittel seines Körpers, der sich nun östlich, jenseits von Oder und Neiße, befinde, die Neumark mit Landsberg an der Warthe, Grenzmark Posen mit Schwerin und Meseritz an der Obra, Niederlausitz mit Sommerfeld an der Lubst und mit Sorau im südöstlichen Zipfel des Lausitzer Grenzwalls gegenüber Schlesien –

Hören Sie auf! wollte ich schreien. Mir schwindelt bei all diesen Namen! Er schien meine Gedanken zu erraten und schloß leise, wie zu sich selber: »Alles Ausland.« Erinnerungen stiegen hoch. Da waren sie, die Treibhäuser aus meiner Jugend, die für Frühgemüse, für Spargel oder Salat an der Treppendorfer Landstraße. Da war es, das Renaissanceschloß derer von Lynar mit dem romantischen Wehrturm, jetzt Spreewaldmuseum. Dort das Ständehaus aus dem Barock; ich hatte schon Herrn Mroß nach dem Bau gefragt, und er hatte gemurmelt: »Nu, die Sparkasse!« War das Gasthaus Kaffee-Schulze im Stadtpark alt und echt? Einritt in die Gegenwart. Der kunstvolle Kachelofen strömte eine mollige Wärme aus, der hundert Jahre alte eiserne Ofen, der im Hinterzimmer glühte. Das Kaffeegedeckporzellan war echt, echt an der Wand die Karpfenplatte mit dem Spruch: »Fischlein, die ihr schnell wie die Zeit enteilt,/ den Silberstrom mit gold'nen Rudern teilt,/ Ihr, Bild der Freiheit, lebensfrische Fische,/ Wie lieb ich Euch – gebraten auf dem Tische!«

Einst gab's im August im Strandbad Wannsee von Berlin die frischen Lübbenauer sauren Gurken, es gab sie in jedem Faß vor jedem Kolonialwarenladen an der Spree, sie schmeckten köstlich und enthielten keine Konservierungsmittel. Im HO-Laden an der Ecke spürte ich ein Siebenpfundglas voller saurer Gurken auf. »Liebe Oma!« schrieb die Tochter nach Haus. »Es ist herrlich ruhig hier. Doch gestern nacht ging es laut her. Unsere Wirtsleute kamen leicht angeheitert von irgendeiner Jahreshauptversammlung zurück, auf der es ziemlich kunterbunt zugegangen sein muß, was wir ihren Erzählungen, die um zwei Uhr nachts zu uns hereindrangen, entnommen haben; und ich konnte sowieso nicht schlafen, weil ich mir gestern abend den Magen an Daddys süßsauren Spreewaldgurken, für die er doch so schwärmt, gründlich verdorben habe, und nun soll ich, sagt Herr Mroß, gedörrte Knödelbirnen nehmen, die als besonders heilsam gegen Durchfall gelten. Was meinst Du?«

Oft beobachtete ich den Leiter des HO-Ladens an der Ecke, wie er wütend den Knirpsen nachblickte, die, nach Schulschluß auf dem Heimweg, in seine Fässer mit sauren Gurken gepinkelt hatten. Einmal erwischte er einen, und es setzte mächtig Prügel. Eine Dame stellte ihn darob zur Rede. »Det machn die Bengels jedn Tach!« schimpfte er. »Imma, wennse bei mir vorbeidefilieren, pinkelnse rin. Nu schad det die Jurken nischt, aba wat soll der Quatsch!«

Bei Mroßens herrschte eine ländliche, eine seltene Geborgenheit, in dem einstöckigen Häuschen am Weg und Feld, in dem Zimmer mit den schweren Betten und dem hohen Federzudeck. »Nachts hält eine Jalousie unser Zimmer dunkel«, schrieb die Ehefrau nach Haus, ihre Eltern waren ebenfalls im Osten geboren, doch noch viel weiter östlich, in Warschau und in Zamosc, Juden, die ins Gelobte Land ausgewandert waren, die Tochter in New York geboren. Suchte sie nun gleichfalls nach abhandengekommenen Dingen, nach verlorener Zeit, nach ihrem Roman, ihrem Schtedtl, ihrem Schatten? »Und wir schlafen bei der herrlichen Stille bis ganz spät. Die Brötchen stehen dann schon unten in der Küche, die holt jeden Frühmorgen die Tochter der Mroßens, Kaffee haben wir uns mitgebracht, denn der ist hier teuer, und auch Trinkschokolade, und wir brühen beides selbst auf.« Klamm war morgens die Bettwäsche, der Ofen ausgegangen, um so heißer der Türkentrank, gekocht mit Spreewaldwasser, das sich, wie es heißt, so gut zur Taufe eignet. Abends war der Sohn drüben bei Herrn Mroß. »Herr Mroß spielt Schach«, berichtete er, »denk mal an, hier im Spreewald! Und er hat einen Tisch mit eingelassenem Schachbrett, so groß wie ein Rauchtisch!« Ab und zu betrachten wir uns erneut mit äußerster Nachdenklichkeit, mit Nachsicht und auch mit Mißtrauen. »Wo ist der Sitz der Seele?« fragte Herr Mroß. »Im Zwerchfell? In der Wade? Wo! Sie sind doch ein gebildeter Mensch, und nun sagen Sie mir, wo!«

Seine Frau murmelte etwas vor sich hin. »Was du da redest, Mann! Was die alte Fika gewesen ist, das war eine Frau, die gern Tabak rauchte. Sie hatte immer etwas Sonderbares an sich, weshalb man sie mied. Ihren Tod hat sie in der Branitzer Lache gefunden. Fortan wagte sich niemand mehr an die Lache, wo sie ertrunken war. Nun geschah es einmal, daß ein Hirt sich verirrte und seine Grauschimmel in der Nähe der Lach weidete. Früher hatte er gehört, daß es mit der Fika nicht richtig gewesen wäre, daß er aber von ihr, seit sie gestorben war, nichts mehr vernommen hatte, so glaubte er nicht daran, sondern rief in seinem Obermut: Fika, willst du nicht eine Pfeife Tabak rauchen? Zwar rührte sich nach diesen Worten nichts in der Lache, als er sich nach seinem Schimmel umsah, war der verschwunden. Nun suchte er überall nach seinem Pferd und fand es endlich in der Nähe der Lache. Sofort bestieg er es, um nach Hause zu reiten. Kaum aber saß er drauf, wurde es immer größer und größer, so daß er nicht mehr absteigen konnte. Da merkte er zu seinem Schrecken, daß es ein Gespenst war, auf dem er ritt, und also hatte sich die Seele der alten Fika gerächt. Denn die Seele, das ist das, was nicht ruhen kann, das ist die Seele, Mann, und wer daran zweifelt, der kann mal an die Branitzer Lache gehen, dann wird er sein blaues Wunder erleben!«

2. Gesang

Baedeker oder Furcht und Hoffnung zu Schlepzig

Über die Pfaffenberge führte scharf gen Norden ein Weg tief in den Spreewald hinein. Wir überholten einen Wanderer, der uns bat, etwas langsamer zu laufen, wie er versprach, sich ein wenig zu beeiilen, und derart würden wir zusammenbleiben. »Die ersten Anregungen zu diesen Wanderungen«, meinte der nicht mehr junge, doch rüstige Herr, »sind mir auf Streifereien in der Fremde gekommen. Und außerdem, wie wird wohl die Welt in hundert Jahren aussehen? Ob man sich dann noch unser entsinnt? Denen nach uns Bilder zu bieten, bin ich hier unterwegs.« Die hohe Stirn, das schüttere, mit Wasser in den Nacken zurückgekämmte Haar, leichte Glubschaugen, eine seelenvoll lange Nase, der Mund durch einen garstigen Schnauzer verdeckt, die Kleidung eher bürgerlich und altmodisch, um den Hals Vatermörder mit schwarzer Binde: Der Mann hatte etwas Grantiges an sich, gemildert durch gelegentlichen Galgenhumor.

Jetzt zügig, dann länger verweilend, durchquerten wir den noch immer mehr Wald denn Spree aufweisenden Unterspreewald. Kahlschläge unterschiedlichen Ausmaßes wurden durch Schonungen getarnt. Im Bruch deutete sich ein schmaler Pfad an zu einem fernen Dorf, doch die Wiesen, die von Hartmannsdorf, waren überschwemmt, Sturm trieb uns zurück zu den zwei Dorfkrügen, die – sonnabend mittags! – beide geschlossen hatten. Wütend wetterten wir auf diese Ungastfreundlichkeit – war denn dies der Staat der Arbeiter und der Bauern und sonstiger Menschen, der sich so selbstgefällig im Licht seiner Humanität sonnte? »Ja und mein vielgeliebter Adel?« Der ältere Herr sah mich entrüstet an, als hätte ich den Adel in Schutz genommen. »Von dem bin ich schon lange abgefallen! Beleidigend unangenehme Selbstsüchtler von einer mir ganz unverständlichen Borniertheit, an Schlechtigkeit nur noch von den schweifwedelnden Pfaffen übertroffen, von diesen Teufelskandidaten, die uns diese Mischung von Unverstand und brutalem Egoismus der Zeit als Ordnungen Gottes aufreden wollen! Sie müssen alle geschmort werden. Alles antiquiert!«

Oho, dachte ich, war dies denn humaner? Anderswo mochte der Adel sein, wie ihn der Alte beschrieb, hierzulande gab es ja gar keinen mehr, aber anderswo waren die Theologen, besonders jene der Befreiung, gar keine so üblen Leutchen – nun aber gleich alle miteinander *schmoren*?

Die Kinder retteten die Situation, Abenteuerlust hatte sie gepackt, und sie schlugen vor, die für Fußgänger verbotene Bahnbrücke nach Beeskow auf den Geleisen balancierend zu überqueren und dann auf der Chaussee weiterzuwandern; derart hätten wir das Überschwemmungsgebiet umgangen. »Und Ihre Kinder«, mäkelte der alte Herr, »die müssen auf diese strapaziösen Touren mit, bloß weil auch Sie einmal mit Ihren alten Herrschaften mitmußten und weil Sie ungeheuer sentimental sind?« Die Teenager waren schon vorgelaufen. Rechts im Wald Uniformen, Soldaten der Roten Armee, unser Begleiter murmelte: »Russen? Wie kommen die denn her!« Geduckt hetzten wir über die Bahnschwellen auf der Brücke, über die hier sehr breite Spree vorbei an Verbotstafeln in die schützende Börnichen Heide hinein, wachsam oder mißtrauisch beäugt von Hunderten weißer Wasservögel, die mit den Roten wohl unter einer Decke steckten.

Mit dem Wanderstock deutete unser Führer, der sich glänzend auszukennen schien, über das Gewirr der Fließe nach Schlepzig, wo wir ein hölzernes Spreewaldhaus sahen, ein echtes Blockhaus. Empire State Building New York, Kaiser-Wilhelm-

Gedächtniskirche Kurfürstendamm, und nun Sorbenarchitektur? Genuß eines *richtigen* Dorfes: keine Schwarzwaldrestauration, keine Lüneburger Fassade, und das gab es nun wirklich noch? Eine sandige, breite Dorfstraße zwischen flachen Katen, nirgendwo Menschen, denn ein echtes Dorf scheint verlassen, doch viele neugierig aggressive Gänse, noch leere Storchennester, schiefe hölzerne Stallgebäude mit charakterisistisch geschnitzten Galerien, ein Kirchtürmchen, scharfe Klänge von Mistgabeln, sehr viel Geruch nach Dung, Heu, Kindheit, Trauer und Geborgenheit, alles etwas verkommen, wie das Leben, aber herzig, wie die Liebe. Wo war denn da die Veränderung, die technische und politische Revolution, die Kollektivierung und das zwanzigste Jahrhundert? fragte ich mich.

»Ja, aber wo ist denn da *mein* Jahrhundert?« rief unser Führer verwundert aus. »Wahrlich, mich deucht, daß das Hineingucken allein es nicht macht! Denn wie mir neulich ein Freund sagte: ›Man sieht nur, was man weiß‹. Ich trete in eine Kirche, sie hat eine neue Glocke, die hundert Thaler kostete, eine Altardecke, gestickt von Fräulein von Sowieso, und fünf alte Grabsteine, die halb zerbrochen im Kirchenschiff liegen. Der Küster wird mir etwas vorschwatzen, und ich werde derweilen achtlos über Steine hinschreiten, unter denen vielleicht ein Quitzow oder ein Uchtenhagen ruht! Ich werde die Steine nicht sehen, weil ich von ihrer Bedeutung keine vorgängige Kenntnis hatte. Ich habe dies bereits im Jahr achtzehnhundertdreiundsiebzig gesagt, und ich wiederhole es heute.« Was er eigentlich von Beruf sei, erkundigte ich mich bescheiden. Er habe Apotheker gelernt, sei aber als Kriegsreporter, Korrespondent und Theaterkritiker tätig geworden, im übrigen Ehemann und Vater!

»Und Sie? Was treiben Sie?«

Da wir eben den Gasthof erreichten, konnte ich die aggressiv klingende Frage ignorieren. Vom Regen durchnäßt, verspätet, durchfroren, ärgerlich, hungrig und müde und doch gar nicht etwa unglücklich, betraten wir die dörfliche Gralsburg. Es gebe, sprach Frau Wirtin an der Theke, »nur noch Schnitzel!« Dankbar sahen wir ihr ins Auge. Bis das Schwein geschlachtet und gebraten war, musterten wir den mumifizierten sechzehnpfündigen Hecht an der Wand, den wir für einen Hai gehalten hatten. Nackte Weidenäste winkten uns durchs Fenster zu, die graubraunen Wiesen ließen Tupfen von Grün aufschimmern, und mir schien, als hätte ich auf dem Wege den scharfen, kalten, frischen Wind getrunken wie Wasser. Bleischwer der Himmel, eilige, weiße Wolken, ab und zu eine blaue, offene Fläche dazwischen, Birken und Erlen in Erwartung des Frühlings.

»Die Störche kommen frühestens am ersten April«, bemerkte unser Begleiter, wir nickten, mit den Schnitzeln beschäftigt. »Und kaum vor dem Ostersonntag, dieses Jahr, der früheste Termin überhaupt!« fuhr er kauend fort. Nach dem Mahl vertraten wir uns am Kreuzungspunkt von Hauptspree und Quaas-Spree die Beine. Der Junge hatte einen herrenlosen Kahn gefunden, ihn losgemacht und ruderte über den Fluß, bis der Besitzer des Kahns am Fenster eines Bauernhauses mit Vergeltung drohte, schließlich könne nicht jeder Hergelaufene anderer Leute *Eigentum* übernehmen, man sei ja wohl »nicht in Amerika!«.

Plötzlich erschien ein Kerl von eigenartiger Gestalt auf dem Feld. Die Wirtin hatte uns bereits gewarnt, mittags zwischen zwölf und halb zwei gehe es hier nicht mit rechten Dingen zu, und unser Begleiter verglich eben die Zeit auf seiner silbernen Taschenuhr mit dem Schlag der Glocke von weither. Der Kerl hatte feurig funkelnde, grüne Augen, links ein Pferde- und rechts ein Kuhbein, statt der Fingernägel lange, ungeschnittene Krallen, und in der Hand führte er eine Sichel, scharf wie eine Rasierklinge. Er blickte sich nach allen Seiten um, ob er jemand auf dem Felde sähe, wie uns die Wirtin erzählt hatte. Träfe er einen Menschen an, verwickelt er ihn in eine längere Unterredung, um zu hören, ob gewisse Fragen auch richtig beantwortet würden, und wäre dies nicht der Fall, so schnitte ihm der Kerl mit der Sichel den Kopf ab. Jetzt blickte unser Führer auf seine Uhr und rief: »Es ist halb zwei!« Was der Kerl wohl hörte, denn er machte kehrt, trennte mit der Sichel den untersten Zweig von einer Birke und verschwand hinter der Kaupe, dem Häuschen des Fischers an der Quaas-Spree, im dräuenden Nebel.

Wir standen vor dem Pfarrhaus an der Haltestelle des Linienbusses, und der nun doch erschöpft wirkende ältere Herr studierte den Fahrplan. Am Zaun der Pfarre hing der Mitteilungskasten. »Ein Volk«, las ich, »hat nur so viel Segen, als es Sonntagsfrieden hat.« Ja, und gerade tuckerte oder donnerte ein Traktor vorbei, schließlich war es der Vortag vom Sonntag, Sonnabendnachmittag, geworden, und gleich würde der Sonntag eingeläutet werden. »Sonntagsfrieden« dem Bauern, der eben noch düngen, füttern, melken mußte, damit er dem Pfarrer und anderen Menschen etwas liefern konnte? Von wem stammte denn dieses landwirtschaftsunkundige Wort! Unser Führer betrachtete nun ebenfalls den kirchlichen Zettelkasten, zog die Brille heraus, las und zog die Stirn in Falten.

»Wissen Sie«, fragte er mich, »wer Adolf Stoecker ist?«

»Nein«, entgegnete ich, beschämt.

»Aber ich!« wetterte er. »Das ist eine ›Nummer‹. So habe ich ihn stets tituliert. Und er konnte Religiosität nicht herbeizaubern. Ein anderer Pastor, denn Sie dürfen mich nicht für einen christfeindlichen Dogmatiker halten, ein gewisser Pastor Lorenzen war eher mein Ideal, er lebte am Stechlinsee und soll ja wohl auch von einem Romanschriftsteller in einem Buch mit dem Titel *Stechlin* verewigt worden sein. Haben Sie davon gehört?«

»Nein«, sagte ich.

»Das war von Ihnen auch nicht zu erwarten«, so er, und voll Verachtung blickte er mir ins Gesicht. »Jedenfalls war es besagter Hofprediger Stoecker, der zur Bekämpfung der staatsgefährdenden Sozialdemokratie, die in Opposition zum Kanzler stand und von eben diesem verboten worden war, eine *eigene* Partei gründete, die Christlich-Soziale Partei.«

»Die Sozialdemokratie verboten?« Ich überlegte. »Wann soll denn das gewesen sein? Dreiunddreißig –«

»Diese vom kaiserlichen Hofprediger Stoecker gegründete Partei«, fuhr der alte Herr wütend fort, »war im übrigen die erste explizit antisemitische Partei in Deutschland, lange vor... wann das gewesen sein soll, dreiunddreißig? *Was* war dreiunddreißig! Sie werfen ja sämtliche Daten durcheinander, junger Mann!«

Er wischte sich mit einem buntkarierten Sacktuch den Schweiß von der Stirn. »Und dies nun heute und hier! Der Prediger des Hofes und des Kaisers empfiehlt den Bauern –«

»Die ja längst in einer LPG organisiert sind –«, warf ich ein.

»Was ist eine LPG?« fragte er böse.

»Davon haben Sie noch nichts gehört? Also eine Landwirtschaftliche Produktionsgenossenschaft ist das, in die jeder Bauer Land und Vieh eingebracht hat, wenn er wollte oder mußte. Davon hat sich seinerzeit Ihr Adel oder der Gutsbesitzer nichts träumen lassen, und Maschinen gab es ja sowieso noch nicht!«

»O doch!« rief er aus. »Aber womöglich sind es überhaupt die Maschinen, die, genau wie in Amerika, die Veränderung und die Zusammenfassung der Äcker bedingen, nicht die Ideen? Denn Ideen sind sowieso alle Märchen!«

Er steckte das Sacktuch weg.

»Nun klappt das natürlich hier nicht, was? Hier hat eigentlich selten was geklappt, außer beim Militär. Aber es ist ›fortschrittlich‹, wie? Der Fortschritt, die heilige Kuh, nicht wahr? Übrigens fiel der Hofprediger Stoecker endlich auch dem Kaiser auf die Nerven und wurde entlassen.«

Da bog der gelbe Linienbus in die Dorfstraße ein und wirbelte noch mehr Staub auf als wir mit unserer Diskussion.

»Herr Baedecker«, begann ich im Bus und faßte unseren alten Herrn am Ärmel.

»Wie bitte?« Er rückte von mir fort und sah mich an, als hätte er ein Gespenst erblickt.

»Ich meine, Herr – aber wie war doch gleich Ihr Name?«

Er war eingeschlafen, sofort und fest. Jetzt erblickte ich in seiner Rocktasche ein Büchelchen, eine Art Baedeker und auf dem stand *Spreeland,* von Theodor Fontane. Ah, dachte ich, da hat er also alles her! Aus einer Reisebeschreibung! Wir fuhren in die Gubener Straße ein, und im Licht der hinter dem Stadtpark sinkenden Sonne warf das Paul-Gerhardt-Denkmal am Markt einen langen Schatten aufs Kirchenportal: lang und schwarz wie das schlechte Gewissen, das theologische oder kirchen-christliche Leutchen zuweilen haben mochten. Wenn unser Führer, der gerade erwachte, so hemmungslos gegen Hofprediger und andere Pfaffen gewettert hatte, wie dachte er denn nun über den hier im Städtchen verscharrten Seelenhirten, der immerhin in einem als absolutistisch geltenden Staatswesen aus Gewissensgründen, und weil ihm die offizielle Lesart eines »Toleranzediktes« nicht paßte, sein Amt in der Hauptstadt quittiert hatte? Auf die entsprechende Frage reagierte er mit Achselzucken. Sicherlich ebenfalls bloß ein Pfaffe! meinten die beiden Kinder wie aus einem Mund, und Fóntan – so stellte er sich vor – blickte sie überrascht an. »Nicht getauft mit Spreewasser, wie?« Und dann murmelte er etwas über die Verkommenheit moderner Jugend. Was ich mir verbat. Jedoch auch ärgerlich auf die Kinder, faßte ich den Entschluß, sie auf solche Reisen nicht mehr mitzunehmen. Meine Frau, die Amerikanerin, schaute mich von der Seite an. »Nun, wie gefällt dir deine alte Geliebte!« flüsterte sie. Was sie wohl meinte? »Na die Mark!« zischelte sie. Sie schien wirklich eifersüchtig und mochte Land und Leute nicht richtig begreifen, weshalb auch sie künftig zu Haus bleiben sollte. Einreise und Abschied, alles in eins! »Hoff, o du arme Seele, hoff und sei unverzagt!« summte ich und stellte mich allen Anreden gegenüber taub, die Verse des einstmaligen Diakons von St. Nicolai in Berlin trösteten mich. Der neben mir sitzende Begleiter bemerkte boshaft, Furcht und Hoffnung seien die zwei ärgsten Menschenfeinde, sie hielten uns vom goldenen Mittelweg eines ausgeglichenen Gemüts ab und verdunkelten uns die Vernunft. Und ehe ich widersprechen konnte, war er aus dem Bus geklettert und in einer Seitengasse verschwunden.

3. Gesang

Der Gurkeneinleger oder Träume zu Lübbenau

Allein und mißmutig durchstreifte ich am nächsten Tag die Vorstadt. In einer verlassenen Scheune entdeckte ich eine eingestaubte und von Taubenkot bedeckte Kutsche, die an die schiefe Bretterwand geschoben worden war. Was ich damit wolle, erkundigte sich mürrisch der in Pension gegangene Bauer. »Zwei olle Schindmähren hab' ick auch noch zu vermieten!« Der Postmeister holte aus dem Keller des Amtsgebäudes Zylinderhut, roten Rock und Peitsche des Postillions. »Eine Nachtpost ging doch immer hier«, sagte ich zu ihm, »sie fuhr bei Tagesanbruch an Lübben vorbei und am Rand des Spreewalds entlang, der sich wie eine endlose Wiese mit Heuschobern und Erlen dehnte, bis ein vom Frühlicht umglühter Kirchturm sichtbar wurde und man durch den hochgewölbten Torweg hindurch in Lübbenau eintraf!«

Der Postmeister schaute mich listig an. »Gestern war schon einer hier, der wie Sie redete, wollen Sie mich vielleicht veräppeln? Und wie wollen Sie heißen?«

Weil mir nichts anderes einfiel, erwiderte ich: »Fóntan!« So mußte sich der Name auf dem Einband des Baedekers aussprechen, den ich gestern in der Tasche meines Begleiters gesehen hatte, ein hugenottischer Name mit nasalem und betontem o, und das e am Ende ließ man weg.

»Dunnerlittchen noch mal!« fluchte der Postmeister.

»Fóntan, genau wie der!« Und er nahm mir Zylinderhut, Rotrock, Peitsche wieder weg.

Draußen am Rinnstein fütterte der *echte* Fóntan gerade die beiden Schindmähren vor der Kutsche. Ohne Postillionsmontur sei das nichts, meinte er.

»Und was machen Sie nun?«

Planlos zogen wir am Stadtrand entlang.

»Da, sehn Sie mal, was ist denn das!« rief er plötzlich aus und zeigte mit dem Wanderstock nach vorn. Unter niedrighängenden Wolken stand am Schmalspurbahnsteig der Deutschen Reichsbahn die originale Spreewaldbahn. Das Zügle sei sicherlich mehr als zwei Generationen alt, erklärte ich, und demnächst solle der Betrieb eingestellt werden.

»Aber wieso denn, um des Fortschritts willen!« Fóntan war verwundert und entsetzt. »Dieses neue, revolutionäre Verkehrsmittel außer Dienst nehmen, das so wunderbar die Postkutsche ersetzt?«

Er kenne die Deutsche Reichsbahn nicht, sagte ich, die plane noch ganz andere Dinge und werde womöglich hier bald den Betrieb auf Hubschrauber oder Passagierrakete umstellen. Allerdings, wer anachronistische und nostalgische Touren liebte, der komme auf seine Kosten. »Auf denn zur letzten Fahrt mit der Spreewaldbahn!« Wir kletterten die morschen, hölzernen Trittbretter hoch, es war Anno 1968, muß ich hier einfügen, und zwängten uns zwischen Bauern, Vorstädtern, Kleinstkindern, Eierkiepen, Körben mit Federvieh und Äpfeln, Hunden und in kleinen Käfigen gehaltenen Karnickeln ins niedrige Abteil. Der bullige eiserne Ofen in Abteilmitte glühte, sein dickes, schwarzes Rohr war durch das Dach des Wagens gelegt wie ein richtiger Schornstein. Der Zug kurz, die Wagen winzig und geduckt, alles von einem uralten Schwarz, von dem man nicht wußte, ob es das Schwarz von Eisen, Farbe, Patina oder einfach der *Zeit* war: eine Miniatur- oder Spielzeugbahn aus dem Deutschen Industriemuseum oder auf dem Jahrmarkt. »Fabelhaft!« rief Fóntan. »Dieser Komfort!«

Harte, hölzerne Bänke, abgenutzt und blankgesessen. Abgewetzte Lederriemen, an denen man die Fenster herunterlassen konnte. Die Türen schwer und wuchtig und, wenn sie nicht klemmten, mit gewaltigem Krachen zuschlagend. Die Dampflok zwergenhaft, doch von urwüchsiger Kraft, ölverschmiert und vielfach geflickt, fauchend und qualmend. Und mit einemmal ruckte sie derart wütig an, daß ich der Dirne auf der Bank gegenüber um den Hals fiel.

»Ein Genuß!« stöhnte Fóntan, begeistert.

Früher Nachmittag, und die Schuljugend fuhr nach Haus auf die Dörfer. Unter den Mädchen eine märkische Schönheit, ohne Make-up, in engem, dünnen Mäntelchen, kürzer als der Rock, in Seidenstrümpfen, flachsblond und die schmalen Augen so blaßblau wie der sich für einen Moment enthüllende Spreewaldhimmel. Wer war es doch gewesen, der auf landeskundige Art von den hübschen »drellen Deern« geschwärmt hatte? Fóntan drückte mir den Ellenbogen in die Rippen. Der eine Zipfel des bunten Kopftuches der Dirne sei naß, flüsterte er, ob mir dies nicht auffalle, und der Zipfel bleibe auch naß. Später meinte er, leise, beim Vorwerk Einbecke gebe es die Nixe des Ostera-Brunnens, die habe den geliebten Mann nicht kriegen können, und mißbilligend sah er mich von der Seite an. Sie sei schwermütig geworden, nach Landesnatur, und in das Jungfernkloster eingetreten, wo sie still und unerkannt die niedrigsten Dienste einer Magd verrichtet habe, bis sie durch den nassen Zipfel ihres Kopftuches erkannt worden sei und gestanden habe, durch den Glauben ihr Seelenheil haben retten zu wollen, woraufhin sie jammernd in der Luft zerflossen sei, ohne allerdings völlig ihr Wesen aufzugeben, denn es sei ja Allgemeinwissen, daß sie noch immer um den Ostera-Brunnen herum erscheine. Die Dirne mir gegenüber auf der Abteilbank stieg in Straupitz aus, und sie winkte uns noch lange nach.

In der regenschweren Märznatur gingen wir die Bukoitza suchen. Da sahen wir auf einem Haus ein Storchennest. Von dem weiten Flug aus Afrika noch steifbeinig, stand er auf dem Dach, der erste Storch, sich mit Kennerblick in der flachen Runde umschauend. »Gestern«, berichtete der Wirt der Bukoitza mit Ruhe, Würde, Überlegenheit, aber sächsischem Tonfall, »is er kegomm'!«

Streng nach dem Kalender war Meister Adebar eingetroffen, denn heute begann der Frühling. Kenn' ich dich nicht? klapperte er vom Dach herunter und deutete mit dem ziegelroten Schnabel auf mich. Hast du nicht voriges Jahr beim Tor Bab Bujelud von Fes oberhalb des Basars an der Lehmgasse in einer Garküche gesessen, wo ins räuchrige Dunkel ein dünner Lichtstrahl durch die Rohrmatten fällt, und Fischsuppe gelöffelt, dabei den Übertritt zum Islam erwogen, das fragwürdige Abendland vergessen wollen mit seiner Unrast, Nervosität, Geldgier, Eitelkeit, dann an dem kleinen Tisch auf dem Pflaster im Staub des Tors heißen Pfefferminztee geschlürft, während ich hoch oben über der Stadtmauer kreiste, und dich abends ins Bordell begeben? Und nun suchst du dir, stets auf der Flucht vor dir selbst, dein Paradies und deine Eva oder Lilith ausgerechnet im Spreewald, nachdem du Weib und Kind verlassen hast?

Er tauchte in die Tiefe der schweren Wiesen weg. Fóntan schaute mich abwartend an, während ich schuldbewußt auf meine moddrigen Stiefelspitzen blickte. Der Tag schien geschmissen. Die Aufdeckung meiner Hochstapelei mit dem Hugenottennamen, das Verschwinden der drellen Deern aus der Spreewaldbahn, die verleumderische Klapperei des Kneppers: Die Muse verweigerte mir heute den Kuß. Und auf banale Weise, ohne jeden Anspruch auf Kunst oder Mythos, fuhren wir mit dem Oberlandbus durch den hochgewölbten Torweg von Lübbenau ein. Im Dunkel des Tores hing der Walfischzahn, den ein dankbarer Bürger seiner Heimat aus der Ferne mitgebracht und verehrt hatte, während die Mitbürger vielleicht einen Millionenbetrag aus dem Walfischfang erwartet hatten. »Um aber eins nicht zu vergessen«, mahnte Fóntan, »wer in der Mark wandern möchte, bringe zunächst Liebe zu Land und Leuten mit, zumindest keine Voreingenommenheit. Er muß den guten Willen haben, das Gute zu finden, anstatt es durch krittlige Vergleiche tot zu machen!« Und zweitens sollte er richtige Papiere, Geduld und Verständnis für den Geist des Untertanenwesens mitbringen, welches hierzulande noch immer als staatserhaltende Kraft gilt, damit er bei der Polizei, die allgemein als »Volkspolizei« gilt – »die Polizei, dein Freund und Helfer!« –, nicht unangenehm auffiel. In Lübbenau hatte das Volk sinnigerweise seine Polizei, wie einst die Ackerbürger die Torwache, im Stadttor untergebracht. Während in Fes im fernen Lande Marokko das Tor vom Storch beschattet wurde, und während im Stadttor von Lübbenau im Schatten der besagte Walfischzahn hing (jedem Ort sein Tiersymbol), fanden wir auf dem Polizeirevier den Amtsschimmel. Der Amtsschimmel glotzte uns feurig an, und eingedenk der Tatsache, daß Pferde durch die besondere Struktur ihrer Augen alles vielfach vergrößert sehen, machten wir uns kleiner, als wir waren. Er wieherte freudig und wedelte uns mit dem Schweif um die Ohren. Der Mist, also Pferdemist, den er notwendigerweise fallen ließ, düngte den Amtsboden, damit er gut gedeihe. Wieder und wieder kaute er durch, was er ins Maul nahm, verlangte nach mehr, stöberte mit der Nase in unseren Taschen, die wir nach außen kehrten, um zu zeigen, daß sie leer waren, und nun zeigte er sich befriedigt. Nochmals wieherte er laut, drehte sich um und entließ uns mit einem Tritt vors Schienbein.

Dann gingen wir nach dem »Braunen Hirsch« suchen. »In dem bin ich damals abgestiegen«, meinte der Begleiter. Der »Braune Hirsch« war verschwunden. Deutsches Haus neben dem Kino, zwei kleinere Lokale, aber der Braune Hirsch?

»Von Lübbenau kehrte eines Abends ein Mann zu seiner Kaupe zurück«, begann Fóntan plötzlich. »Da hörte er hoch oben am Himmel den Nachtjäger jagen. Es war ein Gebelle, ein Gepfeife und ein Hollageschrei, daß der Mann sich fürchtete. Er dachte aber, du willst auch mitpfeifen und mitbellen, dann wird dir schon die Furcht vergehn. So trieb er es bis zu seiner Kaupe. Als er die Türklinke faßte, rief eine Stimme von oben: Hast du jetzt mitgejagt, so kannst du auch mitessen! Und ein halber brauner Hirsch fiel zur Erde. Der Mann warf die Tür zu, nahm aber den halben braunen Hirsch nicht auf; am andern Morgen war dieser verschwunden.«

»Was hätte er auch mit einem halben braunen Hirsch machen sollen?« fragte ich und zog Fóntan hinunter zum grünen Strand der Spree.

Am Ufer stand ein Fischer, dem blätterte sich langsam Schicht für Schicht von den Augen, die in der Ferne zu suchen schienen, er räusperte sich stilgerecht und sprach: »Fischers Fritze fängt frische Fische! Sagen Sie das mal nach! Wat, Sie suchen den ›Braunen Hirsch‹? Der gehört dem tollen Lehmann, und dem starb seine Frau, also hat er den ›Braunen Hirsch‹ verkauft, und später hat man aus dem ›Braunen Hirsch‹ ein Kino gemacht, gehn Sie ruhig hin, in die Spreewaldlichtspiele am Kirchplatz! Und ich kann mich noch entsinnen, aus dem Kino konnte man hinten wieder raus, oder, wenn die Platzanweiserin lüftete, auch rein, und zwar ohne bezahlt zu haben, und wenn man hinten rauskam, konnte man quer über die Felder, dahin, wo jetzt der Bahnhof is'!«

Da sei er ja, der »Braune Hirsch«! meinte am Kirchplatz mein Begleiter. Nein, sagte ich, das sei ja das Kino. Und während ich im Kino Heinz Rühmann als Bruchpiloten sah, Laurence Olivier als Hamlet und Tabakow als Schauspieler im Grünen Wagen, inspizierte Fóntan eine Reisegesellschaft beim Essen im »Braunen Hirsch«. Zuweilen schaute er zu mir rüber, und ich glaubte, von den vielen Filmen, die wir an den nächsten Abenden noch sahen, gefiel ihm die Große Freiheit von St. Pauli am besten. Dieser Albers, das sei ja doch wohl ein Kerl! Umgekehrt ließ ich mich von ihm zum Umtrunk einladen, und Gäste wie Personal schwebten schweigend lächelnd, ein Stummfilm, durch den verzauberten Raum. »Metamorphosen der Mark?« Er wiegte den Kopf. Im »Braunen Hirsch« sei damals das Amt eines Kellners noch ausschließlich durch eine Spreewaldschönheit verwaltet worden. Weit öffnete er die Augen und fügte, raunend, hinzu: »Und nachdem wir Toilette gemacht und einen Imbiß genommen haben, brechen wir auf, um keine der spärlich zugemessenen Stunden zu verlieren. Ein Leichenzug kommt über den Platz, und acht Träger tragen den Sarg, über den eine schwarze, tiefherabhängende Samtdecke gebreitet ist, aus dem Kirchenportal aber, daran der Zug eben vorüberzieht, erklingt Choral und Gesang, und wir treten ein, um eine wendische Gemeinde, lauter Spreewaldleute, versammelt zu sehen.«

Wer aber war verstorben? Im Anschlagkasten neben der Kirche hing die Traueranzeige. »Es verstarb im einundneunzigsten Jahr der Gurkeneinleger Wilhelm Peth.« Ein junger Pfarrer hielt die Leichenrede. »Durch die Hölle und über den Läuterungsberg streben wir ins Paradies, das manch einer schon hier auf Erden einrichten möchte. Tatsächlich aber scheint oft genug die Erde selber die Hölle, das irdische Jammertal und der Schoß der Sünde. Unser lieber Verstorbener, der Bescheidenheit der Todesanzeige zum Trotz, war durchaus kein gewöhnlicher Gurkeneinleger. Er war fromm. Er war der Inhaber der großen Gurkeneinlegerei aus dem vorigen Jahrhundert, die schon der Sänger der Göttlichen Märkischen Komödie, der Poet *Fontane* bewunderte, es seien dort achthundert Schock Gurken pro Woche verkauft worden! Und er kann der letzte eines ganzen Zeitalters gewesen sein, das noch sagen durfte: ›Das Haus, die Heimat, die Beschränkung, die sind das Glück und die Welt.‹ Er hat sich seine Kinder zu Freunden erzogen, sein Weib zu seiner Gefährtin, und so nehmen wir denn Abschied von einem Gottesfürchtigen, auf den das Wort zutrifft: Sei getreu bis in den Tod, so will ich dir die Krone des Lebens geben!«

Unser Osterspaziergang führte durch die Hölle des zweitgrößten Kraftwerks auf Braunkohlebasis bei Vetschau über den Läuterungsberg einer sich ewig dehnenden Chaussee und am vorsintflutlichen Ziehbrunnen vorbei nach Burg, wo wir, um zehn Uhr morgens, im Hotel Bleske gegenüber der Kirche frühstückten, mit heißem Kaffee, buntbemalten Ostereiern, frischer Kuhmilch und warmem Landbrot, während untem am Fluß Osterwasserschöpfen betrieben wurde. Frauen in schwarzen, schweren, gestickten Trachten verließen plaudernd das Gotteshaus, Männer in halbstädtisch schwarzen Anzügen und mit dunklen Hüten schwiegen verbissen vor sich hin, und ein Blasorchester spielte den Choral *Nun danket alle Gott*. Das sei ja der Choral von Leuthen! Fóntan faßte sich an die Stirn. Wo der Alte Fritz glücklich eine Schlacht gewonnen hätte gegen die Österreicher! Die pathetische Melodei klang, segnend, über die Flur zu den Worten des an der Gubener Neiße geborenen Johann Krüger, der ebenfalls gedichtet hatte *Wie soll ich dich empfangen:* Kindheitslieder ganz tief drinnen aus dem Gemüt.

Weiterspaziert in den Ostermorgen zum Wirtshaus zur Bleiche. Eine Mamsell mit Zügen einer Liliputanerin, als wär' sie wirklich aus der heidnischen Unterwelt. Sie möge, bat ich, an einem solch feierlichen Sonntag den Tisch zum Essen ins Freie stellen, auf das noch braune, doch schon sonnenwarme Gras. Oder ich würde den Tisch eigenhändig raustragen, Tischdecke brauchte man nicht, man würde auch Servieren helfen, und kam ihr sonstwie hundertfach entgegen. Denn die Gewerkschaft wacht. Auch ostersonntags. Aber nein, aber nein, sprach sie, das ginge nicht.

»'s kommt doch alles durcheinander!« sagte sie leise und unwiderruflich und schaute irgendwohin, wo sie vielleicht noch Gäste erwartete.

Über Kolonie-Schänke und an noch einem »Hotel zum Spreewald« vorbei spazierten wir weiter in den Sumpf hinein, dorthin, wo das Greifenhainer Fließ in die Hauptspree mündet. So viele Flüsse, Bäche, Fließe, Haupt- und Nebenarme, Rinnsale und andere Gewässer, daß es kein Wunder schien, wenn überall der Styx ins Reich der toten Seelen einzuladen schien. Durch Wiesen und Brüche am Wirtshaus Dubkow-Mühle vorbei auf den Pfad nach Dorf Leipe im Herzen des Spreewalds. In Leipe tranken wir wiederum Kaffee und wählten dann den schönsten aller Osterwege, beidseitig bestanden von hohen Birken, die zu Ostern besonders hell und frisch leuchteten, den nach Lübben. Da es aber zu Kahnfahrten zu kalt war, bot sich noch der Gang zur Wotschofska an über nicht weniger als sechsundzwanzig morsche Übersteigbrücken über Flüssen, die vergingen: Transzendenz der Moorlandschaft. Zu bewundern waren zwei Frauen mit vielen übereinandergezogenen Röcken und Unterröcken, und sollten die Röcke einer gewissen Verhütung dienen, so mochten die Jungfern just *einen* Rock zu wenig abgezogen haben. Auch sonst diente die Weiblichkeit der Fruchtbarkeit und düngte, man denke, vom Kahn aus die Wiese: verteilte per Mistgabel den im Kahn gehäuften warmen, dampfenden, duftenden Kuh-, Pferde-, Schweinekot auf dem Anger! Bei der Wotschofska hing ein Fischkasten im Wasser, demnächst gab's Aal grün mit Gurkensalat. Der versuchsweise Flirt mit der Wotschofskawirtin blieb in den Anfängen stecken, sie sei vor sechsundzwanzig Jahren aus Galizien gekommen, »Heim ins Reich«, wie ihr Führer es wollte, und mir fiel ein, daß neuerlich viel zu viele Auslandsdeutsche aus dem Osten zurückwollten, diesmal lockte das Geld, aber der Erbhof, den sie sich versprachen, blieb aus, statt dessen wurden sie im Ruhrpott arbeitslos und wanderten weiter nach Kanada, derart doch dem »deutschen Volkstum« verlorengehend. »Bleibe im Lande und nähre dich redlich!« seufzte sie anklägerisch und blickte mich bedeutungsvoll an. Die Kähne würden bald anders aussehen, fuhr sie fort, früher hätten sie dreißig Jahre gehalten, heute hielten sie fünf bis zehn, die Entharzung des Bauholzes trage zur Entleimung bei und damit zum frühen Morschwerden der Kähne, der Zusatz von Chemikalien gleiche den natürlichen Verlust nicht nur nicht aus, sondern verpeste auch das Wasser und die Fische, und nun wolle man Kähne aus Blechen herstellen. Man mußte sich, dachte ich, mit dem Besuch beeilen, ehe die Kulissen gewechselt würden.

»Und melioriert wird ja auch noch«, sagte die Wotschofskaja, »in zehn Jahren stecken die da dreihundert Millionen rein, denn wird nicht mehr immer Hochwasser sein und viel Landwirtschaft, ich sehn' mich nach Hochwasser zurück!«

Ich wußte ja, weil ich es gelesen hatte, daß die Mark Brandenburg als Zungenbecken einer von Osten kommenden Spreegletscherzunge, als »eine Wanne« entstanden war, in der während der Humuszeit sich der Spreewald entwickelt hatte, und nun sollte er sterben?

Als wir in Lübben einzogen, schlug es mehrere Male vom Turm der Kirche, die Glocken läuteten, und das Dach des Gotteshauses dunkelte vorm Abendhimmel auf. Wir steuerten dem Hotel am Bahnhof zu, in dem wir zu übernachten beschlossen hatten. Ein Friedhof lag drüben, einer für Lokomotiven. Ein Dutzend der treuen Dampffrösser ruhte dort, rassige D-Zug-Renner darunter, müde Schindmähren, manche so lütt wie Ponys, schwere und alte Gäule und Klepper und Traber. Mein Gott, dachte ich, was habt ihr alles gezogen, wie viele Wagen mit wie vielen Hunderttausenden von eiligen, gehetzten, in die Ferien, den Urlaub fahrenden Großstädtern, enttäuschten, müde heimkehrenden, erwartungsfrohen Reisenden zwischen Geburt und Sterben! Geschuftet und gerackert habt ihr euer Leben lang, mit Kohle vollgestopft, mit Wasser vollgepumpt, rasend, bremsend oder auch mal der Notbremse gehorchend, wenn jemandem was passiert war, vielfach repariert, geschmiert und nun so schwarz wie der Tod! Liebe alte Loks, wieviel Freude und auch wieviel Ärger habt ihr uns bereitet... Nun schlafet sanft und ruhet euch von eurem Dienst aus. Und am Jüngsten Tag werdet ihr auferstehen von den Toten, werdet anholpern und mit stolz erhobenem Schornstein Revue passieren vor Dieselloks und Elektroloks zur schönsten Nostalgiefahrt, und alle werden Beifall spenden und zugeben: Ihr wart die Krone der Eisenbahnschöpfung, der Name eures Erzeugers sei gelobt in Ewigkeit, Tüt-Tüt!

Da »im März die Vorhänge immer gewaschen« wurden, wie uns die Hotelwirtin vorsorglich verraten hatte, hängten wir vor die Fenster Jeans, Cordhosen und Pullover. Nur schwach fiel in der Nacht der Schein vom Bahnhof herein, stärker waren die Pfiffe, das Türenzuschlagen und das Rattern der Züge zu vernehmen. Von unten aus dem Tanzsaal erklang es *Wer weiß, ob wir uns wiedersehen am grünen Strand der Spree* und zum Abschied vor dem Stationsgebäude, ehe wir den Interzonenzug bestiegen, winkten wir heftig allen zurückbleibenden Spreewaldschönheiten zu.

4. Gesang

Sandmann oder die Monade zu Fürstenwalde

So blieben wir zumeist zusammen, und er überraschte immer wieder durch neue Taschenspielertricks. Einmal zog er aus der Westentasche mit Daumen und Zeigefinger eine hübsche silberne Dose, die betagt sein mochte, und ich mußte an Schnupftabak denken, dem er womöglich frönte. Er schüttelte den Kopf.

»Ich glaube, Sie irren, Herr Nachbar! Was Sie in meiner Hand sehen, ist zwar eine Büchse, doch von andrer Bedeutung als gewöhnlich. Dies Land, das Sie bewundern, gehört mir, daran ist kein Zweifel, und wenn ich die Büchse öffne, entlasse ich die Dinge hinaus in die Welt, so, wie sie nun einmal erscheint, sie mag uns die beste aller *möglichen* Welten dünken, aber als wirkliche Welt bleibt sie miserabel. Es ist die Büchse, aus der die Streusandbüchse entsteht, und nur das Prinzip Hoffnung darf nicht mit raus – indes, wer glaubt denn noch an eine märkische Utopie?«

Mit leisem Klicken sprang die Büchse auf. Ein Geck, wie er da mit silbernem Spazierstock stand und nun auch mir Sand in die Augen streute.

»Da, der Scharmützelsee! Oder zuerst Fürstenwalde an der Spree?« Und da war unsereiner Soldat gewesen! Die Kaserne lag draußen und war für den Ausgang mit dem Ort durch einen Fährkahn verbunden. Eine Fahr- und Reitabteilung, und die schönsten Momente nach der Stallwache im warmen, duftigen, unruhigen Stall beim Ritt im Dezembermorgen, mit Reif auf Baum und Gras, entlang der Spree, allein und eins mit dem rassigen Berber, den der Schwadron unlängst ein reicher Araber vermacht hatte: Der Braune dampfte, die silbernen Sporen klirrten, das höchste Glück der Erde auf dem Rücken der Pferde?

Hotel Aufbau hieß damals Goldene Krone, womöglich eingedenk der Frühstücksrast, die am »1. Mai 1631 der Schwedenkönig Gustav Adolf in diesem Hause« auf seinem Zuge von Frankfurt/Oder nach Köpenick/Berlin einlegte. Verqualmte Räume, Bier, Mädchen, Krieg, Kavalleristenstolz: O ja, man erinnerte sich. Die Wirtin freilich im Hotel Aufbau war herrlich jung. Morgen abend sei Tanz. Und wo wollen Sie heute hin? »Zuerst«, sagte mein Kumpan und streute auch der Wirtin etwas Sand in die schönen schwarzen Augen, »laufen wir mal die Rauener Chaussee lang. Mitte Juni sind vielleicht schon Kirschen reif. Was für ein schöner Sommertag! Kommen Sie nach, Frau Wirtin? Dann treffen wir uns hinter der Rauener Kirche an den Markgrafensteinen, einem unsrer sieben märkischen Weltwunder, okay?«

»Karasho!« erwiderte die Jungwirtin mit provozierend deutlich russischem Akzent. Und gegen okay und *choroscho* setzte ich boshaft mein anachronistisches: »Knorke!« Das verstanden die beiden Postmodernen aber überhaupt nicht mehr. Ein junger Mann, der Freund der Wirtin, rollte auf dem Motorrad an, das er trotz Beinprothese rasant fuhr. Für Kirschen, erklärte er, sei die Gegend besonders günstig, überhaupt für die vielen Obstkulturen, doch die Bauern seien so knausrig wie eh und je und dabei außergewöhnlich proper mit dem Hausputz, und die alten Mütterchen gingen in die Wälder zu den Blaubeeren und sammelten sie ohne Blaubeerkämme! Da rief der erste Kuckuck, Junisonne, laue Brise in den Birkenblättern, so hellgrün und fröhlich wie die Jugend, Erwartungszeit zwischen Baumblüte und Frühernte, der Himmel so licht und so klar wie Preußisch-Blau, dazu das »Kuckuck«, »Kuckuck«, »Kuckuck« aus warmem Mischwald: »Wem Gott will rechte Gunst erweisen«, begannen wir zu singen, »den schickt er in die weite Welt...« Und der junge Mann stieß sich mit dem gesunden Bein vom Kilometerstein ab, die Wirtin saß bereits hinter ihm auf dem Raser, und mit Vollgas röhrte die Maschine in die tolerante Natur hinaus.

Wir erreichten den Scharmützelsee gesund zu Fuß. »Ein einzigartig stiller See!« versprach mein Sandmännchen. Ein wenig schwacher Lärm drang zu uns. »Und nur wenig Ausflügler!« Der Lärm nahm zu. »Sowieso ist es noch früh am Morgen!« Und dann steigerte sich der Lärm auf unglaubliche Weise. »Das ist nun aber doch merkwürdig?« Er faßte sich an die Stirn. »Vor ein paar Jahren war dies doch geradezu ein Paradies!«

Wann das gewesen sei, erkundigte ich mich und hielt mir die Ohren zu.

»Vor ungefähr hundert Jahren!« brüllte er. »So um achtzehnhundertund –«

An diesem Weekend fanden Motorbootrennen statt. Kilometerweit der Krach. Der Krach von Motoren kann mir ebensowenig imponieren wie die Größe eiszeitlicher Felsen. Zwar wußte ich die Schnelligkeit an sich zu schätzen, besonders wenn es den Amtsschimmel, die Deutsche Reichsbahn, die Arbeit der Volkspolizei oder überhaupt den *Fortschritt* betraf, aber Rekordversuche von einem Häuflein Mechaniker vor Genesungsheimen und Sonntagsausflüglern auf der Flucht vor Großstadtlärm, Preßluftbohrern, Düsenjägern?

»Na, dann flüchten wir uns eben in die Vergangenheit!« verkündete ärgerlich mein Kumpan und streute aus der Büchse Sand in die Gegend.

»Dort, der Dampfer von der Weißen oder Roten Flotte! Oder segeln Sie lieber? Bitte schön!«

Eine schnittige Jacht kreuzte auf, die uns mitnahm. »In Pieskow dort drüben«, erläuterte der Skipper, »da liegt die Käthe Dorsch, hamse die mal im Film jesehn? Und ooch der Harry Liedtke! Und früher hat ja da Maxe Schmeling sein Haus jehabt, was der größte Schwergewichtsboxer aller Zeiten jewesen is, oder?«

Als ich meinte, nein, das war Joe Louis, wischte er uns mit zwei blitzschnellen Schwingern über Bord. Wieder am Ufer, erstand im Sand unserer Streusandbüchse eine andere Szene, der Berliner Boheme, es war Maxim Gorki, der hier in einem Winter Anfang der zwanziger Jahre Linderung eines Lungenleidens suchte, es war der Lyriker und spätere Minister für Kultur Johannes R. Becher, es waren die Gespenster einer ganz bestimmten Stunde, denen wir begegneten. »O Saarow-Strand und Lilly überall,/ Und Brecht ist da, und Busch singt Eisler-Lieder,/Bosch und van Gogh, Utrillo und Chagall,/ Cranach, die Breughels, und wir sitzen wieder/ Um einen Tisch vereint nach alter Sitte./ O Segel-Schweben, o Scharmützelsee!/Und einer, Lenin, sitzt in unsrer Mitte./ Gehäuse meiner Seele, Atelier.«

»Wenn eine Bemerkung gestattet ist«, meinte Fóntan und räusperte sich verlegen, »Sie wissen ja, ich bin nicht gerade Salonbolschewist, aber eben auch kein Kommunistenfresser, ich halte es mit der Devise frei nach dem Alten Fritzen, soll doch jeder nach seiner Façon selig werden, wenn er nur den andren in Ruhe läßt, aber nun ausgerechnet dieser Lenin am Scharmützelsee? Ist das nicht ein wenig weit hergeholt? Man kann sich ja des Gedankens nicht erwehren, daß dieser Lenin hier eine Art Alibifunktion hat. Eigentlich wollte doch wohl dieser Becher, der das geschrieben hat, etwas ganz anderes sagen, aber dazu brauchte er eben den Hinweis, daß dieser Lenin in ihrer Mitte säße, damit das Gedicht nun unter *Stalin,* den er *nicht* zitiert, gedruckt wurde, Sie begreifen? Denn das Gedicht ist ganz hübsch. Mir gefällt es. Es hat Atmosphäre. Ein Bayer, wie dieser Becher, der in Moskau in der Emigration war, ist nun nach Berlin, in seine Wahlheimat aus den zwanziger Jahren, heimgekehrt, und er ist glücklich. Er soll ja in dem Jahrzehnt in Moskau nicht eine Silbe Russisch gelernt haben! Außerdem, aus Amerika ist dieser Brecht da. Und Eisler ist da, der Kompositeur. An den Wänden Gemälde. Und Ernst Busch singt *Wir sind die Moorsoldaten,* das KZ-Lied. Aber am wichtigsten, sie sitzen um einen Tisch vereint und trinken und witzeln, und sie sind *am Scharmützelsee*. Und dann gehn sie alle wieder an ihre Arbeit.«

Ein weiteres Streuen aus der Streusandbüchse, und wir liefen auf der von Birnbäumen gesäumten Chaussee in die sandige Feldmark hinaus. Durch Birkholz hindurch, geradezu ein Gedicht von Dorf, die ganze einstige Dorflyrik noch enthalten im Teich, Federvieh, Trauerweiden, und nach Groß-Rietz.

»Det da is der Schornstein von die Brauerei«, erklärte ein Arbeiter, »aba die, die is stilljelecht, bloß der Storch oben druff noch nicht, kieken Se mal, wie er, wat nich rinjehört, mitn Schnabel wieder ausm Nest rausschmeißt!«

Die Frau Pastorin in der Pfarre überreichte uns den Schlüssel zur Kirche, die wie folgt zu betreten sei: Im Schlüsselloch liegt ein Groschen, ohne den sich das Schlüsselloch nicht benutzen lasse, und wenn man den Schlüssel im Loch mit der rechten Hand drehe, müsse man gleichzeitig mit der linken Hand die Tür leicht anheben, damit sie sich auch öffne. Man merkte, eine arme Gegend. An der Innenwand des Gotteshauses die Gedenksteine aller dieser Kriege für Muschkoten, Küster, Schullehrer, Tagelöhner, für Nachtwächter, Kossäten, Büdner, Bauern, Arbeiter, für die Berliner Landwehr, die Brandenburgischen Husarenregimenter, die Preußische Garde und die deutschen Toten. Einige Orden hingen da an verstaubten, zerfressenen Bändern. Eine greise Frau stieg eben auf der mindestens so greisen Leiter in den Turm hoch und läutete taktvoll den Sonntag ein.

»Das Kircheninnere entspricht nicht mehr dem Geist unsrer Tage!« klagte die Frau Pastorin. »Die Kriegertafeln müssen hinaus! Aber wohin? Im Vorraum ist doch zuwenig Platz!«

Der Frau könnte geholfen werden. Sie lasse die Tafeln, wo sie sind, und wecke den Geist der Besucher, auf daß sie die Tafeln erkennen als das, was sie sind und immer waren, Warnungen vor

Völkermord. Noch mindestens bis zum Kleinbahnhof leuchtete die merkwürdige goldene Kugel von der Kirchturmspitze, Signal wohl des Freimaurertums, der Rosenkreuzerei, die hier vertreten wurde. Und wieder im Fürstenwalder Hotel, zogen wir uns für den Tanzabend fein an. Die Nacht blieb hell und endete früh, nämlich um vier Uhr, als jenseits der Spree die Sonne aufging. Da verabschiedete sich auch das Sandmännchen, seine Zeit war abgelaufen. Und während die Hotelmannschaft klappernd die leeren Wein- und Sektflaschen auf den Hof trug, lud uns die Jungwirtin ein, wiederzukommen. Ob sie eigentlich aus der Mark sei? »O nein, aus dem Westen, ich bin hierher übergesiedelt, vor Jahren schon, na ja, die Liebe, das ist so eine Geschichte!« Und der Motorradfahrer, der mit der Beinprothese, also ihr Lebenskamerad?

Hinter den letzten Gästen schloß sich die letzte Tür. Fóntan hatte seine Streusandbüchse weggesteckt und sich, im Frühnebel über den Wiesen, übers frischbetaute Gras und die feuchte Erde hinweggestohlen.

Was denn *Heimat* sei, hatte er zuletzt noch gefragt und die Arme gehoben. »Hat der Mensch Wurzeln? Er ist ein Nomade. Wieso heißt er *zoon politikon*? Er bleibt stets die fensterlose Monade. Was bedeutet ihm das Geburtshaus? Sentimentalität. Und die Geburtsurkunde? Sie geben immer an, Herr Nachbar, in Berlin geboren zu sein, es steht auch in Ihrem Stammbuch, aber tatsächlich sind Sie in der Mark geboren, denn das Rittberg-Haus Ihrer Stunde Null lag ja in einem Dorf Lichterfelde, das damals noch zum Landkreis Teltow gehörte und erst *nach* Ihrer Geburt zu Steglitz oder zum neugeschaffenen Groß-Berlin geschlagen wurde! Und Ihre jahrzehntelangen Falschangaben sind jedesmal anstandslos akzeptiert und mit dem Amtsstempel versehen worden. Der Mensch? Breiten- und Längengrade, Boden und Blut, sogar noch die Sprache, der Geist, das Bewußtsein, nichts bestimmt ihn endgültig, und erst im Tod und also *fern* des Startplatzes können wir vielleicht sagen, wirklich, er hat gelebt, doch das haben wir gewußt!«

Ich wollte ihm nachrufen, halt, der Mensch ist *frei,* aber die Hoteltür klemmte, und ich trat zu spät auf die Straße. Die Rechnung hatte ich bereits am Abend beglichen und den Rucksack neben den Garderobenständer des Tanzsaals gestellt. Kühl der Morgen, kein Laut weit und breit, nur die Vögel begannen, zweifelnd, zu zwitschern. Ich kam mir plötzlich überflüssig vor, fürchtete mich vor den Begrüßungen zum Frühstück, dem »Guten Morgen« und »Haben Sie gut geschlafen« und den Wetterbegutachtungen, dem Smalltalk und der Alltäglichkeit, die uns abnützt. Heimlich griff ich den Rucksack und stahl mich ebenfalls hinaus, durch die öde Vorstadt zu den ersten Schonungen. Ich spürte keinen Hunger und keine Müdigkeit und schritt nüchtern hin zum Horizont dieser ärmlichen, spröden, ebenso prosaischen wie exzentrischen Streusandbüchse.

5. Gesang

*Mit Paul Gerhardt
nach Mittenwalde*

Unser letzter Ausflug hatte eine Verstimmung in uns beiden hinterlassen. Und als ich Fóntan fragte, ob er mit nach Königs Wusterhausen kommen wolle, schüttelte er den Kopf. Mit drei Bei-Chaisen sei er einst dort eingefahren, die Postillione hätten geblasen, und immer mehr Häuser hinter Bäumen und Sträuchern seien aufgetaucht. »Die Leute vor den Türen richteten sich auf, und die Straßenjugend warf die Mützen in die Luft und schrie Hurra – ein Lärm, der einer Residenz zur Ehre gereichen würde und doch nur Wusterhausen, freilich zu Pfingsten! Mir die Erinnerung verderben? Nee, was soll ich da!«

Auch unsereiner entsann sich gewisser Details, in den zwanziger Jahren standen hier die Sendetürme: »Ganz von fern wie ferner Krieg/Rollen/Auf der Königs Wusterhausener Bahn die Güterzüge.../Hier Königs Wusterhausen auf Welle 1300/Achtung Achtung Achtung/Der Dichter Klabund spricht eigene Verse!«

Welche er, wie es hieß, »nackt und faul auf der Veranda« verfaßt hatte, dabei den selbstgezüchteten grünen Salat aus seinem Gemüsegarten im Märkischen verspeisend. Im Gegensatz zu Fóntan reizte es mich, Erinnerungen an der Gegenwart zu prüfen, und mit der Stadtbahn fuhr ich hinaus zur letzten betriebsamen Station mit allen möglichen Neben- und Fernbahnverbindungen und den Busanschlüssen auf die Dörfer.

Hinter hohen alten Bäumen fand ich des Königs Jagdschloß. Der Zutritt freilich war, wie ich am Pförtnerhaus hörte, »verboten«. Hinten erkannte ich das Schloß, es befand sich im Stadium der Renvovierung, und wer viel wandert, weiß, daß sich bei solchen Ortsstudien von Kirche, Burg, Grab oder Schloß das Gesuchte zumeist absperrt und justament »renoviert« wird. Der alte Räuberturm stand schief wie eh und je zwischen den beiden Gebäudeflügeln und war ebenfalls »verboten«, und zwar »der Ordnung« wegen, wie ein Aushilfspförtner beschied.

»Muß ja sein!« Und dann: »Wenden Sie sich *schriftlich* an den Vorsitzenden des Kreises!«

Dieser Vorsitzende des Kreises ließ sich am anderen Ende der Telefonleitung geschickt gegen den lästigen Eindringling abschirmen. Doch in diesem Moment betrat Herr Artur Scholz die Bühne, der eigentliche und hauptamtliche Pförtner. Und auf einem kleinen, listigen Umweg führte er uns, die Unperson, dorthin, wohin die neue, nun rote statt schwarze »Ordnung« nicht hatte lassen wollen.

»Achtundsiebzig bin ick alt«, betonte Herr Artur Scholz, und wenn dies wirklich stimmte, denn aufschneiden mochte er sicherlich gern, dann hätte er ja noch den alten Fontane kennen können. »Sagen Sie, Herr Scholz«, begann ich vorsichtig, »achtundsiebzig wollen Sie sein, und natürlich glaube ich Ihnen das, dann waren Sie also zu jener Zeit, als ein gewisser Dichter gerade seine *Wanderungen* abgeschlossen hatte, als er die Geschichten vom *Schach von Wuthenow* schrieb und *Irrungen, Wirrungen, Frau Jenny Treibel* und *Effi Briest, Die Poggenpuhls* und den *Stechlin*, und als ihm der Kaiser irgendeinen Orden dritter Klasse verlieh –«

»Na hörnse mir bloß mitm Kaiser uff!« Herr Scholz blieb hinter dem Jagdschloß stehen. »*Den* hab' ick *jenau* jekannt. Ick bin necmlich jeborner Königs Wustenhausener, hier bin ick uffjewachsen, im Jahr dreizehn war vom Kaiser die letzte Jachd hier, erst Rotwild, dann Damwild und dann Schwarzwild, und da war unsreiner jrade zehn Jahre konfirmiert! Wo der Flecken Iras da is, da war, wie man so sacht, der Springbrunnen, aba der Hirsch aus Bronze, der ooch mal da stand, der stand nachm Krieg, ick meene fünfundvierzich, erst hinten im Park, und seitdem is er ooch wech!«

Hager und fröhlich war dieser Herr Scholz, verschmitzt drückte er ein Portal auf und geleitete den, dem das Schloß »an sich verboten« war, über morsche Dielen und durch schimmlige Salons. Drüben in der Kirche war er eingesegnet worden, und in der danebenliegenden Schule war er »drei Jahre lang in die erste Klasse jejangen, wo die Schule sowieso bloß sechs Klassen hatte«. Eine Schulzen-Intelligenz hatte sich da eigne Schulen gesucht.

»In der Dubrow war ick imma mit dabei, wie der Berliner Hof jagen jejangen is. Det Wild, det war, wie man sacht, in 'ne Koppel, und wenn Majestät nich traf, dann trafen die andern, aber im Intellijenzblatt stand immer drin, Majestät habe det Wild eijenhändig erlecht. Drüben links war die Oberförsterei, und nach der Jachd jab's da drüben im Jasthaus an der Ecke für die Dorfjugend wat Besondret, ick übertreibe nich, zentnerweise Bonbons!«

Herr Artur Scholz entäußerte sich seiner Staatsgeheimnisse derart, daß ich nicht wußte, sollte ich lächeln oder gerührt sein, er kam dem alten Geschichtenerzähler sehr nahe. Und wenn er sein »Wie man sacht« einflocht, dann wußte er auch, daß er die Umgangssprache zur Literatur erhob.

»Drei Tage war Jachd, ick wärt's wohl wissen, wo ick jebürtiger Königs Wusterhausener bin! Ooch heute jibt's noch viel Wild hier, die Bauern beschwern sich, will ick mal sachen, besonders übert Schwarzwild. Und wenn det Schloß fertich is, denn müssn Se mal wiederkomm', denn zeich' ick Ihn' ooch allet. Det Schloß, det wird nämlich, wie man sacht, det Standesamt. Sehn Se det Haus da drüben an die Straße?«

Er zeigte auf ein Gebäude am Ostflügel des Schlosses, das dem neuen Straßen- und Brückenbau wohl Platz zu machen hatte.

»Da war früher der Bullenwinkel, der Viehmarkt, und da jab uns fünfundvierzich 'ne Frau 'n Bettlaken, und det war unsre weiße Fahne wejen die Kapitulation. Da hat Deutschland kapituliert, da drüben. Und nu komm' Se man!«

Weiter durchs Verbotsschloß, der Wurm hatte Keller und Dachstuhl befallen, nicht viel war mehr vom Interieur geblieben, dort ein Kamin, ein alter Pfeiler im Speisesaal, Figuren, die Wendeltreppe im Turm. »Und hier is die Stelle, an die früher die Leiter zum Turmdach stand, uff dem die Fahnenstange mit joldner Krone war, ick kenn' mir eben ooch uffs Dache aus!« Wie hinein, so auch wieder hinaus – auf Schleichwegen. Überhaupt sei es nicht so, erklärte Herr Scholz, als er Kurs auf das Gasthaus Zum fröhlichen Hecht nahm, daß er nicht etwa heute sozusagen *lebe* und was gestern gewesen sei *sähe*, vielmehr habe er das Gefühl, er lebe genau in der Zeit, in der er leben wolle, und die Zeit, in der er nicht lebe, die sehe er, denn mit zunehmendem Alter erkenne er auch, daß alles sowieso Mache sei, die Zeit an sich, »wie man sacht«, und die Zeit auf dem Kalender und auf der Uhr und in den Schulbüchern.

»Sehn Se ma', sehn Se die Lindenbäume vorm Gasthaus, in dem Ihr Kolleje von die Wanderungen abjestiegen is?« Ich verneinte.

»Aba ick! Ick seh' se. Ick seh' ooch die weißen und roten Rosen da drüben, wie se sich am Schloßflügel hochranken. Ick seh' noch die acht jüdischen Bürjer, die's ma hier jab, und neben dem Fröhlichen Hecht hat Kaufmann Markus seinen Laden. Der hat seine Tochter an ein' Zahnarzt verheirat', aba unter die Nazis is der Mann int Zuchthaus jekomm', und seine Frau, wat Markus seine Tochter is, die ham se an der Mühlenbrücke erschlagen.«

Ein wenig später an der Schleusenbrücke öffnen sich andere Bewußtseinskammern.

»Da is 'n Loch!« Herr Scholz *sah* das Loch. »In dem Loch liegen zwei Pionierunteroffiziere, sehn Se die? Die fraren mir, ob ick se nich Zivil besorjen kann, et is neemlich der dreiundzwanzigste April im Jahr von unsret Endsiech. Ick breche also bei dem Maurerpolier, der stiften jejang is, ein und hole seine Sachen raus. Nu schmeißen die Pioniere den Zünder vom Dynamit, mit dem se die Brücke in die Luft jaren sollen, int Wasser, und später ham wir fünfundsiebzig Kilo Dynamit unter der Brücke rausgejohlt. Übrijens komm' ne halbe Stunde später schon die Russen!«

Blick über den Notte-Kanal aufs Feld hinaus.

»Da Se det ooch nich sehn, will ick Ihn' jleich saren, wat dis is. Da hinten is neemlich det Tabakskollegium, wat bei Erdarbeiten jefunden wurde. Reißen Se sich zusamm', Mensch, Sie redn jetzt mit *mir*!«

»Jawoll, Majestät!«, stammelte ich und stand stramm vor Friedrich Wilhelm I., dem Soldatenkönig.

»In det Tabakskollegium entspann' ick mir, und jeda von mein' Offiziern oder Beamten kann saren, wat er will, vaschtandn?! Und ick steh'in' *Jejensatz* zu meine Zeit, die verpraßt, ick steh' uff Einfachheit, Nüchternheit, Sparsamkeit und Engstirnigkeit! Ick bin ein strenger Familienvata, hab' mir 'n pflichttreues und knausriges Beamtentum jroßjezogn, und mein Finanzamt hat, statt dem Volk eine Milliardenverschuldung zuzuschieben, einen Staatsschatz von saje und schreibe neun Millionen Thalern oder siebenundzwanzig Millionen Mark oder nach späterm Jeld 'n paar Milliarden Deutschmark jehortet! Rührt euch!«

Ich entspannte, arg verschwitzt.

Vorstadtvillen Berliner Fabrikanten, die Gaststätte »Zum Siegeskranz« mit verblichenem goldenen Kreuz an der Fassade, Hotel Bärenquell, das kein Hotel ist, sondern die unter spitzem, bemoostem Ziegeldach liegende Herberge zur Heimat einstiger Handwerker- und Wanderburschen: »In die werdn Se heut nacht übernachten!« ordnete Herr Scholz an. »Da ham Se 'n Zimma mit Waschkrug und Waschschüssel, 'n Porzellannachttopp im Nachttischchen und janz tiefe Betten!«

Und quasi als Nachsatz: »Und der Jenosse Werna, wat der Vorsitzende vom Rat vom Kreis is, der, wo sich hinta det Telefon vasteckt hat, der is man jung und tüchtich, neenee, det kann ihn keena absprechen, der is, wie man sacht, uff Draht. Bloß der Dicke da vorhin, der sich Mitarbeita nennt, und die Frau, die jesacht hat: »Da kommen man alle und sagen das, daß sie offizjell kommen', mit die wär' ick noch 'n Hühnchen rupfen! Na die hat Jlück, det se nich meene Olle is!«

Letzter Umweg einer Führung, die sowieso nur aus Umwegen bestand, dorthin, wo Herr Artur Scholz wohnte. »Der Arzt hat gesagt«, sagte Frau Scholz, »mein Mann soll sich schonen, er war nämlich nicht so ganz auf dem Posten.«

Frau Scholz blickte Herrn Scholz an, und der lächelte still und sagte *nichts*. Die Backenknochen hatten eine leichte, von innen durchleuchtende hellrosa Färbung angenommen, vielleicht hatte der Arzt recht und Frau Scholz sowieso.

»Ofensetzerlehrling war ick«, sagte nun Herr Scholz, »Sohn von einem Dachdecker, aba der is schon mit neununddreißig Jahren tödlich abjestürzt, wie ick noch jung war und in *seiner* Jurend issa mit *sein* Vata uff die Barrikaden jejangen, wat Achtundvierzig gewesen is, ick meene, achtzehnhundertachtundvierzich, nich neunzehnhundertachtundvierzich oder det Jahr vor *dem* Jahr, wo wir jejründet worden sind!« Ach ja, seufzte ich, tief-innerlich, was war *Zeit?* Eben fuhr ein Mädchen auf dem Fahrrad vorbei, der Rock flog hoch, und Herr Artur Scholz schaute dem Fahrrad, dem Mädchen oder beidem lange versonnen nach, während Frau Scholz, ein wenig beleidigt, womöglich aber auch ein bißchen stolz, strafend mit dem gichtigen Zeigefinger in der Wustenhausener Gegend herumfuchtelte.

»Bestimmt«, bestimmte Frau Scholz, »werden Sie bei uns noch manche Überraschung erleben!«

Als ich Fóntan, zu Haus in der City, noch gesagt hatte, ich würde vielleicht auch Mittenwalde aufsuchen, war er mir über den Mund gefahren. »Im allgemeinen darf man fragen, wer reist schon nach Mittenwalde?« Ein sehenswerter Ort, für mich.

Direkt ab Berlin hatte es einst die Mittenwalder Eisenbahn gegeben, ab Hermannstraße in Neukölln im westlichen Teil der Stadt, und ich kenne noch den Wartesaal aus rotem Backstein mit Holzdach am nun überwachsenen Bahnsteig gleich neben der Ringbahn. Jetzt schlug ich in Königs Wusterhausen den Fußweg ein, nach Südwesten hinaus, entlang des Notte-Kanals auf dem Deich. Ein Anglerparadies! Die Angler fingen Krebse, Schleie, Muscheln und alte Strümpfe. Ein Wanderer gesellte sich zu mir. ›Lasset uns singen‹, hob er fröhlich und laut an, ›dem Schöpfer bringen/Güter und Gaben!‹ Wo ich hinwolle. ›Auch nach Mittenwalde? Nee, wenn ich das so mit ansehe!‹ Er wies auf die Petri-Jünger. »Neulich angelte einer den ganzen Tag lang, ohne was zu fangen. Das beobachtete hinter ihm ein Insasse des Irrenhauses. Und als am Abend immer noch nichts an der Rute hing, rief der Irre dem Angler zu: ›Mensch, komm rin!‹«

Linden beschatteten uns, Kastanien und Eichen. Rechts in der Landschaft schwarzweiß-preußische Kühe, links grauweiße Schafe, in der Ferne bellte ein Schäferhund, und schweigend gab ich mich dem Genuß dieses barocken Unschuldsgartens hin, bis mein Herr Wandervogel die Ruhe zerstörte.

»Die Wiesen liegen hart dabei/Und klingen ganz von Lustgeschrei/Der Schaf und ihrer Hirten!«

Das war doch nicht auf *seinem* Acker gewachsen? dachte ich, und als könnte er meine Gedanken lesen, bemerkte er: »Doch doch, das ist von mir! Fünf Jahre wohne ich nun schon hier, die Kirche unsres Zielorts wird von mir betreut, Frau und Kinder harren dorten meiner, eigentlich bin ich aber aus Sachsen, *genn' Sie Sachsen?*« Mißtrauisch schaute er mich von der Seite an. Das lange, gewellte Haar, das freie, offene, wiewohl etwas speckige Gesicht, das französisch gehaltene Bärtchen auf der Oberlippe –

»Demnächst werd' ich nach Berlin an die Nicolaikirche gehn, vom Großen Kurfürsten berufen, aber mit dem komm' ich *nich* aus, das weeß ich schon jetzt, und dann geh' ich eben nach Lübben, um mich dorten zur Ruh zu legen, aber was ich sagen wollte, wenn ich so spazierengehe, dann fallen mir eben Wörter ein!«

Und wiederum hob er an: »Narzissus und die Tulipan,/Die ziehen sich viel schöner an, Als Salomonis Seide!« Nun ja, sinnierte ich, Weinstock, Weizen, Storch und Lerche fanden sich da in Chorälen wieder, Himmel und Erde waren traut vereint, auch Trinkwein hatte es hier einmal gegeben, aus märkischen Abendmahlskelchen genossen, wieso nicht? wenn die Erde Gottes Schöpfung sein sollte?

Längst war der hohe Turm der Mittenwalder Kirche sichtbar, und wir marschierten durch die Baruther Vorstadt ein mit ihrer Provinzialarchitektur aus Hermes- und Mars-Stuck. In der Puschkinstraße, fast erschrak ich, stand wirklich noch das Gasthaus Hotel Yorck, in dem General Yorck Quartier genommen hatte, der, in den Napoleonischen Kriegen, mit den Russen die Konvention von Tauroggen abgeschlossen und damit den Anstoß zu *unseren* Befreiungskriegen gegen die Franzosen gegeben hatte.

»Stimmt!« rief mein Herr Wandervogel aus und hatte wohl wieder meine Gedanken erraten. »Und, sehn Se amol, dorten über der Tür in der Nische die Büste des alten Yorck, genau wie zu Fontanes Zeiten!«

Nun war ich es, der mißtrauisch dreinschaute, und er, sehr hastig: »Aber das war natürlich *nach* meiner Zeit!« Er stellte sich vor dem Gasthof auf und sang: »Schleuß zu die Jammerpforten/ Und laß an allen Orten/ Auf so viel Blutvergießen/ Die Friedensströme fließen!«

Ah, Friedensbewegung, der Mann ein Grüner, war ja klar, und äußerst progressiv!

»Und dabei«, meinte er achselzuckend, »bin ich schon im siebzehnten Jahrhundert geboren! Gerhardt mein Name, Paul, Paul Gerhardt! Und Sie – Angenehm, sehr angenehm!«

Da die Kriegsstürme hier keinen Schaden angerichtet hatten, zogen wir durch intakte Hintergäßchen und die konservierte

Hinterpforte am Salzmarkt in den fliederbestandenen Kirchhof ein. Die Kirchentür stand, überraschenderweise, offen, allerdings nicht, um zu stiller Andacht einzuladen, sondern weil der Boden gescheuert wurde.

»Mißtrauen und Armut, müssen Sie wissen«, meinte Herr Gerhardt, »dazu der preußische Waschzwang, gehen Hand in Hand! In Königs Wusterhausen zeigt man ja auch des Soldatenkönigs Waschfaß, in dem er sich wohl zwanzigmal des Tages wusch: Preußische Hygiene oder ein Fall für die klinische Psychiatrie? Übrigens wurde der Pfarrer, der hier amtierte, ebenfalls ein Opfer unseres deutschen Säuberungszwanges, er kam nämlich im KZ um.« Und er sang:

»Sollt ich meinem Gott nicht singen?/ Sollt ich ihm nicht dankbar sein?«

An der Wand ein Gemälde.

»Das soll ich sein«, erklärte Herr Gerhardt. Wir blickten uns vielsagend an.

Um den Altarraum standen im Halbkreis die auch von Monsieur Fóntan genau nachgezählten fünfundvierzig Kirchenstühle der alten Gewerks- und Innungsmeister, jeder einzelne Stuhl an seiner Rückenlehne mit den Gewerksemblemen geschmückt, von Winzer, Jäger, Schneider, Schankwirt, Bäcker, Schlosser, dazu Sonne und Mond, Tierkreiszeichen, Würfel, Werkzeuge und Geräte, das Mittenwalder Mittelalter. Malereien wie die Riemenschneiderschen am Altar, und der Christuskopf: »O Haupt voll Blut und Wunden,/Voll Schmerz und voller Hohn,/O Haupt zum Spott gebunden/Mit einer Dornenkron«! sang Herr Gerhardt leise.

Plötzlich packte er mich am Arm.

»Wie gefällt Ihnen das!« flüsterte er und starrte mir in die Augen.

»Gut«, sagte ich. »Das ist Sprache, die, unverlierbar, durch die Jahrhunderte geht. Das sind Formulierungen unabhängig von weltanschaulichen Differenzen. Zwar hört man, hier spricht ein Christ, doch auch Atheisten sind angetan, weil der Ausdruck den Inhalt hinter sich läßt, überhöht und übertrifft. Die einzelnen Wörter sind sozusagen Theologiegeschichte, das Ganze aber scheint mir Literatur.«

»O mein Gott«, keuchte er, »wie wunderbar! Ich bin erhört worden! Sie haben mich genau erkannt.« Und ganz leise: »Ich bin au cœur, écrivain, Sie begreifen? Sind auch Sie womöglich«, er zögerte, »vom Fache?«

Nein, entgegnete ich, ich könne kaum lesen und schreiben und vertrete den postmodernen Analphabetismus.

Ungläubig schüttelte er den Kopf.

»Ich bin ein Gast auf Erden«, zitierte er. »Ich hab' mich ergeben, Lobet den Herrn – kennen Sie das nun oder nicht! Es ist so volkstümlich, als hätte es das Volk selber gedichtet, aber auch so sehr Kunst, daß es über ein einzelnes Volk hinweggeht, oder etwa nicht? Der Gott, der Eisen wachsen ließ –«

Plötzlich blitzte und donnerte es, und es begann ganz fürchterlich zu regnen, doch wir konnten uns noch hinüber ins Gasthaus retten. Die Wirtin sächselte ebenfalls, was uns zu soziologischen Betrachtungen herausforderte, würden etwa gewisse Berufe hier von Ausländern ausgeübt wie in Ostafrika von Indern oder auf Hawaii von Chinesen?

In den Gassen die schwermuttriefenden Regenrinnen und der Backstubengeruch am Abend. In einem einzigen Küchengarten am Salzmarkt hingen, so die Besitzerin, nicht weniger als dreihundert Pfund Erdbeeren an den Pflanzen, genau so viel, wie die Frau selber wog. Das dürfte ein rechtes Erdbeerbowlenjahr werden! »Nun ist der Regen hin«, summte Herr Gerhardt, »Die Wolken flohen weg.«

Märkischen Kräuter-»Liqueur« probiert, den Sonnabend bei geschlossenen Geschäften einer friedlichen Kleinstadt ausgekostet, welche weit hinter der Zeit her schien, aber dennoch nicht

»ausgestorben« wirkte. Die Arbeiter in der Kneipe diskutierten Planwirtschaft, Technologie, das Biersoll ausgedürsteter Körper. Ein Transistor drang plötzlich plärrend und versuchsweise mit Beatmusik ins Weekend ein und verlor sich wieder im tiefsten Mittelalter an der Stadtmauer.

»Steh auf, du mattes Feld«, bot Herr Gerhardt *sein* Lied an, »Steh auf und laß uns wieder/ Die süßen Sommerlieder/ Zu deines Schöpfers Ehren/ Mit Lust und Freuden hören.«

Im frühen Regendunkelgrün blendeten die Lampen von Mopeds und die Scheinwerfer eines Busses auf. Jemand hupte uns einer Fußgängerverkehrswidrigkeit wegen böse an, die Kräuterliqueurpromille wirkten sich aus. Aber: »Nun ruhen alle Wälder,/ Vieh, Menschen, Städt und Felder,/ Es schläft die ganze Welt.«

Wirklicher, unwiderstehlicher, märkischer Abend. »Der Tag ist nun vergangen,/ Die güldnen Sterne prangen/ Am blauen Himmelssaal.«

Ja, wer reiste wohl nach Mittenwalde, das er ja nun auch wieder verlassen mußte? Monate später las ich in einer nichthiesigen, in einer süddeutschen Zeitung, einer aus München, es sei die Urne mit den sterblichen Überresten des siebenundzwanzigjährigen Rüdiger Schreck, der bei einer Anti-Springer-Demonstration in München den Tod gefunden hatte, in Mittenwalde »Mark Brandenburg« beigesetzt worden.

»Wenn ich einmal soll scheiden«, so Herr Gerhardt, »So scheide nicht von mir!/ Wenn ich den Tod soll leiden,/ So tritt du denn herfür!«

»Atschöh«, rief er mir nach. »Nun geht frisch draf, es geht nach Haus,/ Ihr Rößlein, regt die Bein!/ Ich will dem, der uns ein und aus/ Begleitet, dankbar sein.«

Natürlich, denn dies wollte die Geschichte, lief mir in des Königs Wusterhausen noch einmal Herr Artur Scholz über den Weg.

»Du gehst den geraden Weg«, dachte ich, laut, »fleuchst vor der krummen Bahn . . .«

Und er lud mich zur Jagd ein, kannte er doch den Förster. Zurück blieb ein fröhlich-listiges Gesicht. »Was ist mein ganzes Wesen/ Von meiner Jugend an/ als Müh und Not gewesen?«

Und oben auf dem Gesicht drauf eine alte Mütze.

6. Gesang

*Mit Witwe Pittelkow
zum Teupitzer See*

Als ich gerade beim zweiten Frühstück saß, klopfte es an der Wohnungstür. Aber ehe ich hinausgehen konnte, kam schon meine Reinemachefrau ins Zimmer, die einmal die Woche alles in Ordnung bringt, aber so, daß ich abends nichts mehr finde.

»Ick sitz' am Tisch und esse Klops«, schimpfte sie, »uff eenmal kloppt's! Ick jeh' zur Tür und denk' nanu? Erst war se uff, nu isse zu? Ick jehe raus und kicke, und wer steht draußen? Icke!«

Zwischen Bluse und Busen steckte ein Kuvert, das mit jedem Atemzug meiner Reinemachefrau etwas weiter reinrutschte.

»Was haben Sie denn da, Frau Pittelkow?« Und ich griff nach dem verheißungsvollen Umschlag.

Witwe Pittelkow klapste mir mit der flachen Hand auf die Finger.

»Ach ja, hätt' ick ja fast vajessn!«

Einladung von der Urania, las ich auf einer goldbedruckten Karte. Historische Weinstuben, Bezirk Mitte, Poststraße 23. Alt-Berliner literarische Tafelrunde. Fóntan über Fontane. Donnerstag, 31. Juni, zwanzig Uhr. Voranmeldung erforderlich. Keine Eintrittsermäßigungen. Bei Vorzeigen eines Bandes der *Wanderungen* freier Eintritt der Begleitperson.

»Das ist ja nun doch der Höhepunkt!« Ich schlug mit der Faust auf den Eichentisch, und Witwe Pittelkow wischte mit der Schürze das zerquetschte Ei weg. Offenbar hatte sie auf meiner Karte nur den Schluß gelesen, denn sie fragte: »Nehmse mir mit?«

Ich war etwas getröstet, als sich herausstellte, daß es auf die Eintrittskarte einen Schoppen des von mir hochgeschätzten Saale-Weins gratis gab, und die Witwe Pittelkow trank ja ohnehin nur Potsdamer Stangenbier. »Fóntan über Fontane« begann der leicht stotternde Direktor der Urania, »das ist ja n – – nun mal was andres! Und o – ohne weitere Umschweife stelle i – – ich vor – – – «

Aber da trat er schon selber durch die Spalte im Vorhang an der Hintertür in die Weinstube. Du Schelm! dachte ich. Heut fällst du rein!

»Hochverehrte Damen und Herren!« Er sprach frei, ohne Manuskript. »Geschätzte Neugierige, Freunde meines Themas, meine liebe alte Witwe Pittelkow!«

Erstaunt sah ich Frau Pittelkow an, die beiden kannten sich?

»Wie weit Fontane als Dichter der Mark ins Bewußtsein der Märker selbst gedrungen sei, über das Zeitbewußtsein seiner eigenen Epoche hinaus, soll heute nicht etwa eine Frage an die Gebildeten sein, o nein! Eher schon eine Frage, geehrte Gäste, nach dem einfachen Mann, dem Mitglied des Volkes, und nach den Schatten, die ein Dichter auf die Landschaft wirft. Diese Landschaft hat sich zwar nicht gerade nach Fontane gerichtet, doch sich auch nicht gerade gegen ihn gesträubt. Natürlich weiß ein Märker über Fontane Bescheid, ein Märker merkt alles. Andererseits schrieb mir neulich ein Arbeiter, offenbar ein lesender, einen Brief, er habe *Irrungen Wirrungen* gelesen und frage sich, wieso ein Schriftsteller heutzutage noch solche kaiserlichen Stoffe behandele, und man solle doch solange antidemokratische Machwerke einfach verbieten. Wie stehe ich nun aber dazu?«

»Herr Fóntan!« unterbrach ihn Frau Pittelkow.

Doch der Direktor der Urania unterbrach nun wiederum die Witwe, unterbrach sich freilich seiner Sprachstörung wegen selber, so daß ihn Fóntan unterbrach und mit seinem Vortrag fortfuhr.

»Statt nun aber anfechtbare Bevölkerungsbefragungen durchzuführen, die Einschaltquoten bei *Effi Briest* zu durchleuchten oder im Buchhandel nachzufragen, nehmen wir die Deutsche Reichsbahn und fahren hinaus!«

»Eisenbahnen«, rief Frau Pittelkow dazwischen, »um mit Ihnen selbst zu reden, wenn du ins Land willst, sind in den wenigstens Fällen nutzbar!«

»Gewiß«, so der Vortragende, »das haben Sie, liebe Pittelkow, aus der zweiten Auflage der *Grafschaft Ruppin*, aber heute fahre ich anderswohin! Die Deutsche Reichsbahn, statt Rasereiweltrekorde zu wollen, paßt sich den Bedürfnissen der Naturliebhaber an. Wie ein verwaschener Schleier zieht alles an uns vorbei, Bahndammzüge, Butterblumen, Schranken, Wärterhäuschen, Telegrafenmasten. Die Deutsche Reichsbahn weiß, wer schnell fährt, vergißt schnell. Wer rasch ans Ziel kommt, verpaßt die Umwegeabenteuer nach Haus. Das Leben ist nicht Eintreffen, sondern eine Reihe von Zwischenstationen. Es besteht nicht aus Enden, sondern Anfängen. Der Weg ist das Ziel.«

»Es gibt keine Wege, nur ein Ziel!« So Frau Pittelkow.

»Sind wir aber erst einmal da«, so der Vortragende, die Zwischenruferin ignorierend, »dann steigen wir auch aus. Diesmal in Groß-Köris. Wir suchen unsern Weg an einem schwülen Julitag auf zerfließendem Asphalt, der an den Tennisschuhen klebt, hoch die neue Turnschuhgeneration! Erntetag im Raps, gelb Schwad neben Schwad, es rückt der Morgen näher mit Rapshonig auf der knusprigen Semmel.

Liebste Mitglieder der Urania, Vortragsabonnenten, wertvolle alte Witwe Pittelkow! Wie haltet Ihr's mit Fontane! Erste Station: Schenk von Landsberg am Eingang zum Orte Teupitz! Und damit nicht sofort auffällt, was wir wollen, bestellen wir Zander! Zander aus dem Teupitzer See, frischgedünstet, mit zerlassener Butter! Dazu frischen Gurkensalat! Frische Kartoffeln mit Petersilie aus dem Küchengarten und frischen grünen Salat! Eine Portion Pfifferlinge, lange vor Tschernobyl, von drüben aus der

Heide! Schüsseln voll gezuckerter, hochreifer Gartenerdbeeren, ungespritzt, ungefärbt!«

»Und mir«, fiel Frau Pittelkow ein, »mir bringnse man Königsberger Klops mit Kaperntunke!«

»Vorn im Lokal«, rief der Vortragende ungerührt aus, »feiert die Freiwillige Feuerwehr unfreiwillig ihr sechzigjähriges Bestehn, hurra! Wir fragen, man antwortet. ›Da müssen Sie den Wilhelm Bennewitz fragen! Der weeß Bescheid. Und den treffen Sie ooch an. Weil der is neemlich immer zu Hause!‹ So betreten wir die Straße eines Ortes Teupitz, der, ginge es nach Urkunden, seit dem dreizehnten Jahrhundert Stadt wäre und sich doch um die *Dorf*-Aue konzentriert. An der hohen Eiche, kaum weniger alt als Teupitz, hängt ein Schildchen. Darauf hat jemand etwas gepinselt. Dieser Jemand hat geistigen Diebstahl begangen. Denn was er angepinselt hat, stammt, so weiß ich als Fóntan, von Fontane, also von mir!«

Die Witwe Pittelkow stand bei diesen Worten auf, schob sich durch die Menge bis an die Eiche, trat vor das Schild und las ab: »Ich habe Sehnsucht, ihn wiederzusehen. Ist es seine Schönheit allein, oder zieht mich der Zauber, den das Schweigen hat?« Der Taupitzer See.

»An der Dorf-Aue lag der Goldene Stern. Im seit Ewigkeiten beklagten Jammertal der Mark immer wieder mit Gold, mit Goldnem Löwen, Goldner Krone, Goldner Ente oder Goldnem Stern aufzuwarten, stank ja zum Himmel. Der nun aber nicht bewirtschaftete Goldene Stern, die Lauben und Veranden rochen nach Willkommen und Akazien. Drüben das Haus des Nagelschmieds, ebenfalls tot oder vielmehr eingerichtet als Bauernschenke, wo's keine Bauern, sondern nur noch LPG-Arbeiter gab. Das Rathaus lebte, geschmückt von zwei farbigen Wappen, links das mit dem Karpfen, rechts mit dem Land Brandenburg mit rot-weiß-rotem Feld und immergrüner Eiche, und hier gingen die Bürger zur Wahl. Wer die Qual hat, hat die Wahl: es ist gehupft wie gesprungen! Das Schloß – nun, das war ein Erholungsheim, piekfein und von einem weiblichen Hausdrachen bewacht, und an der Aue saß der Angler, der mich auslachte, als ich fragte, ob man noch immer, wie zu meiner Zeit, Zander im Winter fängt.«

»Warum soll man denn nicht im Winter fangen!« rief mißbilligend der Angler. »Das Inlett, wie es heißt, läßt man durchs aufgehackte Eis ins Wasser. Die Koffer oder Kober stehen auf dem Eis und grenzen das Fanggebiet ab. Die Stangenschieber stoßen dann ins Wasser, und man holt die vollen Netze raus. Von Fischfangbräuchen in der Mark, das ist ja schon Ethnologie, und in wenigen Jahren weiß kein Mensch mehr davon! Zu Bennewitzen wolln Sie? Es gibt doch zwei!«

In Teupitz gab es natürlich nur einen einzigen Bennewitz, führte der Urania-Vortragende aus, den Wilhelm natürlich. Er war gleich hinter der Badeanstalt zu finden, auf dem Hof des Häuschens. Zwei Badenixen aus heimatlicher Mythologie in giftgrünen Bikinis unter den Privatenten des Wilhelm Bennewitz verschwanden kichernd und lockend hinunter zum See.

»Wir kommen zum Thema, Uraniafreunde! Ich über mir, wie unsereiner sagt. Denn Wilhelm Bennewitz bewies, daß ich gegenwärtig bin. Er *besitze* die *Wanderungen* und habe sie gerade verborgt. Man will sie *lesen!* Und das Schildchen mit dem geistigen Diebstahl habe *er* bepinselt – verziehen! Auch die Badeanstalt war sein Werk, mitgebaut, das muß schon sein! Und nun rekapituliere ich, Damen und Herren! Die Wirtin vom Fröhlichen Hecht zu Königs Wusterhausen, die mir der Reihe nach die Romantitel aufzählte, ›die stehn oben im Zimmer‹. Die blonde Volkspolizistin von Groß-Köris, die den Dichternamen sofort in Verbindung zu Bennewitz setzte. Die Spaziergängerin zwischen Hankels Ablage und der Liebesinsel, nach der Richtung gefragt, entrüstet: ›Hankels Ablage? Das gibt's schon lange nicht mehr! Wenn Sie Fontane kennen, in *Irrungen Wirrungen* treffen sich die Liebespaare unten am Wasser an der Liebesinsel!‹ Eine andere Dame sprach nicht von Liebespaaren, sondern von Offizieren und Mätressen. Herr Artur Scholz, Schloß- und Standesamtführer, mit weitvorgebeugtem Kopf, horchend, jaja, Fontane... Und nun Herr Wilhelm Bennewitz, der gewisse Sprüche auf Tafeln pinselt – Zeugen für einen Indizienbeweis, dessen es noch bedurfte?«

Er legte eine Kunstpause ein.

»Aber nun die Jungen und Jüngeren, kennen die noch den alten Stechlin oder Sie, meine liebe verehrte Witwe Pittelkow? Kennen die Mädchen noch Stine? Was fängt drüben der Mechaniker in der Garage mit Frau Jenny Treibel an? Der rastlose Fernfahrer, der an der Nacht-Tank-Box seinen Laster nachfüllt, mit dem Herrn von Ribbeck auf Ribbeck im Havelland? Die junge hübsche Blaublusige aus der FDJ mit meinen Kriegsreportagen? Der Schüler mit Transistor oder dem Walkman im taub werdenden Ohr mit Balladen, Theaterkritiken, Novellen, Skizzen, mit meinen *Briefen*?!

Da stehn wir nun in Teupitz zwischen den vier Herrschaftssymbolen, den Säulen der alten Gesellschaft, der geistlichen, politischen, leiblichen und der des Todes, also vor Kirche, Schloß, Krug und Kriegerdenkmal, und nur eine von diesen Autoritäten übt noch ihr unverbrieftes Recht aus: der Krug! Die andren drei haben sich ihrer Gewalt begeben, hierzulande jedenfalls, und auch anderswo, sind, auf andre Weise, Gotteshaus, Herrenhaus und Sklavenhaus ab- oder umgewertet worden. Sage ich zuviel, liebe Landsleute, wenn ich meine, über deutsche Lande insgesamt sei ein Dunkel gefallen nach so vielen Kriegen und besonders nach jenem *letzten* Krieg, so daß auch *neue* Ideen die Kraft und das Licht nicht mehr haben, wirklich zu leuchten? Einstmals gestand ich ein, ich könne es nicht beklagen, daß noch in meinen alten Tagen solche Wandlung über mich gekommen sei, denn alles, was obenauf war, war mir grenzenlos zuwider. Wer möch-

te, kann es bei mir nachlesen.« Der beschränkte, selbstsüchtige, rappsche Adel, diese verlogene oder bornierte Kirchlichkeit, dieser ewige Reserveoffizier, dieser greuliche *Byzantinismus* – es wakkele ›das ganze Haus‹! Ein wenig später ist es eingestürzt. Auf Trümmern und aus Ruinen dann wieder auferstanden. *Deutschland, einig Vaterland*, sang mein Kollege Johannes R. Becher, was man zur östlichen Nationalhymne machte mit der Melodie *Good bye, Johnny* von Peter Kreuder, pardon, von Hanns Eisler ...«
Kunstpause.

»Aber der Text, dieses *Deutschland, einig Vaterland*, darf nun zwischen Elbe und Oder, von Mecklenburg bis Sachsen *nicht* mehr gesungen werden, und wieso nicht? Weil sich jemand ›abgrenzen‹ muß? O Landsleute, in West und Ost, Grenzen, was sind denn Grenzen andres, als was gezogen worden ist, um wieder ausgelöscht zu werden?«
Atemholen.

»*Byzantinismus*, so sagte ich, verdammt sei, wer schlecht dabei denkt! Denn meine ich etwa den Priesterschüler byzantinisch-orthodoxer Popen vom Kaukasus, der dann am Sitz des allrussischen Zaren im prunkvollen alten Kreml sein Räteimperium von der Mongolei bis zum Bug und versuchsweise darüber hinaus auf den Bajonetten der von einem alttestamentarischen Propheten in Generalsuniform organisierten Roten-Reiter- und T-34-Panzerarmee errichtete? O nein, liebste Gäste! Ich meine unsre *Seele*. Ich meine Stiefelleckerei, Speichelleckerei, Doppelzüngigkeit, ich meine den inneren Schweinehund. Ja, eine Wandlung war über mich gekommen, und sie kommt immer wieder über mich, wenn ich sehe, wie jede neue ›Ordnung‹ in Korruption umschlägt. Alles Neue frißt am Ende seine Kinder. Bin ich deswegen Pessimist? O nein, ich baue nur den Überbau ab. Und manchmal, da ist mir, als wäre ich wie ein alter Sizilianer oder Baske, ein Anarchist. Es tut mir gut. Es atmet sich freier dabei.«

Erfrischungstrunk.

»Nun, aber, was liest man nun?«

Die Lippen befeuchtet.

»Liest man Kleist, Chamisso oder Fontane noch, liest man Arno Holz, Hauptmann, Klabund, Benn, Brecht, Huchel, Kunert, Strittmatter oder Heiner Müller? Was, kennen Sie nicht, werden hier nicht gedruckt oder nicht gespielt? Wird aber, kommt alles noch, verlassen Sie sich drauf! Auch Luther, Nietzsche, Freud, Bismarck, Goebbels, Hegel, Böhme, Jünger, Celan, Eckhart, vielleicht sogar Hitler, natürlich nur als Abschreckungsmittel, man müsse seine Feinde kennen, was mich nicht schwächt, stärkt mich und so weiter – nichts ist ewig als der Wechsel.«

Er räusperte sich wiederholt.

»Ich komme zum Schluß, meine Freunde! ›Ich habe‹, das sagte ich wiederholt, ›ein paar über den Neid erhabene Kollegen abgerechnet, in meinem langen Leben nicht fünfzig, vielleicht nicht fünfzehn Personen kennengelernt, denen gegenüber ich das Gefühl gehabt hätte, ihnen *dichterisch* und literarisch wirklich etwas *gewesen zu sein* ... Vergegenwärtige ich mir das alles, so habe ich allerdings Ursache, über den Verkauf von lumpigen tausend Exemplaren erstaunt zu sein, denn hundert ist eigentlich auch schon zuviel. Und mehr als hundert werden auch wirklich aus dem Herzen heraus *nicht* gekauft, der andre ist Zufall, Reklame, Schwindel‹.«

Frau Pittelkow und ich spendeten reichlich Beifall, so laut, daß wir nicht wußten, ob das restliche Publikum ebenfalls applaudierte oder beleidigt schwieg. Wir gingen nach Hause, in Gedanken an Bord eines Weißen-Flotte-Dampfers zwischen Teupitz und Prieros und Dolgensee, vorbei an Dolgenbrodt, Kaniswall nach Köpenick mit einigen Fischreihern am Himmel. Drei Tage später trat Frau Pittelkow mit einem Brief in mein Zimmer. »Sie werden bemerkt haben, werter Herr«, hieß es in dem Schreiben,

»daß der neulich auch von Ihnen besuchte Vortrag offenbar bei dem Publikum den Eindruck erwecken sollte, man könne ruhig in die Mark fahren, auch die neue, die Rote, denn die Leute seien ja gar nicht so! ... Man kann eben nicht umhin, eine Einreiseerlaubnis mit Propagandareden zu honorieren, damit man wieder hin darf. Es war alles durch die Brille des *Neuen Deutschland* gesehen, ja aber wo *ist* dieses *Neue* Deutschland nun? Hochachtungsvoll ihr ...«

Ein Herr Hinz oder Kunz hatte unterzeichnet, auch Frau Pittelkow kannte ihn nicht.

Ich schlug einen Band mit Briefen auf und las daraus der Pittelkow etwas vor. »Hochgeehrter Herr ... aber alle diese Kritiken..., die gar keine Kritiken sind, sind so gewiß auf dem Holzwege, wie ich hier sitze und eine Feder mit breitem Spalt in der Hand halte. Das alles sind Schimpfereien ... Bezwingen Sie, nach Möglichkeit, Ihre persönliche Abneigung gegen die Richtung ... Ihr Theodor Fontane.«

Das habe er, fügte ich hinzu, an einen Zeitgenossen geschrieben, an Stephany, 22.10.1889«! »Wat?« fragte Witwe Pittelkow. »So lange soll dett schon her sein?« Und sie wackelte hinaus, denn draußen an der Tür hatte es wieder einmal geklopft.

7. Gesang

Am Ende nur Märkische Namensmusik

Nach Abenteuern im Gefolge des Gefühls, etwas verloren zu haben, ohne genau zu wissen was, und der Mutmaßung, bestimmt etwas zu finden, würde ich mich nur entschließen, suchen zu gehen – was ich ja dann auch getan hatte –, schien es an der Zeit, das Resultat meiner Recherchen zu überprüfen. Die Erinnerung, so glaubte ich folgern zu dürfen, war keinesfalls das Paradies, aus dem wir nicht vertrieben werden konnten. Und der Wiederbesuch einer Landschaft, die mir Jugend bedeutete, aber Gegenwart sein wollte, dünkte mich schiere Qual. Nein, die Erinnerung, und zwar eines unwiderruflichen Stück Lebens, das war die Hölle. Also machte ich mich auf, sie so schnell wie möglich zu durchqueren, doch das Schlimme dabei war, sie wies keine deutlichen Grenzen auf. Mehr, sie hatte viele verschiedene Grenzen, die sich auch noch laufend veränderten, so daß Boden wie Begriff ins Schwanken gerieten, ich meiner selber verlustig zu gehen drohte und zu ahnen begann, dunkel und wirr, denn wie durfte ein Nicht-Ich zu klaren Überlegungen fähig sein, daß der Sinn des Fegefeuers darin bestand, auch den letzten Rest von Eigenleben oder von Bewußtsein einzuschmelzen, entweder, um den Sünder endgültig zu tilgen oder ihm die Möglichkeit zu neuer, wahrer Existenz zu bieten. Auf diesem Leidenspfad und im Zeichen meiner Besinnung kam ich nach Großbeeren.

»Das Dorf Großbeeren«, meinte Fóntan, der mich durch die Hölle führte, »kann man nicht mit Cannä, den Thermopylen, dem Schlachtfeld bei Atlanta *Vom Winde verweht* vergleichen oder mit Leuthen, wo unsre Kriegerahnen sangen *Nun danket alle*

Gott, was schließlich auch verfilmt worden ist, mit Otto Gebühr in der ihm angewachsenen Maske des Alten Fritz, haben Sie das gesehn? Nun liegt aber Großbeeren zwischen Eisenbahnlinien, dem *Nuthe*-Graben und den *Rieselfeldern,* Sie sind gewarnt! Unweit zwei weitere welthistorische Dörfer, Groß und Klein Ziethen, und Ihr Fontane war es, der die Ballade dichtete *Joachim Hans von Zieten, Husarengeneral,* dessen Namen sie tragen, war denn Ihr Herr Erzeuger so stramm preußisch?« Der Herbst war bunt wie ein hierzulande fabrizierter ORWO-Color-Film, aber weniger bonbonfarben, und womöglich lernt man Szenerien am besten zur Erntezeit lieben, nachdem sie angefangen haben, sich zu entkleiden, ohne schon völlig nackt dazustehn. So etwas völlig Nacktes, noch dazu dann, wenn es unvermittelt erscheint, hat etwas Peinliches. Und auch der eiserne, nackte Obelisk auf dem Großbeerener Friedhof hatte etwas Unangenehmes an sich, allzuplötzlich erinnerte er an Blut und Schlachtentod, während er doch lediglich vom Sieg der verbündeten Preußen, Schweden und Russen über Napoleons Generale künden sollte. Dieser Sarg wollte mich heute nicht mehr so recht zu »Dankbarkeit« verpflichten, wie es mein Höllenbegleiter forderte; zwar wurden wir von dem Korsen frei, doch was gewannen wir dazu? Und wem waren wir *dann* unterworfen?

»Das ist doch Unsinn!« rief der Begleiter neben zwei demontierten Kanonen aus. »Mit solchem Defaitismus machen Sie doch die ganze Weltgeschichte kaputt!«

Er zückte einen Fotoapparat und nahm die durchaus fotogene Kulisse auf. Eben erschienen vier Japaner, von denen fotografierte der Älteste die anderen drei, dann der Jüngste die anderen zwei mitsamt dem Ältesten, dann der Zweitjüngste den Jüngsten mitsamt den anderen zweien, wonach sich die vier stritten, wer nun mit dem Fotografieren an der Reihe sei, weshalb ich eingriff und sie alle vier zusammen auf den Farbstreifen bannte. »Vely nice!« schwärmten sie und verschwanden. »Hatten Sie gewußt, daß die

Japaner das r nicht aussprechen können?« fragte mich mein Virgil. »Aber wieso eigentlich nicht!«

Schulkinder gesellten sich zu uns und erboten sich, uns die Stellen zu zeigen, wo die Soldaten lagen. Den Schlüssel zum Kirchtor freilich habe der Mann, der »immer die Glocken« läute. Ob sie einmal vom Geist von Großbeeren gehört hätten, wollte ich wissen, doch sie schüttelten den Kopf. Was waren denn das bloß für Schulen, in die diese Kinder gingen!

»Den hab' ich noch gekannt!« behauptete mein Führer. »Hans Heinrich Arnold hieß der Geist, eine Mischung aus einem märkischen Till Eulenspiegel und Michael Kohlhaas, dem tragischen Dickkopf. Einmal ließ der Geist eine ganze Brücke, die über ein Flüßchen führte, von seinen Leuten abmontieren und zum Gericht transportieren, vor das ihn ein Herr von Hake hatte zitieren lassen; die Gerichtsräte möchten sich doch, wenn Herr von Hake auf dieser Brücke angeblich eingebrochen war, durch ›Okularinspektion‹ davon überzeugen, daß die Brücke in Ordnung sei, und ich glaube, er bekam sogar recht. Und das Herrschaftshaus von diesem Geist, wo ist denn das?«

Die Schulkinder guckten sich an. Ob wir vielleicht das staatliche Lehr- und Versuchsgut meinten? Wieso wir eigentlich angereist wären! Wegen Erntefest und Ernteball? Au, da ging's aber immer hoch her!

Sie hatten noch nichs von Jugend, Erinnerung und Hölle gehört. Zwischen den Pyramiden auf dem eigentlichen Schlachtfeld und der dörflichen »Aussichts- und Gedenkstätte mit ständiger Wechselausstellung und Rundblick vom Turm« – »wenn geschlossen, Meldung Dorfstraße 10«! – vollzogen wir die patriotische Pflichtübung, wie abends die auflockernden Kniebeugen oder das Zähneputzen vorm Zubettgehn. Eine wahrlich merkwürdige Schlacht! Etwas Perverses, wenn man bedenkt, daß am Vorabend in der Hauptstadt Berlin noch Theater gespielt worden war, und zwar auf ausdrücklichen Befehl des Intendanten

Iffland, auch ein berühmter Schauspieler und Verfasser von Stükken, fünfundsechzig an der Zahl, wie mein Führer behauptete, rührselige Sachen mit enormem Anklang beim Publikum, Beherrscher zeitgenössischer Bühnen, »da drüben« liege er, und die Hand wies in die bläuliche Herbstluft in Richtung Norden.

»Ist denn Iffland auch in der Schlacht gefallen?« erkundigte ich mich voller Takt.

»Iffland? In der Schlacht?« Fóntan zeigte mir einen Vogel. »Er hat *Theater* gespielt, Sie Depp! Er war Künstler! Stand weit über der Zeit! Und er ließ Theater spielen, um die Stimmung der Bevölkerung zu ›paralysieren‹, wie er sagte. Ruhe die erste Bürgerpflicht! Und das Schinkelsche Schauspielhaus am Gendarmenmarkt war ausverkauft. Hier trafen sich jene, die nicht auf die Tempelhofer Berge hinausgeeilt waren, um der Bataille eine Stunde näher zu sein, und auf bequemen Stühlen sahen die tapferen Zuhausegebliebenen *Die deutsche Hausfrau*, Drama in drei Akten von Herrn von Kotzebue, hierauf *Das Geheimnis*, Operette in einem Akt von Solié! Und Kanonendonner, Hurrarufe, eifrige Untertanen, die Truppen hinausbegleiteten oder bereits tödlich Verwundete im Haus aufnahmen, störten weder Publikum noch Akteure –«

Ich griff mir an den Kopf. »War denn die Kunstliebe damals so groß, der Gleichmut so unübertrefflich oder die Angst vor Tod und Untergang so klein – nein, nein, das glaube ich nicht, jetzt lügen Sie doch!«

Er packte mich beim Arm und zog mich zu einem Gedenkstein. »Was steht da, lieber Kamerad, eingemeißelt und für ewig?«

»*Unsere Knochen*«, mußte ich laut vorlesen, »*sollen vor Berlin bleichen, nicht rückwärts* – ein Wort General Blüchers? Wurde der nicht von Stalin liquidiert?« »Aber das ist doch ein ganz andrer Blücher, Mensch! Der preußische Blücher, damals vor zig Jahren, das war der Marschall Vorwärts, ein progressiver Marschall, weswegen er hier und heute –«

»Aber diente er nicht König, Adel und Feudalherren?« »Er hat uns befreit! Und Iffland spielte Theater. Sie müssen die Zusammenhänge erkennen, wie der preußische Staatsphilosoph Hegel es tat, denn was ist, ist gut.« Ich holte tief Atem. »Er hat Siege errungen für eine Art Staatsmacht, die seit der Französischen Revolution weiß Gott überholt gewesen ist, und er hat Truppen geschlagen, ein französisches Revolutionsheer, Ideen, wie Freiheit, Gleichheit, Brüderlichkeit, die vielleicht wirklich frei gemacht hätten, wenn –«

»Wollen Sie etwa behaupten«, so nun er, »man könne Napoleons Feldzüge mit denen der Russen vergleichen, die ja ebenfalls im Namen neuer und hehrer Ideen –« »Ich will gar nichts vergleichen, nur mich stört, wenn jemand –«

»Und mich stört«, so er, »wenn jemand –«

Wir stießen auf ein Mahnmal. Die Inschrift war französisch gehalten. »800 DEPORTÉS DU TRAVAIL FRANÇAIS«.

»Hatten denn die Preußen schon damals Fremdarbeiter aus Frankreich?« fragte mein Führer.«

»ASSASSINÉS PAR LES NAZIS«, so endete der Text. Wie wäre, fragte ich mich, unsre Geschichte bis auf unsre Tage verlaufen, hätte Blücher damals die Schlacht verloren? Unnütz solche Fragen, natürlich, sinnlos und albern. Ganz hinten am Horizont, um das Schlachtfeld und um die Gräber deportierter Franzosen, zogen friedlich Schafherden vom staatlichen Lehr- und Versuchsgut, die Landschaft verhielt sich wie ein Scharnier zwischen Gestern und Morgen oder wie zwischen Oktoberklarheit und Novemberdunst, auf einigen Feldern blühten noch Lupinen, gelb und süß, mit einem tiefen Kern von Jugend und von Erinnerung, doch er ließ sich nicht erreichen und versank, wie in der Vorgeburt: Memoirenlos.

Ein andres Mal wurden wir abgeholt, in einem Tatra, neben dem Dienstchauffeur saß eine junge Frau, die sich als Mitglied des Staatlichen Rundfunkkomitees vorstellte.

»Und wie sind Ihre ersten Impressionen in unsrem Staat?«
»How do you like New York!« erwiderte Fóntan.
»Aimes-vous Moscou ou Paris?« fügte ich hinzu, schließlich waren wir nicht vom Dorf.

Fräulein P. brachte ihr Tonbandgerät einem Radargerät gleich in Stellung, und mit dem Mikrophon vorm Mund sah sie nun wirklich wie der Reporter beim Start einer Weltraumrakete aus.

»Eine Meile hinte Großbeeren«, sprach sie aufs Band, »so hat uns Fontane erzählt, liege das Dorf Löwenbruch, und hier fände man durch die Jahrhunderte hindurch eine Reihenfolge guter Namen, der von Thümen, von Otterstedt, von Boytin. Und nun Ihre ersten Eindrücke?«

»In Löwenbruch«, so mein Begleiter, »hat es eine Reihe komischer Käuze gegeben. Einer von ihnen predigte die Wasserheilkunst, ein märkischer Kneipp, aber wenn Sie in Berlin auf der Museumsinsel den von uns aus Kleinasien gestohlenen Pergamonaltar bewundern, denken Sie bitte daran, daß man auch damals schon dort Heilungen betrieb auf der Grundlage der Behandlung mit Wasser, wovon die Bäder am Fuß der Burg von Bergama noch heute künden! Besagter Kauz ließ im Krieg den Turm der Kirche abtragen, damit das Dorf von vorüberziehenden Soldaten unbemerkt blieb, doch er erschoß sich in einer Vorahnung vom Sturz der Monarchie, aber das von ihm gerettete Dorf gibt es heute noch!«

»Meine entscheidenden Erlebnisse hier«, begann nun ich, »beruhen auf ganz anderen Dingen. Kennen Sie den sitzenden Bischof auf der Kirchenempore, diesen wundervollen, kleinen, geschnitzten, bemalten Bischof, den der von Ihnen verherrlichte Fontane vor lauter Heldenanbeterei übersehen hat? Immerhin dreizehntes Jahrhundert und nicht weniger reizvoll als der Pergamonaltar! Der Pastor hat es ja gesagt: eins der ältesten Kunstwerke der Mark überhaupt! Oder das Taufbecken, weiß gestrichen wie eine Brautkutsche! Die Barockfenster und das Barockglas, das Krieg, Wetter und Steinwürfe widerstanden hat!« Ich blickte mich in Kirche und Ortschaft um.

»Aber wo sind nun eigentlich Ihre Märker«, fragte ich die Interviewerin, »die das alles bewundern und bewandern sollten? Was machen Sie, liebe Frau, denn nun eigentlich mit Ihrer Freizeit?«

»Es ist so schade«, meinte Fräulein P. und schaltete das Staatliche-Rundfunkkomitee-Tonband nervös ab, »daß die Leute dafür relativ wenig Interesse haben. Nach Jahrhunderten mit Dörfern und Nebel fahren die Leute in ihrem Urlaub an die Schwarzmeerküste, in die Hohe Tatra oder zur Ostsee –«

»Oder an den Rhein?« fragte ich.

»Wollen Sie mich provozieren?« fragte sie.

»Oder an den Amazonas?« fragte mein Begleiter.

»Was machen Sie denn in den Ferien?« erkundigte ich mich. »Ich meine, wenn Ihnen dies hier nicht exotisch genug vorkommt –«

»Wir haben uns grade ein kleines Sommerhäuschen am Schwielowsee gebaut und auch ein Motorboot gekauft, unsre Tochter ist ja ganz wild danach!«

»Am Schwielowsee ein Häuschen? Mit einem kleinen Garten nebst Küchengemüse? Da rennen Sie den ganzen Tag nackt rum, faulenzen und aalen sich, Ihr Mann angelt ein wenig, abends gibt's frischen Fisch und Radieschen, dazu Wein von Unstrut oder Saale oder Johannisbeerwein aus Werder, wenn die Mücken kommen, rauchen Sie, und dann plumpsen Sie alle todmüde und selig ins warme Kuschelbett, das Holz riecht nach Kiefern und Liebe, und bald wird Ihre Tochter ein kleines Brüderchen haben? Am Schwielowsee ein Häuschen!« Tief seufzte Virgil auf. »Das ist ja das Paradies!«

»Das Paradies der Werktätigen«, fügte ich hinzu. »Wo kann sich denn sonst jemand ein Sommerhäuschen leisten!«

»Wollen Sie mich provozieren?« fragte Frau P., die also kein

Fräulein war, noch einmal böse. Und da war das Inteview auch schon zu Ende.

Und dann regneten wir auch noch ein. Es war Nacht und in Trebbin. Aber das Bahnhofshotel nahm uns auf. Beim Gutenachttrunk im Schankraum zwischen Theke und allen Tischen lauschten wir den erhitzten Diskussionen, erhitzt trotz Regen, Nacht, Trebbin und Bahnhofshotel. Es habe einmal einen Hans Klauert in Trebbin gegeben, Eulenspiegel von Trebbin, Hans Klauert-Festspiele; »Aba unter die Nazis«, wirft jemand ein, und die erhitzte Debatte erhitzt sich noch mehr, daß das Bier im Munde zischt. Auch habe es hier einen Kobold gegeben, der nachts den Heimgängern auf den Buckel hüpfte, und er habe unter der Lüdersdorfer Brücke gesessen, deren Bretter er entfernt hatte. O ja, die Sagen und Ängste und Aberglaubensüberlieferungen!

»Kinder soll man nicht zu sehr loben, sondern durch ein *Unberufen* vor Schaden schützen!«

»Sommerregen läßt die Kinder wachsen!«

»Bleigießen zu Silvester ist Quatsch!«

»Nach dem Tod muß man die Fenster aufmachen, Spiegel verhängen, Uhren anhalten, dem Vieh den Heimgang des Verstorbenen mitteilen und die Obstbäume schütteln!« »Fischschuppen in der Geldtasche bringen Glück!«

»Ziehe durch, ziehe durch, durch die goldne Brücke, haben wir immer gesungen!«

»Barches, Stollen, Mohnstriezeln, Schusterjungen, Salzköter, Kolatschen, Krepel: Sprachgitter Märkisch!«

Züge zwischen Luckenwalde, wo unsereiner Fußball spielte, und Teltow, wo man das Licht der Welt erblickte, rattern am Bahnhofshotel vorbei, daß die Tische zittern.

»Wenn die Bahne von Trebbin her bullert, denn jeff's Regen, aba wenn sie von Zossen her bullert, dann jeff's jutes Wetter!«

Wortgefechte um Perspektivplan, Kinderkrippe, Olympiarekord.

»Dir hau' ick eene vorn Bahnhof, det' a sämtliche Jesichtszüje entjleisen!«

»Hiermit wird bekanntjemacht,/daß niemand in die Beke kackt,/Morjen wird jebraut!«

Und das Trebbiner Beke-Bier war bezirksweit berühmt.

Am Morgen flüchteten wir nach Blankensee, wo die Glocken im Kirchturm seit dem Jahre 1400 *O König der Herrlichkeit, Christus komme mit Frieden* riefen. Auf zahlenmystische Weise ergaben die in eine künstlerisch geschnitzte Tafel eingravierten Zahlen

4 3 8
9 5 1
2 7 6

in jeder Richtung 15. Deren Quersumme war 6, 6 konnte durch 3 geteilt werden, 3 war eine sanktionierte Primzahl, die nur durch 1 und sich selber teilbar war – und nahm man nun die 0 hinzu, ergab sich 1603, das Jahr der Entstehung!

Und nicht weniger zahlenmystisch, wenigstens für den Landesfremden, die Mitteilung über realsozialistische Agrikultur drüben am Hof der Landwirtschaftlichen Produktionsgenossenschaft, LPG, auf der Tafel: »Eine LPG von 1200 ha, die ihre Marktproduktion um 1,4 dz GE je ha steigert, erhält nach den festgesetzten Sätzen eine Mehrproduktionsprämie von 48720,- M.« Und weil die *festgesetzten Sätze* nicht erwähnt werden, offenbleiben und veränderlich sein dürften, wie alles in der Welt, und weil dies also niemand versteht, deshalb immer die Engpässe in der Versorgung? Oder umgekehrt, die Versorgungsengpässe deswegen, weil ja, trotz der schier astronomischen Prämien-Mark-Summe, bei einer Arbeiterschaft von 100 Leuten jeder ja doch nur 487,- Mark im Jahr erhält?

Was war, was ist die Mark Brandenburg? mußte ich denken. Ein Endpunkt Geoevolution, eine Landmarke, das denkende Subjekt und dessen Gedächtnishölle, vom Kurfürstentum zum

Realmarxismus, und was dann weiter? Fóntan alias Virgil wünschte noch, den Kapellenberg zu erklimmen, während ich dem Taufstein italienischer Arbeit des zwölften Jahrhunderts mit Motiven pompejanischer Ruinen nachsann. Ach, richtig, die Ruinen hatte ich vergessen, die zum Mutterland gehören! »Auferstanden aus Ruinen«, hieß es in der neuen Nationalhymne, »Deutschland, einig Vaterland« – aber dieser Text durfte nicht mehr gesungen werden, weil *Deutschland* nicht mehr sein sollte? Und auf der anderen Seite von Mauer und Grenze und Eisernem Vorhang oder vom Schnitt zwischen Eurasien-Ost und Eurasien-West durfte nicht mehr gesungen werden *Deutschland, Deutschland über alles,* weil das *über* Mißverständnissen ausgesetzt sein mochte? Man zeige mir ein Volk, das sich nun gleich in zweifacher Ausfertigung verbieten ließe, in der Hymne *sein* Land zu nennen, oder dessen Machthaber zu solchem Verbot fähig wären, ich selber weiß keins, aber es bleibt und ist ein Charakteristikum, das neben den schon genannten zum Orte gehört.

Hinter dem Altar hatte ich den lückenlosen *Index Pastorum* von 1559 bis 1962 gesehen, an die Wand gemalte Geschichte christlicher Ohnmacht. Gewiß, meinte Fóntan, viele Grabsteine und Bilder und Schildereien, aber eigentlich »nichts, was sich über den Durchschnittsinhalt alter Dorfkirchen erhoben« hätte: Recht hat er, immer dies selbige Jammerthal! Da der Schlüssel zum Dorfmuseum partout nicht gefunden werden konnte, welche Schlamperei, starrten wir durch die immerhin blankgeputzten Fensterscheiben hinein und erkannten die Symbole des Lebens von der Wiege über Bierkrüge und Plätteisen bis hin zu Fischreusen, Wanderstöcken und Särgen. Und noch ein Symbol entdeckten wir, ein Schloß, keins, das davorhing, sondern eins, in dem man wohnte.

In diesem, erklärte der Gärtner mit dem krummen Rücken, habe »mal der Doktor Sudermann jewohnt, und det hier is sein italjenischer Park. Der Doktor Sudermann, der war neemlich jar keen Doktor, sondern ein Dichta, wenn Se det wissen wolln, und der hat sich mit seene Bücha det Schloß hier jekooft.«

»Kenn' Sie den?« fragte ich meinen Begleiter.

»Ich glaube«, erwiderte er, »es könnte möglich sein, daß ich in der *Kreuzzeitung* über *Frau Sorge* oder *Die Ehre* die Premierenrezension schrieb, das waren ja mit die ersten naturalistischen Sensationen, oder?« Unsicher blickte er auf den Gärtner.

»*Litauische Geschichten*, lieber Mann, sagt Ihnen das etwas? Oder *Der Katzensteg*?«

»War da nicht die Brigitte Horney in dem Film drin?« fragte der Gärtner und krümmte den Rücken noch mehr. »Oder war Sudermann mit seiner *Frau Sorge* vielleicht ein Vorläufer der Heideggerschen Ontologie von *Sorge* als Ausdruck unsrer Existenz?« warf ich ein.

»Schnickschnack!« erboste sich der pensionierte Theaterkritiker. »Jedenfalls ist das Schloß ja nun wohl eine Polytechnische Oberschule geworden. So geht es eben mit den Herrenhäusern!«

»Die Orjinalstatuen«, wagte sich nun wiederum der gebückte Gärtner vor, »die sind ja nu inn Park von Sanssouci jeschafft worden, war manch scheenet Stück dabei, habn sojar Wissenschaftler jesacht, aba hier ham wa ja nu bloß noch die Duplikate!«

Erster Rauhreif über Reichsbahnschwellen, ein Novembertag, geradezu symbolisch zwischen Allerseelen und Rotem Revolutionsfest. Am Bahnhof Lichtenberg im Osten der großen alten Stadt harrten wir eines leeren, warmen Abteils, auch eine Bauersfrau mit schwarzem Kopftuch, schwarzer Pelerine, altem, schwerem Pelzmantel aus oder wie aus Bärenfell, aber aus welchem Osten, mit breitem, frischem Gesicht und mit Gesundheit in der Atemwende, in Lichtenberg schien bereits das Oderbruch zu beginnen. Dampflokrauch, der nach Schnee roch. Ohne Frühstück auf dem Perron stehen und in einen frostigen Apfel beißen, daß es knackt: das Abenteuer, wie es begann.

»Eigentlich wäre es nett von Ihnen«, sagte ich zu Fóntan,

»wenn Sie durchblicken ließen, wohin wir fahren! Gestern haben Sie den ganzen Tag Wanderkarten studiert, Wege berechnet, den Rucksack gepackt, und heut früh haben Sie auch mich mit dem Rotstift auf Ihrer Mitnehmeliste abgehakt und sogar mitgenommen, aber wo fahren wir eigentlich hin, zum Teufel noch mal?«

»Nach Blumberg, mein Freund!«

Blumbergs Bahnhof war eine Welt für sich, eigenartiger als Amerika und noch weiter weg. Von außen ebenso unscheinbar wie der Mond und drin vielleicht voller Überraschungen? Alle Stühle besetzt, alle. Radiomusik, Arbeiter, Kreuzpunktschnitt, Reisende, und die Kinder holten Feierabendbier in Flaschen und Krügen. In Blumberg waren überhaupt viele Kinder, mit riesigen, warmen Wollpudelmützen, die hoch oben gekrönt waren von Wollquastkuppeln aus allen Farben und phantastisch Gestricktem – jede Kuppel ein Kreml. Auf der Dorfstraße Kinder, die Kutscher und Pferd spielten, und da mußte man erst einmal eine Weile stehenbleiben und das verzeichnen. Nicht Auto, Verkehrsunfall, Polizei wurde gespielt, hier und heute, sondern Kutscher und Pferd, eine einzige Stunde von der City entfernt?! Hier wußten Kinder noch, wie Pferde sich aufbäumen und was ein Kutscher schreit: Hüho!

»Ja, und was wollen Sie nun in Blumberg?«

»Nachsehen, wo das Porträt von Canitz hängt!«

»Und was wollen Sie mit dem Porträt?«

»Ansehn!«

»Und nach dem Ansehn?«

»Canitz war ein Freiherr und Poet, der schon 1734 von der ›drellen Dirne‹ sprach, und das ist es, was mich interessiert.«

»Die drelle Dirne interessiert Sie, natürlich!«

»Literarisch interessiert sie mich, mein Lieber!«

»Sagen Sie nicht *Lieber* zu mir, wenn Sie von drellen Dirnen sprechen, mein Lieber!«

Aber das Porträt des von Canitz, das früher in der alten Feldkirche gehangen hatte und damals schon von dem Wanderer in der Mark, Fontane, vermißt worden war, es unterlag gegenwärtig der Restauration. Wir sahen uns nach dem Schloß um, in dem von Canitz gestorben war, leider hatten es Soldaten bei Kriegsende angezündet und niederbrennen lassen. Doch der Park schien herrlich: vielhundertjährige Eichen, auf dem Schild eine Eule, der Vogel der Weisheit erinnerte daran, dies sei ein Naturschutzgebiet, und hoch oben kreuzte ein Habicht, der auf Beute lauerte. Blumberg versank. Wo überhaupt lag es denn? Im Nieder-Barnim. »Hübsch«, meinte Fóntan, »man muß ja nicht unbedingt was finden, wenn man nur Sinn für das Landschaftliche mitbringt! Waren Sie schon einmal in Werneuchen?«

Wir wanderten in den Forst hinaus, ließen Bernau, das ich kannte, links liegen, und erreichten das Städtchen. Hier komme Schmidt von Werneuchen her, »ein Dichter«, den kenne ich wohl nicht. Am vorzüglichsten sei er da gewesen, wo er »in klassischer Einfachheit und nie zu bekrittelnder Echtheit die *märkische* Natur« beschrieben habe, im »Ton schlichter Gemütlichkeit«, »ohne in Trivialität oder Sentimentalität zu verfallen«. Und Fóntan zitierte aus dem Gedicht an das Geburtshaus: »O, wie warst du so schön, wenn die Fliegen der Stub' im September/ Starben, und rot die Ebreschen am Haus des Jägers sich färbten.« Dies genüge, meinte er, um die »Züge von ganz ungewöhnlicher Feinheit« zu finden. Ein Spießer, dachte ich, sowohl jener als dieser! Wirklich, über Geschmack ließ sich mit dem Alten nicht streiten.

Durch den Forst von Ober-Barnim, über die Langen Berge und die Bollersdorfer Höhen erreichten wir Buckow. Nun war ich es, der auf einen Dichter zu sprechen kam. Ob Fóntan die *Buckower Elegien* kenne. Nein, meinte er unwirsch. Dort liege übrigens das Haus, das Brecht bewohnt habe. Brecht? Was der denn in Buckow gewollt habe? Die Elegien schreiben, sagte ich.

Schiffbauerdamm und Theater, Dreigroschenoper und die Kabaretts – Buckow gehöre dazu. Märkische Schweiz, meinte er, Holsteinsche Schweiz, Mecklenburgische Schweiz, Sächsische Schweiz, Schweizer Schweiz, immer hoch hinaus der Märker, wie? Aber Buckow war hübsch. Die märkische Idylle par excellence. Müncheberg und Lebus mit dem Akzent auf dem *u*, die alte Reichsstraße Nummer 1 über Cüstrin nach Königsberg in Ostpreußen, Blockstelle Rotes Luch, Zauch-Belzig und Rehfelde: Buchstabenmusik. Vieles andere suchten wir noch auf, Luchwiesen und Jühnsdorfer Heide, Nunsdorfer Berge und Krumme Lanke, Saalow und Wietstock und Thyrow und Mellensee und andren Blumen in diesem Namenskranz, ade! Die Mark schmiegte sich an wie eh und je, unauffällig, und sie war frisch und warm wie Pflaumenkuchen auf dem Blech im August. Zitherspiel in der Luft, begleitet von der Trauermelodie hängender Stahlseile über Beke, Nuthe, Panke und Spree und von in die weiten Ebenen ziehenden Überlandleitungen. Strom zu Strömen, Licht zu Brüchen, Dämmerungen in Wäldern räuberischer Zeit.

8. Gesang

*Where the hell is
Frankfurt an der Oder*

Es ist das schlechte Gewissen, das uns zurück in die Träume drängt, und es bleibt der Fluch der bösen Tat, immer wieder zu jenem Ort zurückkehren zu müssen, an dem wir Verbrechen begangen haben. Nach dem zu suchen, was man verloren hat, scheint ja nur ein Vorwand für einen Ausflug in die Geschichte, im Grunde genommen haben wir nichts andres verloren als unsre Unschuld, was mir auch völlig klar war, als ich eines Tages kurz vor Weihnachten nach Frankfurt fuhr, jenem an der Oder. Mehr als tausend Jahre war es her, daß ich kriegsgerichtlich zu einer Strafe zwischen zwölf Monaten Gefängnis und Todesstrafe verurteilt worden war, im Endeffekt zu Frontbewährung. Als sich beim Brotfassen ein Unteroffizier an der Front bei Guben im Endsiegjahr vorgedrängt hatte, war es ärgerlich aus dem Gemeinen herausgeplatzt: »Vor dem lieben Gott und der Verpflegung sind alle Menschen gleich, auch Unteroffiziere und Soldaten!« Feststellung der Personalien, mit Stahlhelm und Koppel zum Oberstabsarzt und Kommandanten der Sanitätsabteilung bestellt, der mit Geheimer Staatspolizei gedroht und Untersuchungshaft verfügt hatte, Kriegsgerichtsurteil zwei Wochen später der 433. Division Frankfurt/Oder im Januar jenes Schicksalsjahrs: »Im Namen des Volkes ... Wegen Erregung von Mißvergnügen und Gehorsamsverweigerung ...«

Aber die neuen Ämter und Archive konnten oder wollten nichts an alten Akten finden, ein Genosse Staatsanwalt freilich fand Geschmack an dem Besucher und wollte ihn zu neuer Schuld verführen, indem er vorschlug, ich von drüben und er von hüben, wir könnten uns doch einmal in der Hauptstadt treffen, aber man hörte die Nachtigall von der Sicherheit trapsen und verdrückte sich in die Dezemberluft. Der Hof, in den ich geriet, hatte einen Ausgang zur Straße, die Fenster vergittert, und so lief ich zurück, benutzte ein Vaterunser lang einen aufwärtsschwebenden Paternoster, sprang im letzten Moment vor Erreichen des Dachbodens ab, um bei der Kehre des Paternosters auf dem Boden nicht geköpft zu werden (Urteil sozusagen ohne Urteilsspruch), verlief mich in winklig düstren Gängen, drückte mich durch eine große Doppeltür und stand in einem Gerichtssaal.

»Nehmen Sie Platz!« befahl mir der Gerichtsdiener.

»Ihr Fall kommt als nächster dran!«

Gehorsam, freilich verwirrt ließ ich mich auf den harten Holzstuhl fallen. War ich als Zeuge geladen, als Sachverständiger, als Angeklagter? Das Vernünftigste schien, sich zu fügen und die Dinge ihren Lauf nehmen zu lassen, meine Unschuld würde sich derart am besten herausstellen. Allerdings nagten Gewissensbisse an mir. War mein Ausweis noch gültig, das Visum einwandfrei, mein Betreten des Gebäudes rechtens? Immerhin war ich, Kriegsgericht hin, Kriegsgericht her, im letzten Krieg Soldat gewesen, aus russischer Gefangenschaft eher illegal nach Haus gekommen, vorübergehend amerikanischer Staatsbürger gewesen, also Mit-Imperialist schlimmsten Grades, zwar auch Demonstrant gegen den schmutzigen Krieg der Yankees in Vietnam, doch womöglich auf der falschen linken Seite (es gab ja damals in meiner Stadt mindestens fünf oder sechs Parteien oder Gruppen, die sich alle für die rechtmäßigen Erben der Revolution hielten, ob nun leninistisch, maoistisch, albanisch, trotzkistisch, stalinistisch, marxistisch angehaucht)?

Zwischen zwei Schöffen, von denen der eine mit »Genosse Licht« angeredet wurde, nahm jetzt der Richter vorn am Tisch Platz, ein kleiner, dicker Rotgesichtiger mit Glatze, listig blinzelte er durch die Brille mit Goldrand. »Die Kläger stehen vor der

Türe schon!« so der Diener. Ein Ehepaar, das sich scheiden lassen wollte? Er im einundsechzigsten Lebensjahr, schon einmal geschieden von einer Frau, »die im Westen blieb«, dann verheiratet mit einer Wittib, vierundfünfzig, mit Sohn aus erster Ehe, um den es im Grunde zu gehen schien, denn der Sohn hatte von einem Onkel Gustav einen Feldstecher geschenkt bekommen – oder nicht geschenkt bekommen? Das war die Frage, denn der Feldstecher war weg.

»Kauft euch einen neuen. Wer wollte doch um einen Feldstecher so viel Unheil stiften!«

Der beklagte Ehemann aber bestand darauf, daß *er* den Feldstecher besorgt und auch eigenhändig in den Küchenschrank gelegt habe, und der Stiefsohn hätte ihn gestohlen.

»Und was hat Euch so das Gesicht verrenkt?«

Der Ehemann, so die Ehefrau, habe den Jungen mißhandelt. Betriebskollegen des Mannes sagten aus, sie hätten bei Besuchen »nichts Außergewöhnliches« bemerkt. Listig blinzelnd, zuweilen die Perücke geraderückend, hörte sich der Richter alles an.

»Der Mann hat seinen Amtseid ja geschworen, und praktiziert nach den Bestehenden Edikten und Gebräuchen.«

Richter Adam heiße er, flüsterte der Gerichtsdiener, und aufhorchend nickte ich. Wann denn das Ehepaar zum letztenmal den ehelichen Beischlaf praktiziert habe, wollte Richter Adam wissen. Der Beklagte überlegte, merkte, worauf der Richter hinauswollte, und gab deutlich und laut das Datum an. Die Ehefrau, der solche Frage »vor den Leuten!« peinlich war, zuckte pikiert mit den Schultern.

»Doch hier das Tribunal ist nicht der Ort . . .« Aber, meinte der Richter, das Ehepaar verstehe sich wohl trotzdem nicht mehr, und eine Scheidung würde hier das Ende mit Schrecken statt eines Schreckens ohne Ende bedeuten. Die Ehefrau halte zu ihrem Sohn aus erster Ehe, und der Ehemann wisse nichts mit dem Stiefsohn anzufangen, eine bloße Vernunftsehe von Anfang an, deren Vernunft nun darin bestand, der Unvernunft einen Riegel vorzuschieben. Er hätte eine Hauskraft haben wollen, sie eine Versorgung fürs Leben, und das reichte nicht aus. Der Ehemann schwang wild die Arme.

»Was ich der Red' entgegne?

Daß sie, Herr Richter, wie der Marder einbricht und Wahrheit wie ein gackelnd Huhn erwürgt!«

Der Richter aber blinzelte listig. Er werde das Scheidungsverfahren abtrennen von jenem andren, in dem es um die Wohnung gehe und wem sie eigentlich gehöre, auch die Frage hinsichtlich des Sparkassenbuches werde abgetrennt, ferner die Sache mit dem neugebauten Stall, wer da das Geld hineingesteckt habe, und die Sache auch mit der Kleintierzucht von siebzehn Hühnern, mehreren Hähnen und Karnickeln. Und daß der Mann die Frau »immer geschlagen« habe, sei wohl ebensowenig wahr wie die Behauptung von der »immer harmonisch« gewesenen Ehe.

»Beispiele gibt's, daß ein verlorner Mensch den Meineid vor dem Richterstuhle wagt!«

War mir das Kinn auf die Brust gesunken? Ich erhielt einen Stoß in die Rippen, der Gerichtsdiener zog mich am Arm vor den Richter, und das Verhör begann.

»Wo also ist der Krug geblieben!« donnerte Richter Adam.

»Der Feldstecher, Herr Richter –«

»Der Krug –«

»Der Krug also, wenn Sie den Feldstecher nicht wollen, den hatte ich mir kurz vor Weihnachten in Frankfurt an der Oder gekauft. Ein hübscher Krug, Herr Richter, einer von drüben aus Polen –«

»Volkspolen!«

»Aus Volkspolen-Polen, mit buntgemalten Figuren, Volkskunst aus der Volksrepublik Volkspolen-Polen, Herr Richter –«

»Kommen Sie endlich zur Sache, Westmensch!«

»Die Drängelei, Herr Ostrichter, Herr Richter, meine ich, diese Drängelei in dem HO-Kaufhaus war furchterregend, es ging auf fünf Uhr abends, immer mehr potentielle Käufer schoben sich herein, zwischen ein potentielles Käuferpaar geklemmt, an seinen Unterarm und an ihren Oberschenkel, ließ ich das Paket mit dem Krug fallen, es gab einen leisen Knacks, und der Krug war zerbrochen. Der zerbrochene Krug, Herr Richter Adam –«

»Krug! Nichts seht Ihr, mit Verlaub, die Scherben seht Ihr; Der Krüge schönster ist entzweigeschlagen!«

Mit einem hölzernen Hämmerchen hieb er wütend auf den Tisch. Aber wer war nun schuld? Listig wandte sich der Richter zu den Schöffen.

»Ja, seht, zum Straucheln braucht's doch nichts als Füße. Auf diesem glatten Boden, ist ein Strauch hier?

Gestrauchelt bin ich hier; denn jeder trägt den leid'gen Stein zum Anstoß in sich selbst.«

Schuldig gesprochen, ich, der ich selber den Krug hätte fallen und zerbrechen lassen?

»Soll hier dem Kruge nicht sein Recht geschehn?«

»Verzeiht mir! Allerdings. Am großen Markt, und Dienstag ist und Freitag Session.«

»Gut! Auf die Woche stell' ich dort mich ein.«

Ich stand wieder auf der Straße. Es war dunkel geworden, früh dunkel, Schnee fiel, drüben erglänzte ein Weihnachtsmarkt, und Menschenmassen schoben mich weiter. Ein älterer Herr hakte mich unter, ich blickte ihn an, Gott sei Dank, dachte ich, er ist es, Fóntan, mein Virgil! Wenn die Not am größten, war Fóntan am nächsten. Er sei als Gerichtsreporter dabeigewesen, seufzte er.

»Hat man dies Greuel von Dorfrichter aber dreiviertel Stunde lang beinahe auf Handnähe vor sich«, sagte er und zerrte mich aus dem Menschenstrom in eine Konditorei zu Moskauer Sahneeis, »und sieht man ihn sich die gequetschte Wade, die er von irgendeinem Sturz hat, gemächlich verbinden, wird man unausgesetzt zum Augen- und Ohrenzeugen seiner Brutalitäten, Lügen und

Pfiffigkeiten, ohne in diese sich auch schon äußerlich als Schmuddelwelt charakterisierende Gerichtsstube nur einen einzigen Licht- und Schönheitsschimmer einfallen zu sehen, so wird man der unbestreitbaren und beinahe grandiosen Vorzüge des Stückes, nämlich seiner Charakteristik und Ökonomie, nicht recht froh. Dies habe ich schon einmal in der *Vossischen Zeitung* gesagt, und ich bleibe dabei!«

»Das war 1886«, entgegnete ich, »außerdem war es eine Theaterkritik von Fontane, aus der Sie zitieren. Jedenfalls wird man das Gefühl nicht los, Sie mögen Kleist nicht recht oder nicht den *Zerbrochenen Krug*, er liegt Ihnen nicht, und dabei sind ja Fontane und dieser Kleist und, wenn ich noch einen Lyriker dazunehmen will, diesen Arzt für Haut- und Geschlechtsleiden, fast schon ein symbolischer Beruf, den Dr. Benn – ich meine, Kleist, Fontane und Benn, wer aber ist nun der größte von ihnen?«

Das Sahneeis war verzehrt, die hübsche Kellnerin, ein rechtes Evchen mit Schleife im Haar, in weißer Schürze, schwarzen Strümpfen und mit wackelndem Gesäß, wurde großzügig mit Weihnachtstrinkgeld bedacht und von Virgil mit einem Knuff in die weiche Hüfte, und das Schneetreiben hatte uns wieder.

»Wieso«, fragte ich, »ist dieser Fontane eigentlich damals bei seinen Wanderungen *nicht* auf Kleists Spuren gewandelt! Damals stand sein Geburtshaus noch, heute liest man ja nur in der Großen Oderstraße auf der Gedenktafel: ›Heinrich von Kleist. 1777 bis 1811. Hier stand das Geburtshaus des Dichters, zerstört im faschistischen Krieg 1945‹. Immerhin gibt es aber noch oben im Kleist-Park das Grabkreuz seiner Schwester Ulrike, auch den Stein des Lehrers Martini, und unten an der Oderallee den Obelisken für jenen andren Kleist: ›Guerrier, Poète et Philosophe Ewald Chrétien de Kleist‹, den Krieger Friedrichs des Zweiten. Gegenüber dem Obelisken steht im Park ein neueres Denkmal, die Plastik eines Jünglings zum Andenken Heinrich von Kleists. Der Dichter hat sich erschossen, vielleicht ist es dies, was an dem

Menschen verschreckt und –« Er hob die Schultern. »Jener Ewald von Kleist schrieb unter dem Titel *Sehnsucht nach Ruhe* die für einen märkisch-preußischen Offizier bemerkenswerten Verse: ›Vergießt das Blut aus falscher Tapferkeit . . ./Damit euch einst die Totenlisten loben‹ und ich kann mir nicht helfen, Mord oder Selbstmord –«

Und nochmals hob er die Schultern.

Schleppdampfer, den breiten Kai, hohe Häuser und Kirchen, was an den Kölner Kai erinnere: das hatte Fontane damals in Frankfurt an der Oder gesehen, Allgemeinheiten, und an dem unvergleichlichen Kleist war er achtlos vorbeigegangen? Der metallene Fisch an der Angelrute hoch oben auf dem Rathausdach, was an Frankfurts Zugehörigkeit zur Hanse erinnerte, der einstige Wohnsitz des Prinzen Leopold von Braunschweig, der zur Kleist-Gedenkstätte mit Kleist-Archiv geworden ist, Nicolaikirche und Ziegenwerder, ein neuerrichtetes Kleist-Theater, in der Wischnewskijs *Optimistische Tragödie* gespielt wurde, das Marien-Bad, und, nun ja, wirklich auch noch Flöße und Kähne und Schleppzüge auf der Oder im sich bildenden Eis, vor dem sich die schwarzrotgoldenen Grenzpfähle am Ufer warnend abhoben, weder Schlittschuhlaufen war erlaubt noch sommers baden, obwohl dies doch mitten im Strom eine »Friedensgrenze« sein sollte –: Fóntan schien grenzenlos überrascht und kaum etwas wiederzuerkennen.

Wir spürten Hunger, doch der Eßsaal des Interhotels Stadt Frankfurt befand sich noch im Bau, weswegen uns der Receptionist in eins der an einem längeren Flur liegenden Zimmer wies.

»Chambres séparées sozusagen?« Fóntan sprach leidlich Französisch. »Et le menu?«

Er studierte die Speisekarte und sagte, wie nebenbei: »Und besonders *dégoûtant* finde ich diese gegen Napoleon gerichtete Kleist'sche *Hermannsschlacht!* O diese Deutschtümelei! Sagen Sie, Herr Ober, haben Sie keinen Fisch?«

Dezent wies der Befrackte mit der Spitze seines Kugelschreibers auf eine Zeile der Karte. »Von vor der Küste Westafrikas«, flüsterte er, »schwierig, den Fisch zuzubereiten und genießen zu lernen, doch unsere Rostocker Fischfangflotte muß so weit fahren, weil –« Ein Gast mischte sich ein. »Bei uns in Peitz haben wir Karpfenteiche, aber die Karpfen werden nach Westberlin exportiert!«

»Oder nach Westafrika als Entwicklungshilfe?« warf ich ein.

»Wo liegt Peitz?« Gefragt von einem Uniformierten, der sich als Erster Offizier eines Wismarer Eisbrechers vorstellte.

»Sollen Sie die Oder aufbrechen?« fragte ihn Fóntan. »Also Peitz, so weit ich weiß, liegt an Malxe und dem Hammerstrom an der Eisenbahnlinie nach Cottbus und Guben –« »Where the hell is Peitz and Malxe and Hammerstrom and Cottbus and Guben, too!« Eine Amerikanerin fragte es empört und ließ sich einen Manhatten Cocktail servieren, in dem nur alles fehlte, was man in Manhatten in diesen Cocktail tat, übrigens erinnerte sie mich an meine Frau. Fóntan, der Peitzer Offizier aus Wismar mitsamt Stewardeß von einem Kuba-Linienschiff, eine Amerikanerin und unsereiner im Chambre séparée: nachdem sich Mißverständnisse ums Menü, Reibungen zwischen Gast und Kellner, Aneinandervorbeireden in Sachen Landeskunde gelegt und die Flaschen Balkanfeuer ihre Wirkung getan hatten, entwickelten sich laute Diskussionen zwischen uns allen, trotz vollem Mund und Fernsehberieselung aus dem Hintergrund. »Was mich am meisten bei Ihnen stört«, meinte der Eisbrecheroffizier, »das ist Ihre Arroganz«. Das war an die Amerikanerin gerichtet. Die Stewardeß, wohl seine Geliebte, lachte auf und verschluckte sich am Balkanfeuer. Was manchen als Arroganz erscheine, erwiderte die Amerikanerin, beruhe auf Selbstsicherheit, während man hierzulande brav und bieder sei. Allerdings wüßten viele im Westen mit ihrer Freiheit nichts anzufangen, wie umgekehrt viele im Osten eine gewisse Geborgenheit als Zwang vorkomme. Das Christentum, rief der Peitzer Direktor erbost aus, habe zweitausend Jahre Zeit gehabt, Christen zu formen, und keine hervorgebracht, und der Sozialismus brauche nun seinerseits ein paar Jahrzehnte oder Jahrhunderte, um sich richtig entwickeln zu können! »Und um ebenfalls keine Christen hervorzubringen?« meinte die balkanfeuerselige und sehr niedliche Stewardeß.

»Mon Dieu!« Fóntan war von der Stewardeß entzückt, und er kniff ihr in die gerötete Backe. »Je vous aime!« »But where the hell is Peitz!« rief nochmals die Amerikanerin, umarmte dabei jedoch den Weimarer Eisbrecher. Draußen, am Fluß, eiskalter Wind und die schwarze Oder, und bibbernd liefen wir zur Nachtbar irgendwo am Ufer. Gedrängt voll, die Bar, Sonnabendabend, aber der Eisbrecheroffizier und der Peitzer Direktor, Kerle wie Schränke, dazu die Amerikanerin wie aus meinem früheren Leben, sie fanden den Weg hinein und auch einen Tisch. Fritz Bollmann, der Direktor, tanzte mit der Stewardeß, der Eisbrechermann mit der Amerikanerin, Fóntan mit mir, dann tanzte Fritz Bollmann mit mir, die Stewardeß mit Fóntan und die Amerikanerin mit dem Eisbrechermann, endlich tanzte der Eisbrechermann mit mir, die Stewardeß mit Fritz Bollmann und die Amerikanerin mit Fóntan. Mit mir, sagte Fritz Bollmann zwischendurch an der Bar, könne man doch reden, »du bist doch nicht so einer, und mir liegt dran, daß du weißt, wie's um mich steht, denn für uns alle kommt mal die Stunde mit der Abrechnung in der großen Lebenskladde, und weil mein Vater dreiunddreißig abgeholt wurde, der in der Espede war, weil ich da erst sechs war und fünfundvierzig siebzehn, weil meine Mutter und ich ihn im KZ manchmal besuchten, ich war klein und hab' aus Angst geweint, weil ich fünfundvierzig noch Soldat werden sollte, es aber dann doch nicht geworden bin, weil ich wehrunwürdig war, deshalb bin ich nach dem Krieg gleich in die Essede eingetreten, weshalb du mich nicht so anzusehen brauchst, und dann hab' ich noch mein Abi nachgemacht und bin studieren gegangen und jetzt, wo ich bald alt werde, geh' ich noch auf Parteischule, was der Lebenslauf eines mittleren Jahrgangs hier ist, aber wieso haßt du mich eigentlich oder fragst du mich, wieso ich dich hasse?«

Pärchen in der Nachtbar, die sich knutschen, zwei an der Theke, die sich schlagen, verschwitzte Kellner, tanzende Bollmänner und Eisbrecher und Stewardessen und Amerikanerinnen, und am Ende war es vier, und am Taxenstand stand kein Taxi. Wind übers Eis, vier Uhr früh und dazu eisiger Wind über müde und ausgekühlte Leiber, die katholische Kirche oberhalb des Lenné-Parks läutete wie zum Hohn vier Uhr früh, und am ausgestorbenen Ufer zu Fuß entlang im eiskalten Oderwind fanden wir das Interhotel Stadt Frankfurt und sanken bald nach vier todmüde in den Trost und Geborgenheit *und* Freiheit garantierenden Schlaf. »Where the hell is Peitz!« hörte ich noch lange und sah den zugefrorenen Karpfenteich vor mir, in den der Kreisbetriebsdirektor Bollmann eingebrochen war, darüber im Balkanfeuer tanzte nackt und liebreich die Stewardeß, der Fóntan in die Wade kniff, und der Eisbrecheroffizier angelte den im Eis eingebrochenen Direktor Bollmann an der Angelrute vom Rathausdach aus dem Karpfenteich. Fóntan zog mich, etwas später, ins Theater und lobte den *Prinz von Homburg,* »endlich mal ein *poetisches* Stück«, allerdings mißfiel ihm zutiefst die Traumszene, in der der Prinz wie ein Mondwandler herumirrte. Irgendwann gab es einen mächtigen Krach, es war mein zerbrochener Krug, der den Lärm gemacht hatte, doch als ich ihn aufhob, war er wieder heil, und Richter Adam meinte, nun brauchte ich mich nicht einmal auf dem Markte einzustellen, Querulant, der ich ohnehin sei. Und am Ende stand ich wieder vor dem Gerichtsgebäude, rief laut »Vor dem lieben Gott und der Verpflegung sind alle Menschen gleich, auch Unteroffiziere und Soldaten«, die Kirchturmuhr schlug fünf, und das kriegsgerichtliche Erschießungskommando richtete die Karabiner auf mich, und furchtbar krachten die

Schüsse. So wolltest du dich nun läutern, dachte ich, dich von deinem früheren Leben befreien, von Krieg und von Nachkrieg und dem Versuch einer Ehe, und es war mir klar, der Prozeß würde lange dauern und womöglich vom Scheitern bedroht sein.

9. Gesang

Oderfahrt aus Liebeskummer
von Stettin bis Crossen

So schlugen wir uns durch, Schiffe wider den Strom, immer wieder zurückgeworfen ins Meer der Vergangenheit! In Szczecin bestieg ich den Dampfer, wie einst, als die Stadt noch aussprechbar Stettin geheißen hatte, und schwerfällig bewegten wir uns in Richtung Süden aus dem Mündungsgebiet der Oder heraus. Rückblickend schien mir das Spreeland provinziell und die Spree sozusagen ein Binnenfluß, aber hier dieser breite Strom zwischen schroffen Ufern in einer unendlich weiten Landschaft unter hohem, offenem Himmel war etwas aus dem Anfang aller Zeit. Keine Kanalisation, keine begradigten Strände. Ein zerfließendes Graublau im Graugrün geduckter Landschaft. Und der Eindruck blieb, dies hatte nirgends den Charakter von Grenze in einer Tiefebene, die sich von den im Meer versinkenden Niederlanden bis hin zum Baltikum und darüber hinaus in die Unendlichkeit streckte, von Sand und Birken und flachen Katen bestimmt und beherrscht: Monotonie, die zu Einsamkeit drängte, aus der aller Reichtum des Nordens geboren wurde. Und so war es ja lange gewesen, die Oder war mitten durch diese Ewigkeit geflossen, ihrer Sehnsucht zu, der Ostsee, dem Baltischen Meer, und sie hatte, durch einen historischen Zufall, auch die Mark zu durchziehen und sie, statt zu zerstückeln, eher doch zusammenzuhalten und die Menschen dazu, ob sie nun so oder so sprachen, ob sie schwarzes oder braunes Haar hatten, und die Landstriche dort in der Mittelmark und jene hier in der Neumark wie einen einzigen Erdteil zu behandeln, indem sie immer wieder über ihre Ufer trat, um das Land zu überschwemmen und als

Gleichmacher zu gelten unter den Wassern. Ein Strom als Brücke, Dörfer und Städte verbindend, die Historie in sich aufnehmend und einigend und die Schicksale der Menschen in ihrem Bereich. Und als wir Pommern oder das, was einst so hieß, verlassen hatten, dampften wir durchs Brandenburgische, und dort westlich am Ufer lag Schwedt.

»Die blauen Dragoner, sie reiten mit klingendem Spiel durch das Tor?«

Fóntan stand hinter mir und trat nun an die Reling, die Melodie summend, die er zu lieben schien. »Ist lange her, ›Fanfaren sie begleiten, hell zu den Hügeln empor‹?« Und nun Riesenschlote des Erdölverarbeitungswerks, Öl von Kasan an der Wolga durch die Steppe über die Moskwa, an Stalinogorsk vorbei und an Tula, an die Pripjetsümpfe heran nach Brest, wiederum über einen Fluß, den Bug, und viertausend Kilometer insgesamt eine Pipeline ins preußische Schwedt mit dem weiland 1. Brandenburgischen Dragonerregiment Nr. 2 – ein Kombinat, das ja wirklich alle Grenzen widerlegte, oder war dies eine Übertreibung?

Am Ende des Krieges, reminiszierte ich, gab es im zerschossenen Ort nur noch ganze sechsundzwanzig Einwohner, jetzt wohnten dort bald fünfzigtausend mit einem Durchschnittsalter von unter dreißig Jahren, und wer erinnerte sich noch der Feudalzeit? Wer wußte, daß hier ein Johann Abraham, Peter Schulz das Lied komponiert hatte *Der Mond ist aufgegangen*, daß es Kurfürst Friedrich Wilhelm gewesen war, der die Tabakplantagen angelegt hatte? Aber statt Tabak roch man Dunst aus Öltanks.

»Die wiehernden Rosse, die tanzen, die Birken, die biegen sich lind?« summte er weiter, und er wies auf das Restgrün dünner Hügel.

»Die Fähnlein auf den Lanzen flattern im Morgenwind?« Sehnsüchtig zog er die Oderluft ein und hielt sich dann ein Papiertaschentuch vor die Nase.

»Ein Mädchen singt das, müssen Sie wissen, vielleicht eine

Magd, ein Dienstmädchen, ein Bürgerfräulein. Denn ›Morgen, da müssen sie reiten, mein Liebster wird bei ihnen sein‹ – ob das die Jugend heute noch nachfühlen kann? Gewiß, sie neigt ja nun zur Abwechslung wieder einmal zu Nostalgie, zu Blues, zum Mystizismus, ›Morgen in allen Weiten, morgen, da bin ich allein‹, aber ob sie dies nachvollzieht, diese Melancholie?«

Unser Dampfer rauschte weiter gegen die Strömung an, die schneller zu werden schien, je weiter wir uns flußaufwärts bewegten.

»Mögen unsere Ordensbrüder, nach der wilden Jugend ihres ersten Jahrhunderts, immer fester werden in Schlichtheit, Sitte, Zucht! Das habe ich schon vor hundert Jahren gesagt, als ich im Oderbruch wanderte. Denn Sie müssen wissen, dies war Neuland, Pionierwüste, Kolonisationsterrain! Der Alte Fritz holte Pfälzer, Schwaben, Polen her, Franken, Westfalen, Voigtländer und Mecklenburger, dazu Österreicher und Böhmen, und es ging quasi barbarisch zu, obwohl oder weil der billigste Reichtum grassierte! Damals Natur, ist dies *Civilisation*, sage ich Ihnen, und morgen oder übermorgen kann es schon wieder als Décadence verfaulen, mein Lieber!«

Wir setzten uns, des steifen Nordosts wegen, hinter den Schornstein. Ein Gipsfigurenhändler verkürzte uns die Zeit, indem er uns die Figuren in seinem Kasten erklärte, Könige und Königinnen, Dichter wie Goethe und Schiller (»natürlich«, sagte mein Fóntan, »immer dieselben!«), betende Engelsknaben, Amor und Psyche, Landesheroen wie Torfstecher und Turngrößen wie Turnvater Jahn und neuere Olympioniken. Die Fahrt verging wie im Fluge, ich hatte eine Kabine gemietet für Schlechtwetter und die Nächte, und wo wir länger anlegten, vertraten wir uns die Beine. Einmal machten wir einen Abstecher nach Angermünde, zwanzig Kilometer westlich des Stroms in der Uckermark, drei Wildgänse flatterten über eine Brücke, die vierte flog unten durch: Immer die Einzelgänger! mußte ich denken. Verschnörkelte Dächer, nachgeputzte Fachwerkbalken, Gesichter von Bilderbögen, dicke Kopftücher, lange Mäntel, Pfefferküchlerei, die aus dem dreizehnten Jahrhundert stammende Marienkirche mit breitem Westturm aus Granit, Stadtmauerreste und Pulverturm, Angermünde – »Angermünde«, bemerkte Fóntan, »ein Provinzstädtchen für den, der wissen will, wie es einst war, und ich meine zuvörderst unsre heutige Jugend an Elbe, Rhein und Donau, die ahnungslos und desinteressiert an uns geworden ist, und der neugierig herumspazieren möchte in der Fragehaltung, *wie Deutschland einmal ausgesehen hat*, ohne nun gleich im Lenz ins Heimatmuseum schauen zu müssen!«

Vorm Gasthof »Drei Kronen« sprach uns ein Steppke an, ernst und zutraulich, die Schulmappe schwer auf dem Rücken wie das Himmelsgewölbe auf den Schultern des Atlas. »Onkel, hast du'n Groschen?« Aber wofür denn, um der Armut willen! »Für 'n Bus.« Der Groschen wechselte den Besitzer, und der Steppke verschwand im eben einbrechenden Abend im Süßwarenladen, ohne uns einen einzigen Blick zu schenken.

Statt die Bahn zurück zu nehmen, entschlossen wir uns, erst weiter stromaufwärts unseren Dampfer wieder zu betreten und erst einmal Eberswalde aufzusuchen, was mir recht sein konnte, trug ich doch die reizendsten Erinnerungen an die Stadt in mir. Waren wir einstmals in den Ferien an die Ostsee gereist, hatten wir auch Eberswalde passiert, hier ein paar Minuten gehalten und auf dem Perron die frischen, warmen, leckren Eberswalder Spitzkuchen verspeist, die von Händlern auf großen Blechen den Zug entlanggetragen worden waren.

»Man fährt niemals zweimal denselben Fluß hinauf oder in dieselbe Stadt!« warnte Fóntan.

Wir setzten uns in die Konditorei in der Eisenbahnstraße, während draußen Traktoren vorbeidonnerten. »Zu Weihnachten müssen Sie hierherfahren, vielleicht kommen Sie just vom Kloster Chorin – die sehenswerteste Zisterziensermönchsarchitekturruine weit und breit – sind auf der Landstraße über Britz und Wirtshaus Waldschenke in dickem Schneematsch hierhergetrampt, ausgekühlt und steif, und während auf der Straße Pferdehufe, Glocken, heulender Sturm eine unglaublich altmodische Geräuschkulisse hinzaubern, sitzen sie hier in der Ecke unterm Adventskranz bei der hölzernen Stehlampe mit dem mannshohen Lampenschirm, bestellen sich nun doch Eberswalder Spitzkuchen, nicht wahr, und wissen nun, wo außer Kranzler oder Sacher noch ein Mitteleuropäisches Café zu finden wäre, nämlich im uckermärkischen Eberswalde!« Ob er meine, erkundigte ich mich zaghaft, daß dies alles noch länger erhalten bliebe? Natürlich, donnerte er, was ich denn dächte, denn wieso reise es sich hierzulande so besonders gut?

»Weil es sich herausgestellt hat«, flüsterte er mir, sich umsehend, hinter vorgehaltener Hand zu, »daß der Kommunismus *konservativ* ist!«

Ah, dachte ich, welthistorische Betrachtungen, natürlich! »Diese kombinierte Dampfer- und Landfahrt bietet Ihnen sozusagen ein überzeit- und überräumliches Panorama von westöstlicher Gegend, wo man nie weiß, bist du eigentlich noch in Europa oder schon in Asien!«

»Vielleicht in Eurasien?« gab ich zu bedenken.

»Sind Sie womöglich Salonbolschewist?« Er warf die Lippen auf und legte die Nase in Falten, als röche er den Gotteseibeiuns.

»Kennen Sie übrigens Wriezen? Paris und London, natürlich, New York oder Brisbane, Buchungen fürs nächste Jahrtausend schon für Mond- oder Venusfahrt, Forschungen zu Einsteinscher Relativität, Widerlegungen des Heiligen Geistes und was weiß ich, aber Wriezen? In Berlin gibt's oder gab's den Wriezener Güterbahnhof, den Sie vielleicht kennen, doch daß es den namensverleihenden Ort gibt? ... Einmal traf ich abends in Wriezen ein. Ein kalter Januarwind fegte den trocknen Staub auf. Das Städtchen war total zerstört worden, im Krieg, hieß es, doch ich mußte dienstlich hin, irgendwas würde schon noch stehn, und ein Quartier hatte ich nicht bestellt. Ein Licht? Ein Licht. An der Ecke der Bahnhofstraße eine Art Gasthaus. An jeder Bahnhofstraße, an jedem Bahnhof der Mark ein Bahnhofsgasthaus, weil man die Mark eben nur ausgehalten hat, *wenn man unterwegs* und am besten *auf der Ausreise* begriffen war, immer schon! Bescheiden, doch mit einer gewissen weltmännischen Sicherheit tritt man ein, verbirgt, wenn möglich, alle Symptome dafür, daß man *eingereist* und aus dem Westen ist, was unglaublich wäre, und der Schock wäre zu stark, wünscht höflich Guten Abend, ohne die Anrede ›Frau Wirtin‹ zu vergessen, obwohl es die im kapitalistischen Sinne gar nicht mehr gibt, doch man unterschätze die Eitelkeit nicht, versucht überhaupt ein Quantum Verwirrung zu stiften, ohne nun gleich ein Chaos zu schaffen, denn in der Verwirrung gelingt die Attacke eher als in der vollsten Gaststättenordnung, läßt die Frau Wirtin auch noch das Bierglas aus dem Zapfhahn füllen und fragt dann, wiederum ebenso bescheiden wie fest, ob Frau Wirtin nicht noch ein Nachtquartier habe, und reibt sich dabei die halb erfrorenen Hände... Den Attachékoffer hat man inzwischen vor den Schuhen an der Theke abgestellt. Ja, und nun müssen Sie warten. Frau Wirtin hat, selbstredend, noch zu tun. Muß in die Küche rennen, noch ein Bierglas füllen, und nun darf man nicht etwa unruhig werden, muß vielmehr gelassen bleiben, kann sich auch mit dem Ellenbogen auf die Theke stützen, als höfliche Andeutung von Reisemüdigkeit, fragt vielleicht noch, ob es etwas zu essen gebe, um Gottes willen nichts Warmes mehr, nur eine kalte Platte, und versucht, nach der Verwirrung im Kopf der Wirtin auch noch Mitleid in ihrer prallen Brust zu erwecken. Dann ist es soweit! Wer so lange wartet, kriegt seinen Zimmerschlüssel, zwar mit Entschuldigungen, das Zimmer sei entweder gar nicht oder nur schwach geheizt, aber man darf hinauf, darf sich umziehn, kommt wieder herunter in die Wärme der Gaststube und beginnt sein Festmahl. *Rausge-*

schmissen wäre man bei zu lauter Klappe *sofort* worden, den Zimmerschlüssel aber kriegt man erst spät am Ende des märkischen Rituals, doch wer fährt schon nach *Wriezen*?«

Eisenbahnfahren schien seine Leidenschaft, er schwärmte vom Blick auf den Horizont über gemähte Felder hin und den Anblick eines D-Zugs mit gelbroter Diesellok, grünen Wagen und rotem Speisewagen in der Mitte, wie er stählern in der Ferne dröhnte. Wir sahen einen rechten Spielzeugzug in der Oderbruchniederung mit watteweißer Rauchfahne, gerade pfiff die Lok, und wir standen auf Danckelmanns Höhe über Bad Freienwalde. Fóntan behauptete, dies sei eine Oderfahrt aus Liebeskummer, denn er habe hier eine Mätresse gehabt, *non*, keine Freundin, eine Mätresse *comme il faut*, Geliebte und Herrin zugleich, das seien eben noch Zeiten gewesen!

»Herrin«, warf ich ein, »könne man heutzutage gar nicht mehr sagen im Zeichen des Feminismus, *Frauin* heiße es!«

»Wieso nicht einfach *Frau*?«

»Frauen wollen Feministinnen nicht mehr sein, also Sexualobjekte nicht und so weiter, deshalb *Frauin* analog zu *Herrin*, die Feministinnen tragen ja auch Hosen, Jeansjackets, manchmal sogar Bärte, und sie qualmen mehr als wir!«

»Feministinnen wären also solche Frauen, die nun alle die Fehler von Maskulinisten erst einmal bis zum Geht-nicht-mehr kopieren müssen, dies ihr neues Äon?« »Kopieren? Übertreffen!«

In der Rosmaringasse trafen wir ein uraltes Weib in schwarzer Pelerine und mit schwarzem, gesticktem Kopftuch, und als Vorwand für die eigentliche Frage, ob sie es sei, die einst meines Begleiters Mätresse gewesen und jetzt zu neuem Rendezvous geschlichen sei, erkundigte ich mich nach dem Namen der Kirche, den ich längst wußte.

»Die kleene oder olle Kirche, wie se heeßt? Ick bin fünfundachzig un von hier, aba ick muß imma erst simuliern, muß ick, simuliern!«

Simulieren, war das nicht ein Ausdruck der fontaneschen Stine?

Fóntan blickte das Weib aus halbzugekniffenen Augen forschend an, ob er ihm irgendwie mißtraute?

»Die simulierte doch selber!« schimpfte er, später. »Die täuschte etwas Mundartliches vor, was es gar nicht mehr gibt!«

Fast schien er eifersüchtig auf die Alte, als raube sie ihm, was ihm allein gehörte.

»Eigentlich«, gab ich zu bedenken, »ist sie doch äußerst rüstig geblieben, und ich möchte einen Vergleich wagen, sie kommt mir nämlich sehr modern vor, wie ein Physiker, der Kunstwelten vor uns erstehen läßt, Dinge, die wieder auf uns zutreiben mögen, wie in Science-fiction.

»Seienzficktschin, was ist denn das?«

Er wartete meine Erklärung nicht ab und nahm mich beim Arm. »Auch ich habe eine Theorie, aber sie ist geheim, bitte sagen Sie sie nicht weiter, ja? Ich grübele nämlich schon lange darüber nach, und die Geschichte von dem Schlemihl und dessen verkauftem Schatten hat mich darauf gestoßen, ob wir Märker mit allen unsren merkwürdigen Verschrobenheiten jenseits gewöhnlicher Idiosynkrasien anderer Stämme nicht unter Umständen der verschollene Stamm der Juden sind, jener, der sich angeblich in Äthiopien oder in eurasischen Steppen aufhalten soll, aber sich hierher verirrt hat, na? Meine verlorene Mätresse, das war eine Rahel mit Korkenzieherlocken und kohleschwarzen Augen und der typischen Schwäche für den märkischen Bürgeradel französischer Provenienz, fast schon ein Beweis meiner Theorie, oder?«

Auf dem Fontane-Pfad, dessen Name uns erschreckte, vermuteten wir doch hier Natur und keine Belletristik, wanderten wir über die Pflaumenbaumallee zur Ruinenhöhe, am Teufelssee vorbei durch den Köthener Forst und über die Toppen-Berge den Höhenweg entlang. Im feuchten Erdboden befanden sich

Spuren anderer Wanderer, von Hasen und Rehen, und am Ende fanden wir das, was wir gar nicht suchen gegangen waren, den Fontane-Platz mit dem Stein, das Denkmal mit dem Fontane-Relief, und zwar in Falkenberg. »Fontane, Fontane – ob der wirklich je hier gewesen ist?« schimpfte Fóntan.

Eine andre Frage stellte sich ihm, als wir wieder auf dem Dampfer waren. Jenseits der Oder, simulierte er, wo zwischen Werft und Weiden die Warthe rechtswinklig einmünde, liege doch *Küstrin*, das kenne er doch, schließlich habe er darüber fast sechzig Buchseiten verfaßt, nun sehe er zwar noch norddeutsche Backsteingotik und Backsteinkasernen, das Stadt-Hotel, Kasematten, aber letztere verwandelt in eine Gedenkstätte für sowjetische Gefallene, und das Hotel heiße Miasto Kostrzyn, es existierten nur noch wenige alte Häuser bei sehr viel Neubeton, und statt Straßenbahnschienen gebe es »in Kostrzyn« Narben im Kopfsteinpflaster? Wo befinde er sich denn!

»Im volkspolnischen Polen«, sagte ich vorsichtig. »Und das Restaurant offeriert Piroggen, Borschtsch, Blaubeersuppe mit Knödeln und frische Pilze gedünstet oder sogar in Sahne!«

»Ja, und wo ist das Denkmal für Katte, der hier enthauptet wurde?«

»Katte, wer ist denn das!« fragte ich.

Er spuckte vor mir aus. Eine Weile schwieg er verbittert.

»Nun gut«, murmelt er dann, »Sie sind eben das Opfer Ihrer Erziehung. Aber stellten Sie sich bitte vor, Sie hätten einen Sohn, den Sie natürlich etwas werden lassen wollen, doch der macht Schulden, treibt sich rum, läßt Laufbahn Laufbahn sein, glaubt an rein gar nichts und ist bestenfalls so etwas wie ein Schöngeist, ein Ästhet, ein Genießer, und das macht gemein. Er schmiedet ein Komplott gegen Sie, intrigiert mit Ausländern und Hergelaufenen, die ihn schamlos ausnutzen in seiner Gutmütigkeit und Ahnungslosigkeit, und am Ende will er die ganze selbstverschuldete Misere hinter sich lassen und abhauen. Und Sie?«

Ich hob die Arme.

»Außerdem hat er einen sogenannten Freund, der ihn in den ärgsten Hochstapeleien unterstützt und, unangenehme Sache, sein Liebhaber wird. So ein Typ war Katte.«

»Ja und deswegen hat man ihm ein Denkmal gesetzt?« »Mein Gott, sind Sie schwer von Kapee! Es war ein *von* Katte! Und dessen Freund ein Kronprinz, jener, der dann Friedrich der Große wurde, obwohl er zusammen mit Katte türmen und nicht König werden wollte!« Ah, dachte ich, jemand will *nicht* König werden, wo heutzutage alle Direktor, Manager, Minister oder Präsident werden wollen, weil man dann mehr verdient, einer, der sich *nicht* nach Ämtern gedrängt hatte?

»Der Kern der Tragödie ist, daß der alte König, Friedrichs Vater, zwar Mitleid mit Katte hat, ihn vielleicht sogar liebt, aber ihn sterben lassen zu müssen glaubt, damit, wie er sagt, die Justiz nicht aus der Welt komme.«

»Während«, entgegnete ich, »zum Beispiel der Prinz von Homburg nach dem Todesurteil doch noch begnadigt wird, obwohl ja auch er quasi die höchste Staatsautorität mißachtet hat?«

»Homburg hat eingesehen, daß er Unrecht tat.«

»Hat er das?«

»Hat er das nicht?«

»Was, Unrecht getan?«

»Eingesehen!«

»Hat er das wirklich?«

»Was meinen Sie denn nun!«

»Ich? Was meinen denn Sie?«

Plötzlich, ehe wir vom Kai ablegten, war Fóntan verschwunden. Ich konnte den tschechischen Kapitän des Dampfers, der *Olmütz* hieß, auf tschechisch natürlich, nach längerem Hin und Her überreden, die Abfahrt zu verschieben, bezahlte auch in harter und konvertierbarer Währung, in Dollar statt Rubel, eine Art

Straf- und Kompensationsgebühr, die offenbar zu hoch ausgefallen war, denn die Mannschaft verschwand ebenfalls von Bord und kam den ganzen Tag und die folgende Nacht nicht wieder. Erst als Fóntan am Spätvormittag zurückgekehrt war, eilten Matrosen und Stewards aufs Schiff, vom wütend die Sirene bedienenden Kapitän genötigt. Fóntan sah müde aus, leidend und plötzlich um Jahre gealtert. Wo er denn gewesen sei. Er hob die Schultern, schüttelte den Kopf und winkte ab. »Ein Pflichtbesuch«, murmelte er und wies dorthin, woher wir kamen, nach Nordwesten. »Haben Sie mal von Neutornow im Oderbruch gehört? Ein paar Katen, eine einzige Gasse, das Bett der Alten Oder, das Kirchlein, von dessen Spitze man landeinwärts Bad Freienwalde und auf der andren Seite den Strom erkennt, auf dem Kirchhof eine abbröckelnde Backsteintreppe und von Robinienzweigen halb verdeckt eine Tafel, alles schandhaft vernachlässigt ...«

»Sicherlich uralt, dies alles«, meinte ich. Wütend fuhr er auf. »Eine Reporterin vom Verlag der Nation, in Berlin Ost hat es so in ihrem *Neuen Märkischen Bilderbogen* beschrieben! Fragen Sie sie selber, Gisela Heller heißt das Kind, und ihr Buch ist eben erschienen!« »Eben«, fragte ich, »wann denn, vielleicht 1886?«

»1986, Sie Esel! Und auch Sie kommen drin vor, wenn ich mich nicht irre, Sie werden mit Ihrem Plagiat, nämlich dem Band auf Fontanes Spuren, zitiert, man erinnert sich wieder Ihrer, eines Dissidenten, der ausgebürgert wurde, ja schämen Sie sich denn eigentlich nicht?«

Aus Fóntan sprach die Liebe zu seiner Heimat, auch wenn sie im Zeichen von *Preußentum* & *Sozialismus* stand.

»... und am Abhang schimmern Kreuze hervor«, zitierte er, offenbar einen Spruch auf der Kirchhofstafel, »auf eines fällt heller Sonnenschein – da hat mein Vater seinen Stein.«

Unser Dampfer legte ab, und elegant durchschnitten wir den breit und schwer auf uns zurollenden schönen Strom.

»In einem andren Dorf unweit hat der Vater seine Apotheke gehabt.«

»In Letschin?« fragte ich.

»Ah, Sie kannten ihn noch? Louis Hanri Fontane steht auf dem Stein, Hanri statt Henri, hübsch so ein kleiner Fehler und menschlich wie das Leben selber, nicht? Der Vater war eigentlich ein Schiefgewickelter, müssen Sie wissen, ein ins Apothekerhafte übersetzter Weltweiser, und so wie er im Alter war, so war er wirklich – hab ich mal gesagt. Sehn Sie mal dort, der Fischreiher!«

Zwischen Mittelmark westlich und Neumark östlich, zwischen zwei Staaten, wenn man dies so nennen wollte, dampften wir in Richtung Frankfurt, an der Oder natürlich. Lebus steuerbords, der Ort mit dem Akzent auf dem hellen u – Lebús. Ein mächtiger Hügel mitten im Dorf, das »Stadt« hieß, und auf dem Hügel wurden Ausgrabungen vorgenommen. Eine Bauhütte der Akademie der Wissenschaften der Hauptstadt, stellten wir auf dem Landgang fest. Wir fragten einen Mitarbeiter in weißem Kittel, ob er hier verantwortlich sei, und als er sah, wie sich unsereiner Notizen machte, schnappte er hörbar ein. So leid es ihm tue, Auskunft dürfe nicht erteilt werden, wir sollten uns mit einem Professor Unverzagt vom Institut schriftlich ins Benehmen setzen, und dieses »Institut« wurde wichtig mindestens viermal erwähnt. Den offenbar gefürchteten geistigen Diebstahl aber nahmen wir nach Feierabend doch noch vor, und zwar visuell durch die nicht verhängten Baubudenfenster, und wir sahen und lasen: Burg Lebús, »Pletschen – Schloß – und Turmberg«. Tausend Jahre vor unsrer Zeitrechnung in der jüngeren Bronzezeit, der Aurither-Kultur, sei hier eine Volksburg gewesen, fünfhundert Jahre vor unsrer Zeitrechnung die Göritzer Kultur, Abzug der Germanen, dann tausend Jahre nichts, Slawen im achten bis zehnten Jahrhundert, im dreizehnten Deutsche, 1236 Errichtung der nicht mehr vorhandenen Kathedrale. Nun blickten wir kenntnisreicher auf die schwerfließende Oder drunten mit

Inseln und Halbinseln, Schlepper und Lastkähne zogen bedächtig gegen das südlich im Dunst liegende Frankfurt mit bläulichspitzen Türmen. Wohlausgerüstet, wie Fóntan für solche Spritztouren war, zauberte er einen Auswahlband hervor, *Die Dame, Ein deutsches Journal für den verwöhnten Geschmack, 1912 bis 1943*, wiederaufgelegt bei Ullstein, Berlin, und schlug die Seiten 306 folgende auf. »Lyrik-Preis der Dame, 1935«, Preisrichter Rudolf G. Binding, Reichsschrifttumskammerpräsident Hans Friedrich Blunck, Ricarda Huch, Julius Petersen (bei dem hatte unsereiner Germanistik studiert), ein Carl Schnebel, zu den prämierten Dichtern gehörten Marie-Luise Kaschnitz, später Gruppe 47, Peter Huchel, nach dem Krieg gefeierter Mann in Ost und West, Hermann Kasack, Elisabeth Langgässer, und von Günter Eich enthielt der Band das Gedicht *Rübenernte* – dito Gruppe 47, der Lyriker, umstritten, weil er SA-Mann gewesen sein sollte, und jedenfalls von hier, von der Oder, aus Lebús mit dem hellen, betonten u. »Bleich war des Herbstes roter Prunk...« Viel war von Frucht, Erde, Rüben, Asche, Pferden, Dunkel, Huf, von Rübenernte die Rede. »Leb wohl dann, Herbst, du großes Jahr,/ und deine letzte Ernte!« Publiziert zwischen Göring-und-Goebbels-Fotos 1938, aber in der *Dame*!

»Wie gefällt Ihnen denn das, wenn die Frage erlaubt ist?« Fóntan blickte mich zweifelnd an. »Ein bißchen viel, wie nannte man das damals, ›Blut und Boden‹, meinen Sie nicht auch?«

»Weniger Blubo vielleicht als Heimatdichtung?« gab ich zu bedenken. »Womöglich auch politische Zeitflucht wie bei Huchel? Mit Naturlyrik wie dieser konnte man ja sozusagen unterschlüpfen. Gewiß, Widerstand war es nun gerade nicht, und die Langgässer war ja doch wohl sogar jüdisch –«

Ärgerlich schüttelte er den Kopf. Wären die denn alle, wie etwa dieser Versemacher Günter Eich, alte Nazis gewesen in der Gruppe 47, und die Gruppe wäre doch auch als neue »Reichsschrifttumskammer« apostrophiert worden! Aber, bellte ich wütend zurück, von den Rechten, denn die Gruppe hätte sich ja als linke verstanden! Bis sie, so Fóntan, in der Studentenrevolte links überholt worden sei? Was wisse denn er davon! schrie ich und ging an Bord. Die Oder gluckste aus Vergnügen, als wir am nächsten Vormittag, gutgelaunt, von der Reling aus ins Wasser spuckten und einem Segler eine Kußhand zuwarfen. Langsam näherten wir uns dem Ziel, jenem Punkt etwa halbwegs zwischen Fürstenberg und Guben, an dem die Neiße in die Oder fließt und die Oder hart östlich abbiegt und auf volkspolnischem Gebiet liegt. Ein schmerzlicher Punkt, ein Grenzpunkt, eine Grenzsituation mit der inquisitorischen Frage: Wie hältst du's mit der Politik! Fürstenberg – aber eigentlich sollte man von Eisenhüttenstadt sprechen, dies die neue Stadt und der neue Name. Ähnlich Schwedt ein Industriezentrum, etwas Umwerfendes, schon etwas Revolutionäres? Oder doch bloß wieder eine Industriegesellschaft, anstatt mit kapitalistischen nun mit »realsozialistischen« Vorzeichen und am Ende mit ähnlicher Misere? Ein Ort für eine progressive Reportage, rot die Fahne, Klassenkampf, Diktatur des Proletariats, Majakowskij und Lenin, Befreiung von Ausbeutung und Fließbandsklaverei – man hatte daran geglaubt, und wenn nicht wirklich daran geglaubt, denn der Glaube hat hier nichts zu suchen, dann doch gewisse Hoffnungen und Anstrengungen daran geknüpft, aber das war nun alles lange her.

»Das ist ein weites Feld«, bemerkte Fóntan, und indem wir dem Klang seines Lieblingsspruches nachsannen, legte der Dampfer an und wir gingen an Land. Schade, daß wir nicht mindestens noch nach Crossen an der Oder weiterkonnten, ich trug Erinnerungen mit mir herum an die Zeit, da ich dort Soldat war, vor der Kaserne ein Standbild der heiligen Barbara, Schutzgöttin der Artillerie, sie sah aus wie Greta Garbo. Ein hübsches friderizianisches Städtchen, Weinberge am Hang, in einer Gasse entdeckte ich die Apotheke, die dem Vater jenes Alfred Henschke gehört hatte, der sich als *Klabund* einen Namen machte (Fontane, Trakl, Fühmann, Klabund: alles Apothekersöhne), und auf dem Friedhof am Oderhang fand ich das Grab des Dichters vom *Kreidekreis*. Ob es wohl Friedhof, Grab, Stein, Apotheke noch gab? Diesmal war ich es, der etwas aus dem Gepäck hervorzauberte, eine über ein halbes Jahrhundert alte Schallplatte mit einer damals vom Rundfunk ausgestrahlten Totenrede, der Redner selbst hatte sie mir geschenkt, mein väterlicher Freund, oft hatte ich ihn in der Berliner Bozener Straße besucht, seine liebenswürdige, stille Gattin und ihn, zur Dämmerstunde, er trat ein noch im Kittel des Arztes (für Haut- und Geschlechtsleiden), später war er im dunklen Anzug, weißem Oberhemd mit silberner Krawatte, es gab Mokka, Sahnetorte und Likör. »Bei dieser Feier, die die Stadt Crossen ihrem verstorbenen Sohne weiht«, sprach der Redner auf der Schallplatte, »habe ich als des Toten ältester Freund und märkischer Landsmann unter den schriftstellernden Kollegen die Aufgabe und die Ehre, einige Worte zu sprechen.« Gemeinsame Schuljahre zu Frankfurt/Oder, gemeinsame Poetenjahre am Kurfürstendamm, zwei Figuren »in einer Stunde des Heute, die durchklungen ist vom Sausen der Propeller und vom Arenageheul einer Boxerzivilisation«. Aber: »dem Traum folgen und nochmals dem Traum folgen und so ewig – usque ad finem«. Zuletzt: »Mit diesem Satz nehme ich Abschied von unserer fünfundzwanzigjährigen Freundschaft und im Raunen dieses Satzes ruhe ewig Klabund.«

Habe nicht Klabund in Ode an Crossen geschrieben? fragte Fóntan.

Von der »Erde, die ihn gebar«, sagte ich, »an der Grenze Schlesiens und der Mark, wo der Bober in die Oder, wo die Zeit mündet in die Ewigkeit?«

10. Gesang

Bei Dr. med G. Benn
Mansfeld und Zielin

Ein Ausflug in die Prignitz zum äußersten nordwestlichen Flügel des brandenburgischen Adlers zwei Fußstunden vor der Grenze zu Mecklenburg, vorbei an Ruhbier mit Riesenkatendächern über Groß Langerwisch im Regen und die Flecken Jacobsdorf sowie Laaske nach Putlitz, wo der Anschlußbus grade weg war: Schwer mit Rucksack und »mit Gott behangen«, ein »armer Hirnhund«, »der Stirn so satt«, so wollte ich »wandern. Blutlos die Wege. Lieder aus den Gärten.« Am Rand der Chaussee entlang im feuchten Septembernachmittag auf Sandalen, in Richtung Perleberg und der Kartoffelfelder dort über das archaische Flüßchen Strepenitz, in »Schatten und Sintflut« hinein. Auf dem Ortsschild stand »Mansfeld, Kreis Pritzwalk, Bezirk Potsdam«. Tiefe Wege, Kuhmist, breite Häuser an großen Höfen, und in diesem historischen Moment wurde grade die Wasserleitung gelegt. Vorn der stattliche Fachwerkbau, pralle Balken zwischen roten Ziegeln. »Mansfeld«, erklärte der Genosse Bürgermeister, »schon im frühen fünfzehnten Jahrhundert erwähnt, muß gleich ziemlich reich gewesen sein, und gehört hat es dem Gans Edlen, zu Putlitz. Zweihundertzehn Einwohner haben wir jetzt, das Pfarrhaus ist da drüben, die Pfarrerin ist zwar an den Stuhl gebunden, denn sie ist gelähmt, doch geistig noch ganz rege, fragen Sie also mal bei der!«

Am Kriegerdenkmal vorbei, an der turmlosen scheunengroßen Kirche im Fachwerkstil aus roten Ziegeln, einige Fenster waren kaputt, durch den wildwuchernden Garten ums Haus herum und an die Hintertür geklopft. Im Flur rechts öffnete sich eine niedrige Tür; ein Pastorenfräulein, klein und dürr, unterrichtete gerade ein Dutzend robuster, blonder, wohl widerborstiger Kinder im Katechismus. Dann ging hinten eine zweite Tür auf, und ein zweites Pastorenfräulein bat herein; das zweite Pastorenfräulein, nicht minder dürr, stellte sich als Tochter der Pastorin Maaß vor, der Pastor sei tot, und das erste Fräulein Pastor habe die Pfarre übernommen. Befinde man sich im Geburtshaus des Dichters Gottfried Benn?

Ein schwaches Aufflackern von Lebensstimmung. Jawohl, man habe seinerzeit mit dem Dichter korrespondiert, und hier habe ja der Vater schon gepredigt, das Haus stamme aus dem siebzehnten Jahrhundert und die Kirche aus der Zeit nach dem Dreißigjährigen Krieg. In den Zimmern Familienfotos, Kommoden, Schränkchen, Spitzendeckchen, Treu und Redlichkeit. Existiere denn das Kirchenbuch noch, dürfte man es sehen? Denn niemals hat ein Biograf je diese Chronik einsehen können! Die Pastorentochter, das Fräulein Maaß, schleppte die schweren Kirchenbücher heran und packte sie auf den Wohnzimmertisch. Nervös geblättert, ach und nun ja die Seite zwei im »Kirchen-Buch des Mansfeldtschen Sprengels angefangen im Jahr 1779 vom Prediger Steinhauser« genauestens studiert und auch abfotografiert: »Joachim Benn aus Rambow bei Perleberg kam Anfang September 1848 als Pfarrer hierher und ging im Februar 1860 nach Bentwisch bei Wittenberge.« Im nächsten dicken Band tritt des Dichters Vater zum erstenmal in Erscheinung. Dann das »Verzeichnis der in der Gemeinde Mannsfeldt, mit Laaske und Lokstädt vom Jahre 1848 bis 1899 Gebornen und Getauften«. Auf Seite 92 stießen wir auf die folgende Eintragung: »Gottfried Benn«, geboren »Sonntag« den 2. Mai »abends 7 1/2 Uhr, ehelich«, getauft am 23. Mai. »Name des Predigers, der es getauft: »Pastor Mummelthey«. Zwölf Taufzeugen waren anwesend, Verwandte aus Mansfeld, Putlitz, Stuttgart, Leipzig und andersswoher.

Der Dichter selber schrieb gegen Lebensende, er sei »als Sohn eines evangelischen Pfarrers und einer Französin aus der Gegend von Yverdon« geboren, die Vorfahren Pastoren und Bauern, zurückzuverfolgen bis 1704 im Rambower Kirchenbuch. Ein letzter Rundgang durch den Obstgarten, Abfahrt mußte sein, denn im Gasthof gab es keine Übernachtungsmöglichkeit. »Wo bin ich hingekommen? Wo bin ich? Ein kleines Flattern, ein Verwehn.«

Nicht schon im Herbst 1886 zog die Familie weg, wie Biographen meinten, sondern erst ein Jahr später, wie die letzte Kirchenbucheintragung des Pfarrers Benn von 1887 verrät. Und nun einmal quer durch die Mark Brandenburg von Nordwesten in die Neumark im Osten, in die Volksrepublik Polen hinein über Küstrin oder Kostrzyn nach Mieszkowice! In mein Tagebuch schrieb ich »Fürstenfelde«, wie ich Vorkriegslandkarten entnommen zu haben glaubte, doch es stellte sich heraus, dies war ehemals Bärwalde. Am Markt, wo früher vielleicht ein Kaiser-Wilhelm-Denkmal gestanden haben mochte, nun ein Standbild für Mierzka I., über den es polnisch auf einer Ansichtskarte hieß: »Der Legende nach ist Mieszkowice eine Gründung Mierzkas I., der hier auf Bärenjagd ging.«

Am »Magazyn« unweit des Bahnhofs noch lesbar »Wilhelm Kargo, Dampfmühle«, und Eintritt in die Stadt durchs mittelalterliche Tor an der »ulica Graniczna«, der Grenzstraße. In den Läden verstand man noch Deutsch, ältere Menschen erinnerten sich dieser Sprache. Die Kirche war schon früh am Morgen besucht, in einem der seltenen Personenwagen brausten zwei junge Priester heran. Ein betagter Mann auf der Straße, der mich neugierig oder verwundert musterte, zog ehrerbietig die Mütze und murmelte »Dzien dobry«. Es war August, »Einsamer nie als im August:/Erfüllungsstunde – im Gelände/die roten und die goldenen Brände«. Die Chaussee nach Sellin muß einst schmaler gewesen sein; die nach Zielin heute bot Traktoren und Lastwagen bequem Platz, und an den Chausseerand waren junge Eichen gesetzt. Vier Kilometer nun also bis Zielin: »Sieh dieses Sommers letzten blauen Hauch!« Ob das Haus noch stand, trotz Krieg und Vertreibung und Neubesiedlung? Dann das langgezogene Dorf. Gepflegte Häuser, Fernsehantennen, ein Krankenauto auf der Fahrt in die Kreisstadt, Traktoren und auch die vertrauten »Panjewagen«. Ein Heuwagen wie aus der vergilbten Schulfibel: drei blonde, barfüßige Jungen saßen hoch oben auf dem Heu, ernst und fremd blickten sie uns an. »Sellin in der Neumark; dort wuchs ich auf. Ein Dorf mit siebenhundert Einwohnern in der norddeutschen Ebene, großes Pfarrhaus, großer Garten, drei Stunden östlich der Oder. Das ist auch heute noch meine Heimat, obgleich ich niemanden mehr dort kenne, Kindheitserde, unendlich geliebtes Land.«

Vorn die Kirche auf dem Anger, ringsum die Bauernhäuser. Sicherlich war der Kirchhof früher nicht verschlossen und nicht, wie heute, mit zwei großen Vorhängeschlössern abgesichert, was zum Umweg über die Kirchhofsmauer nötigte. Am Westteil der Mauer Grabsteine mit vermoosten Inschriften, am Turm in großen Ziffern das Jahr der Fertigstellung, 1704. Viel Unkraut, hohe Bäume aus zwei, drei Generationen. Vor dem Pfarrhaus stand einstmals »eine riesige Linde ... eine kleine Birke wuchs auf dem Haustor ... ein uralter gemauerter Backofen lag abseits im Garten. Unendlich blühte der Flieder, die Akazien, der Faulbaum.« Ja, dies mußte es sein – das breite Haus direkt an der Sandstraße, roter Backstein, vorn die Stufen, die Linde, hinten der Garten! Federvieh flatterte umher. Im Eingang zum Hof wartete ein Traktor.

Nun trat eine Frau aus dem Haus, und ein junger Mann stand müßig herum. Und hier sprach nun niemand mehr Deutsch. So viel verstand ich aber: Dies war zuvor die Pfarre, doch hier wohnte jetzt kein Pfarrer mehr, der Priester komme nur sonntags aus Mieszkowice zur Messe her, und jetzt wohne hier ein Bauer.

Der junge Mann stieg auf das Motorrad, bedeutete mir zu warten, fuhr los und kehrte mit dem Vater, aus der Schmiede, zurück, dem Besitzer des Hofes. Der konnte Deutsch. Fünf Jahre war er Kriegsgefangener in Deutschland gewesen, damals, lange her!

»Privat«, sagte er und legte sich, bescheiden, ruhig und stolz, in Brusthöhe die Hand auf den Overall. Ein eindringlich redender, dunkelhaariger Mann, intelligent, sicherlich fleißig, sympathisch in seiner kraftvollen Bestimmtheit ohne Pose. Kein »Bauer« mehr alten Schlages, aber einer, der weiß, wie man mit der Maschine den Boden bereitet, zwölf Hektar Land. Fünfzehn Kühe hatte er, siebzig Enten, zweihundert Hühner, vierzig Schweine. Der Traktor hatte ihn aus zweiter Hand, 20000 Zloty gekostet (statt 80000 für einen neuen).

»Gutter Bauer, damals hier, gutter Bauer!« betonte er. Irgendwann mußte einmal die protestantische Pfarre im Deutschen Reich zu einem Bauernhof umfunktioniert worden sein, und der letzte Deutsche hier verließ nach dem Krieg das Dorf und wohnte nun in Bad Kleinen in Mecklenburg.

»War schon zweimal hier, wir schreiben!«

Er zeigte uns den Brief. »Lieber Josef«, hieß es da, »wenn wir zu Besuch kommen, mach dir bitte keine Umstände!« Der Mitarbeiter von der LPG Bad Kleinen lobe, sagte Josef, die Kollektivierung, Josef dagegen blieb lieber allein.

Ich warf einen Blick in den Garten, nein, gebacken werde dort in dem vorzeitlichen Backofen nicht mehr, dazu habe man nicht genug Muße. Und ich zog es vor, nicht noch weiter die Stätte zu inspizieren. Gang um die Kirche herum zwischen flachen Katen hinunter zum See, Dorfkinder spielten hier, am Schilfrand eine ganze Flotille von Gänsen, und unter einer Weide ließ ich mich nieder. »Es ist ein Garten, den ich manchmal sehe/östlich der Oder, wo die Ebenen weit.../

Es ist ein Knabe, dem ich manchmal trauere,/ der sich am See in Schilf und Wogen ließ.« Hinten am Horizont die schwarzgrünen Wälder. »Dort wuchs ich mit den Dorfjungen auf, sprach Platt, lief bis zum November barfuß, lernte in der Dorfschule, wurde mit den Arbeiterjungen zusammen eingesegnet, fuhr auf den Erntewagen in die Felder, auf die Wiesen zum Heuen, hütete die Kühe, pflückte auf den Bäumen die Kirschen und Nüsse, klopfte Flöten aus Weidenruten im Frühjahr, nahm Nester aus.«

Kühe, noch mit den Pflöcken um den Hals, wiegten muhend ans Ufer, patschten ins Wasser und soffen, mich mißtrauisch beäugend. Wunderbare Gewöhnlichkeit des Ländlichen, Gras, Wasser und Zeit, die in Ewigkeit zu münden schien. »Immer füllst du dich neu,/ See, den die Trauerweiden,/ Schilf und Rohre umkleiden.« Drüben die Silhouette des Gutes, auf das Dach hatten Störche einen breiten, grauen Fäkalienstreifen gezeichnet. Irgendwo stereotypes Bellen eines Hundes, der seine Wache halten mußte.

Die »Kneipe«, in die Neubauer Josef eingeladen hatte, erwies sich als Laden, vor dem in langer Reihe barfüßige Kinder mit Körben und leeren Flaschen standen, um für die Mittagspause einzuholen. Plötzlich aber winkte Pan Josef, und wir traten in sein Haus, Pani Josefa hatte es inzwischen so verfügt. Einladung jedenfalls zum Mittagessen, dort, wo einst Pfarrer Gustav Benn mit den Seinen saß. »In meinem Elternhaus hingen keine Gainsboroughs/wurde auch kein Chopin gespielt/ganz amusisches Gedankenleben.« Sofa, Tisch, Stühle, Anrichte, Spiegel, Heiligenbilder, auch Familienfotos: der Vater Josefs, aus Brest-Litowsk, in Uniform, irgendwann im Krieg oder zwischen den Kriegen habe er »zwei Schüsse ins Herz« bekommen. Josef war vom selben Jahrgang wie unsereiner, und plötzlich verstanden wir unsere Lebensläufe besser. An der Wand mehrere Diplome für Josefs tüchtige Landarbeit. Die Frau servierte Rührei, Fleisch aus der Büchse und Brot, Josef servierte den Schnaps.

»Ich viel arbeiten, ich viel trinken. Frau gutt!« Dies zu Pani Josefa hin gesagt. »Nasdrowje!«

Zwei Flaschen Schnaps – oder waren es drei? – tranken wir über Mittag aus, und der Abschied fiel uns schwer. Und zuletzt noch die obligate, die bislang zurückgedrängte Frage: »Was wollen Sie eigentlich hier?!« Ich schrieb es ihm auf. Vor hundert Jahren zog aus Mansfeld in der Prignitz, damals Deutsches Reich, heute Deutsche Demokratische Republik, ein Pfarrer in die Neumark, hierher, ebenfalls noch Deutsches Reich, heute Volksrepublik Polen, und sein Sohn Gottfried wuchs hier auf. »... ich erinnere mich der Silvesternacht, in der das jetzige Jahrhundert sich erhob ... Alles wachte, alles feierte, die Kirchenglocken läuteten um Mitternacht ... Mein Vater trat aus seinem Pfarrhaus und umarmte den Dorfschulzen ... Die Atmosphäre meines Vaterhauses bis heute nicht verloren: in dem Fanatismus zur Transendenz ... ins Artistische gewendet, als Philosophie, als Metaphysik der Kunst.«

Ah, sagte Josef, und etwas zog über sein Gesicht, kein volles und letztes Verständnis, aber Respekt war in seinem Blick, ein Quäntchen Versunkenheit und etwas Ahnung in seinem Nikken, und er erklärte seiner Frau, was ich ihm erklärt hatte. Josef legte den Zettel mit den Angaben und den Daten behutsam auf die Anrichte und wollte ihn später, wie die Adresse und die Briefe aus Bad Kleinen, in der Truhe verschließen, und vielleicht würde er anderen Besuchern erzählen, es sei einmal ein Fremder gekommen, merkwürdiger Mensch, der zu alten Häusern von Poeten pilgerte, um nachzusehen, ob noch eine Birke auf dem Haustor wüchse! ... »Sieht den Wanderer kommen, sieht ihn halten,/wenn ihn dürstet, wird ein Trank geschänkt,/aber einer nur, dann sind die alten/Schlösser wieder vor- und eingehängt.«

Pani Josefa brachte aus dem Garten einen großen, frischen Strauß Dill, und der Dill war für die Gurken bestimmt.

»Sie sollten nicht so viel fotografieren!« warnte Josef zum

Abschied. »Man hat Sie gesehn, vorhin, wie Sie vom Kirchhof die Dorfstraße knipsten, mit Lastwagen und Bauern auf Pferdewagen! Nein, Polizist sagt hier nichts, aber vielleicht der in Bärwalde?«

Josef brachte uns auf den Weg zur Haltestelle des Autobus-Linienverkehrs, viele blonde Kinder starrten dem Fremden nach, vielleicht war ein neuer Gottfried Benn, ein Josef Mieszkowice unter ihnen, Nationalsprache, Zufall? Fünf Millionen Menschen waren in diesen Gebieten nun schon seit Kriegsende geboren und aufgewachsen, die Zeit legte Schicht auf Schicht über Wunden und Narben, und als ich aus dem Bus zurückblickte, sah ich Staub, den die Räder auf der sandigen Straße aufgewirbelt hatten. »An der Schwelle hast du wohl gestanden,/doch die Schwelle überschreiten – nein,/denn in meinem Haus kann man nicht landen,/in dem Haus muß man geboren sein.«

Eine Französin aus der Gegend von Yverdon hatte der Dichter zur Mutter gehabt, und im Geist hörte ich Fóntan sagen, Sehn Sie, was wäre die Mark *ohne* uns geworden, aber was ist, umgekehrt, aus dieser Mark *mit* ihnen geworden?

11. Gesang

Der Maler der City aus Birnbaum

»Und dieser Gesang«, rief Fóntan aus, als wir uns eines Nachmittags in der Nationalgalerie auf der Museumsinsel trafen, »gilt nun endlich mal der Malerei!«

Ich wiegte den Kopf und überlegte, wen ich da zuerst nennen sollte, doch er fuhr schon fort: »In meinem Buch über die Grafschaft Ruppin habe ich früh festgestellt, daß es keine andren als Schadow und Rauch waren, die ›auch auf dem Schwestergebiet der Malerei Verirrungen‹ zurückdrängten und ›Nichttalente nicht überheblich‹ werden ließen. Solche Nichttalente mochten viele da sein, aber neben ihnen auch Genies wie Franz Krüger (der Paraden- oder Pferde-Krüger) und Blechen, der große Landschafter, der Schöpfer des epochemachenden Bildes *Semnonenlager auf den Müggelbergen* –«

Genie? dachte ich. *Epochemachendes Bild?* Und ich faßte mich an den Kopf. »Blechen aus Cottbus, Krüger aus Cöthen –«

»Aber gestorben sind Sie alle in Berlin!« donnerte Fóntan. Was denn, wollte ich sagen, die Großstadt als Sarg. Doch er ließ mich nicht zu Wort kommen. »Adolph Menzel, wenn auch erst ein ›Werdender‹, begann bereits eine Gemeinde leidenschaftlicher Anhänger um sich zu sammeln ...«

»Und der stammte aus Breslau!« warf ich ein.

»Jeder richtige Berliner war in Breslau geboren!« rief er aus. »Oder überhaupt irgendwo im Osten, wie Baluschek in Schlesien, Corinth in Ostpreußen, Leistikow in Westpreußen, Jakob Steinhardt in Zerkow Provinz Posen, und der große Radierer Daniel Chodowiecki stammte aus Danzig.«

»War der nun aber Pole oder Deutscher?«

»Danziger war er, und er liegt auf dem *Französischen* Friedhof Chausseestraße! Antoine Pesne, aus Paris, Maler Friedrichs des Großen, denken Sie an Schloß Rheinsberg, Schloß Charlottenburg und an Sanssouci und überhaupt Potsdam, der *gesunde Realismus* in den zeichnenden Künsten –«

Jetzt reichte es mir aber wirklich. Verirrungen, Nichttalente, *Genies* wie Krüger oder Blechen, gesunder Realismus: Entpuppte er sich mit solchen Urteilen als Spießer?

»Die Kunst«, verkündete er mit erhobener Stimme, »soll nach Vollendung streben, soll ehrliche, gründliche Arbeit verrichten und, soweit dies die modernen Impressionisten tun, schließe ich auch diese Richtung innerhalb der Kunst von der Kunst selbst nicht aus!« Mir blieb der Atem weg.

»Leider aber wenden sich auch viele junge Künstler dieser Richtung zu, die, bei unleugbarem Talent, doch nicht Energie genug haben, gründlich zu arbeiten und zunächst nur auffallen wollen, was durch den Impressionismus und Intentionismus, dieser äußersten Linken, allerdings möglich ist!«

Strafend blickte er mich an. Was er aber gesagt hatte, erinnerte mich unangenehm an Worte, die ich aus einem Buch über die Grafschaft Ruppin kannte, geschrieben von dem gewissen Fontane, und auch an Äußerungen aus jener Zeit von dem großen Max Liebermann, der gegen jüngere und revoltierende Maler in reaktionärer Weise vorgegangen war. Um sicherzugehen, daß ich mich nicht irrte, schlug ich das besagte Buch auf, das ich vorsichtshalber mitgenommen hatte, und fand wirklich eine Schimpfkanonade gegen »Impressionismus und Intentionismus«, gegen die verhaßte »äußerste Linke«, als wären jene Künstler schon die Vorläufer des Kommunismus in Deutschland gewesen!

»Zeigen Sie mal her!« sagte Fóntan, und ich las ihm den Text, der auf den Seiten 148 ff und 188 zu finden war, laut vor.

Geschrieben übrigens 1889/90, in einem Moment, da in Berlin Kübel von Schmutz über die Neuen ausgegossen wurden, wie von Max Liebermann, über Lesser Ury und dessen »talentlose Schmierereien«. So sehr man diese beiden altmärkisch-preußischen Patriarchen liebte, man hörte doch in gewissen Äußerungen das Knarrende, Provinzielle, Hochnäsige des hoffnungslos Ewiggestrigen. Im übrigen interessierte es mich nun plötzlich sehr, einmal festzustellen, wie gerade ein Lesser Ury, unser *erster* Impressionist, einer von Graden, aus seiner kleinstädtischen Heimat im Osten jenseits der Oder womöglich etwas von Motiven, Impressionen, Intentionen mitgebracht hatte, das auf seinem Studienweg über Berlin, Kassel, Düsseldorf, Brüssel und *Paris* technisch geläutert worden und künstlerisch gereift war: *er*, dem Herkommen nach, wenn man so fragte, alles andere als »Märker«, Jude. Und meinen Virgil nahm ich, als Pocketbook in der Jeanstasche, mit.

Die Eisenbahnfahrt führte über Frankfurt an der Oder nach Rzepin, einst Reppen, und der Zug nach Szamatuly wartete schon. »Międzychod« stand am Zielbahnhof. Das Ziel auszumachen, hatte es meines Atlas' *Das Deutsche Reich* von 1895 bedurft, in dem ich auf der Karte »Brandenburg, Schlesien, Posen« oberhalb der in Klammern gegebenen polnischen Bezeichnung »Birnbaum« gefunden hatte. Birnbaum, preußisch, hatte zur Provinz Posen gehört, Teil der Grenzmark Posen, dann zum Deutschen Reich, war nach dem Ersten Weltkrieg an Polen gefallen, nach dem Polenfeldzug 1939 wieder ans Reich und nach dem Zweiten Weltkrieg an Volkspolen. Fünfzig Kilometer etwa von Landsberg an der Warthe, hundert von Gottfried Benns Sellin, hügeliges Kiefernland, Feld und Heide, viele Seen und zum Trocknen ausgebreitetes Rohr für die Katendächer.

Im Hotel Międzychod Rynek, am Markt, kam ich unter. Ein unzerstörter Ort. Die Umgebung hatte sich zu einer Ferienlandschaft verwandelt, mit Strandbädern, Reit- und Wassersportmöglichkeiten, Camping. Im Rathaus, dem »Präsidium«, dolmetschte ein älterer Herr mit Schnauzbart, und auf der Straße wies ein noch älterer Herr mit noch älterem Schnauzbart den Weg zum ehemaligen Bankdirektor, der einst die Stadtchronik geführt hatte. In seiner hübschen Wohnung am Markt erklärte er, die Chronik sei nicht mehr da, die habe 1945 Bürgermeister und NSDAP-Mitglied Josef Thüte auf die Flucht mitgenommen, mit dem Versprechen freilich, sie wiederzubringen, »wenn wieder normale Verhältnisse herrschten«.

Die Frage, ob es noch Juden hier gebe, wurde entschieden verneint. Es hatte einen Tietz-Park und eine Tietz-Straße gegeben, der hier geborene Warenhausbesitzer habe seiner Heimat viel gestiftet. O nein, die Juden von Birnbaum hätten in keinem Ghetto gehaust, überall hätten sie ihre Häuser gehabt, sie seien ja reich und »die Herren hier« gewesen. Prächtig noch immer die Synagoge an der Hauptstraße, umgebaut zum Verwaltungsgebäude.

An Urkunden fand sich nichts mehr in den Archiven: Lesser Ury! Unbekannt! Auch in neueren polnischen Lexika war der Name nicht zu finden. Dokumente gab es im Rathaus nur für die Jahre ab 1872, als im Preußen Bismarcks die Standesämter für Geburts- und Todeseintragungen zuständig wurden, doch zu diesem Zeitpunkt waren die Urys wohl schon nicht mehr hier. Oben am Giebel des Rathauses von Międzychod noch immer das schöne Stadtwappen: ein rotbrauner Birnbaum auf hellblauem Grund, in den oberen Zweigen die Stadtmauer mit Toren. Das polnische »Międzychod«, »Zwischengang«, weist ja auf andere Bezüge, auf die Lage »zwischen Warthe und Küchensee«, zwischen den Wassern.

Ury hatte das Pastell *Jüdischer Friedhof* von 1895 hinterlassen, konnte es der Birnbaumer sein? Auf dem Kapellenberg soll er gelegen haben, oberhalb der »Ecken« oder bäuerlichen Vorstadthäuser. Die Frau, die führte, meinte, als sie zehn war, habe das letzte Begräbnis dort oben stattgefunden; das mußte in den späten zwanziger oder frühen dreißiger Jahren gewesen sein. Ein Zeitzeuge, der Jahre nach dieser Reise aufgetrieben wurde, der ehemalige Herausgeber der *Birnbaumer Kreiszeitung*, erinnerte sich, jenes Begräbnis mußte das von Hermann Rothe, 1931, gewesen sein. Rothes besaßen eine Getreidehandlung, Max Rothe und dessen Schwägerin blieben bis zum Anfang des Krieges im Ort, die letzten jüdischen Einwohner, Rothe wußte, was ihm bevorstand, er erhielt die Nachricht, sich mit Handgepäck im dreißig Kilometer entfernten Pinne einzufinden, von wo die Juden ins Generalgouvernement Polen gebracht wurden. Ein Bauer zeigte die Ausmaße des Friedhofs, etwa hundert mal fünfzig Meter, und unter den letzten wenigen Steinbrocken »das Grab eines Kindes«, das er erkannte, »weil der Stein so klein war«. Von einem uralten Gottesacker, wo Tausende von Denkmalen mit hebräischen Aufschriften gestanden hatten, geblieben aus den Jahrhunderten allein die Stufen am Eingang hinauf zur Höhe mit dem Blick übers Land. Und die Grabsteine, sagte der Bauer, habe man nach dem Krieg zum Hausbau verwendet.

Lesser Ury, das »Naturtalent«, der »große Künstler der Natur«, der »Naturalist«, dem es »Naturgesetz« gewesen sei, die Welt »farbig« zu sehen, auch die Stadt habe ihm »Natur« bedeutet, Stimmungen hätte er »aus der Natur der Straßen« gezogen, – nun, wo ist diese »Natur«, die ihn alles gelehrt, die ihn geprägt haben soll? Nur einer hatte ja widersprochen, der Freund und Kritiker Lothar Brieger, Ury sei »kein Naturkind« gewesen. Was hatte Ury in seinen ersten zehn Lebensjahren von dieser Birnbaumer Natur überhaupt mitbekommen? Geboren in dem Haus neben den Tietz in der winzigen Gasse, die zur Kleinen Warthe hinunterführt, an einem Novembertag des Jahres 1861, einstöckig die Häuschen, Giebel an Giebel, bei Hochwasser stieg die Warthe über die Ufer bis hoch ins Städtchen, dreitausend Leutchen lebten hier, die ländliche Bevölkerung überwiegend polnisch, die städtische deutsch und jüdisch, vierhundert Menschen starben, als Ury vier war, an der Cholera, in jedem Haus mindestens einer, es gab kein elektrisches Licht und keine Wasserleitung, keine Eisenbahnverbindung, keine Kanalisation, und zwischen Fluß und See trockneten die Fischer ihre Netze auf den Birnbäumen, weswegen der Ort Birnbaum heißen sollte... Ury ging zur jüdischen Schule, freitags erschien das *Birnbaumer Kreisblatt*, die Zeitung war deutsch und polnisch gedruckt, weitab gab es Kriege Preußens gegen die Dänen und dann gegen die Österreicher, die Kinder liefen barfuß, abends trug man Pantoffeln, und man wusch sich im Fluß. Im Ortsteil Lindenstadt wurde ein Junge geboren, Franz Jüttner, später zog der in die Hauptstadt und gehörte zu den Mitarbeitern des *Kladderadatsch* und der *Lustigen Blätter*, da zeichnete er den Protektor Urys, Adolph von Menzel, hoch zu Roß als Alter Fritz und verspottete Urys Feind, Max Liebermann, als den »Tyrann von Charlottenburg«. Kurz nach der Jahrhundertwende bemerkte Martin Buber, schon 1881 sei in Ury das Bild der Zerstörung Jerusalems aufgetaucht, wovon zwei Skizzen zeugten. Auf der ersten Skizze sei der zerstörte Tempel zu sehen, auf der großen Freitreppe – wie sie zum Jüdischen Friedhof Birnbaum führte – säßen jüdische Frauen und Kinder in bleichem, stummem Gram, rechts die Trümmer der Stadt: War dies nun die Zerstörung Zions als Vorstufe zum Untergang Birnbaums, oder war der Untergang Birnbaums im Kostüm der Zionisten eine Vision? Die Bilder, die Ury in Volluvet, Paris, am Rhein, in der Mark malte, Zugbrücken und Kanäle, Windmühlen und Katen, Felder und Seen, erinnerten sie an Themen der Kindheit, trug er die Impressionen seiner frühsten Tage in die Atmosphäre seiner späten und reifsten impressionistischen Arbeiten hinein, dorthin, wo Eindruck und Ausdruck verschmolzen, wo Wahrnehmungen ins Expressionistische übergingen, denn wer wollte schon die Kunst dieses jüdisch-märkischen Koloristen mit dem einen oder andren Klischee belegen? Er liebte, sammelte und reflektierte das Licht: Sonderbarer Zufall doch, daß dieser Maler

Leo Lesser Ury hieß, hebräisch für *Feuer* oder *Licht*. Zufall natürlich, daß er aus Birnbaum kam, und mag er das *Schtedtl* nach dem Wegzug niemals wiedergesehen haben, in mancher Szene seiner Arbeiten wird gerade das Diffuse, Verwaschene, Feuchte und das Gebrochene östlichen Lichts zwischen Mooren und Brüchen dieser Landschaft und dem sich verweigernden Himmel in Farbe umgesetzt worden sein. Welch eine frappierende Anzahl von Künstlern aus diesem Osten! Menzel, Baluschek, Corinth, Leistikow, Steinhardt, auch Liebermann, die Spiro, Lilien, Levy, Meidner, Wolfsfeld, Fingesten, Aschheim, Tischler, Adler und Ury gerade aus dem jüdischen Milieu zwischen Oder und Galizien, zwischen Ostsee und Oberschlesien! Eine eigene Malkultur, untergegangen im Reich zu dem Augenblick, da sie eben erst werden wollte.

Im Wasserkopf der alten City von Gründerzeit und Jugendstil war es ein erbitterter Kampf und ein bitterer Alleingang dieses Lesser Ury, der sich gegen Unverständnis, Böswilligkeit, Gemeinheit und Niedertracht und natürlich gegen den *Zopf* der Kunstpäpste, Kritiker, sogenannten Kollegen, gegen die Lethargie und die Dummheit eines mehr und mehr im Vulgärmaterialismus versumpfenden Bürgertums durchsetzen mußte. In Anfällen von Masochismus verbrannte er seine eigenen Aquarelle, wenn ihm ein möglicher Käufer zu wenig bot. Er beschimpfte öffentlich seine Gegner. Hoch oben unterm Dach eines Mietshauses am Nollendorfplatz sein letztes Atelier. Eiserner Ofen, Junggesellenunordnung, und malen, malen, malen. Ein Modell, seine Geliebte. Ein unehelicher Sohn, verschollen. Er galt als arm, aber nach seinem Tod fand man zwischen Briketts Dollarnoten, in der Wohnung Schecks und Bargeld, sinnlos versteckt. Er nannte sich Lehmann und fürchtete um sein Leben. Sein Grab ist auf dem Jüdischen Friedhof in Weißensee zu Berlin. 1931, ehe auch seine Kunst als entartet vernichtet werden konnte, starb er. Verwandte aus New York und die Geliebte führten einen Prozeß um den Nachlaß, die Verwandten gewannen. Das Werk heute in alle Welt zerstreut, bis Chikago und Tel Aviv. Lesser Ury, der berühmte Unberühmte, aber seine Arbeiten bringen auf dem Kunstmarkt heute mehr als die seines größten Feindes und Widersachers, Liebermann: Ein Ölbild von nur geringen Ausmaßen fand unlängst einen Liebhaber und Käufer, der weit über dreihunderttausend Mark dafür ausgab. Könnte man vielleicht sagen, daß Lesser Ury *trotz* seiner Herkunft aus Dürftigkeit, Sprödigkeit, märkischer Nüchternheit der Maler geworden ist, als der er gilt, der Impressionist der alten City ohne Konkurrenz? Oder wäre dies gegenüber dem Charme eines Warthestädtchens ungerecht, das seine Mitgift bereithält? Ob Spree oder Märkische Seen, ob Seine oder Themse, ob Brandenburger Tor oder Kurfürstendamm, ob Pont Neuf, eine Londoner Brücke oder der *Fliederstrauß*. Ist nicht östliches Kolorit drin, von »Fliederbüschen, blau und rauschbereit«? Urys glänzender Asphalt der City am Abend nervöser Besorgungen im sacht fallenden Regen bei fluoreszierenden Scheinwerfern der Automobile des Jazz-Age: enthält er nicht die Atmosphäre, das Zwie-Licht des Schtedtls noch? Und wenn unser märkischer Wandersmann abwertend und abfällig von »Impressionismus und Intentionismus« als dem »äußersten Linken« gesprochen hatte, war er da nicht entgegen seiner Absicht der neuen, bahnbrechenden Ästhetik auf die Spur gekommen, die nun statt naturalistischer Zufälligkeiten die Vision beschwor, die wesentliche Schau des *Gemeinten*?

12. Gesang

*Zwischenspiel des Dr. jur. F. Kafka
am Fichteberg*

Aus dem Ortsteil Lindenstadt von Birnbaum im Bezirk Posen zog ein männlicher Bewohner in Richtung der Reichshauptstadt, fand am Ende eine Villa in Zehlendorf vor den Toren der Wasserkopfcity in der Heidestraße 25-26, die heute nach ihm heißt, machte sich einen Namen durch Verseschmiederei im Stile Liliencrons, durch Erzählungen, Romane auf dem Hintergrund des Ostens und durch literarhistorische Arbeiten zum vergangenen Jahrhundert, verstarb mit sechsundvierzig Jahren beim Ende des Ersten Weltkriegs, und die Witwe vermietete Zimmer in der Inflationszeit, um zu dem Ihren zu kommen. Am 1. Februar neunzehnhundertvierundzwanzig zogen zu ihr ein gewisses Fräulein Dora Diamant nebst Freund, der Prosa veröffentlicht haben wollte – pardon, wie war doch gleich der Name? Die beiden hatten sich in Müritz an der Ostsee kennengelernt, im Sommer des Vorjahres, wo Dora die Küche des Jüdischen Volksheims für ärmere Großstadtkinder leitete, Tochter eines Anhängers des chassidischen Rabbi von Gera aus Polen, im Hebräischen geübt, neunzehn Jahre alt, und sie hatten sich entschlossen, gemeinsam nach Berlin zu ziehen: »eine tollkühne Tat«, so er, wie der »Zug Napoleons nach Rußland!« Die brodelnde Hauptstadt des geschlagenen, gedemütigten Reiches, die Ruhr durch Frankreich besetzt, Separatisten am Rhein, Putsch eines gewissen Hitler in München, ein Dollar gleich 4,2 Billionen Mark, – andrerseits Hoffnungen, denn schon vor dem Krieg hatte er ja geglaubt, er würde hier sehr viel besser leben können als in Prag oder als in Wien, dem »absterbenden Riesendorf« ... Anfangs hatten sie in der Miquelstraße in Dahlem gewohnt in der Villa des Kaufmanns Moritz Hermann, die Straße führte an der Heiligendammer vorbei, wo später, der beim Leipziger Verleger Kurt Wolff ausgebildete Ungar Ladislaus Somogyi den Neuen Geist Verlag eröffnete und, nach dem Zweiten Weltkrieg, erstmals wieder einen Text des besagten Prosaisten druckte. Der »kleine Auswanderer«, so nannte er sich, fand die Umgebung »wunderbar«, seine »Gasse ist etwa die letzte halb städtische, hinter ihr löst sich das Land in Gärten und Villen auf«. Sie verkehrten mit wenigen Leuten, und er las auch »nur wenig und nur hebräisch«. Die Innenstadt? »Schrecklich«! Zum Erschrecken auch die kletternden Preise, allein die Zimmermiete sprang um das Siebenfache innerhalb eines Monats. Schlaflose Nächte, Husten. Doch Zeitungen, die las er, daraus er »Gift« sog, das er nur »knapp noch« ertrug, wenn gerade im Vorzimmer von Straßenkämpfen geflüstert wurde. Literatur? »Die Ermöglichung eines wahren Wortes von Mensch zu Mensch«. Er informierte sich über die Gärtnerschule von Dahlem, war freilich für den praktischen Unterricht zu schwach und für den theoretischen zu unruhig. Vormittags fuhr er zuweilen in die City zur Hochschule für Wissenschaft des Judentums, weit im Osten der Stadt, wo das Elend am größten schien, und war abends froh, wieder zu Haus zu sein. Da wurde ihnen die Wohnung gekündigt. So zogen sie nach Steglitz, in den Nachbarbezirk, Grunewaldstraße 13, wiederum eine Villa, die von einem Dr. Rethberg, und hatten sie zuvor bei Juden gewohnt, jetzt waren sie bei Antisemiten, und der Sohn, Amtsgerichtsrat, wird dann fünfundvierzig »von den Russen« verhaftet, in ein »Konzentrationslager verschleppt« und kommt dort um, wie die Witwe zu berichten wissen wird.

Aus Prag traf der Freund, Max Brod, zu Besuch ein, und dem las er neue Prosa vor, *Eine kleine Frau* und *Der Bau*. Er sei, sagte er, den »Dämonen« entwischt, »die Übersiedlung nach Berlin war großartig, jetzt suchen sie mich, finden mich aber nicht, wenigstens vorläufig nicht«. Fieber, letzter Aufschwung, Scheinblüte? War das Wetter gut, ging er aus. Gerade erst vor drei Jahren war ja Steglitz in der Landgemeinde des Kreises Teltow zu Groß-Berlin geschlagen worden und lag praktisch noch immer vor den Toren der City, in der Mark: dreizehn Minuten zum Grunewald. Ausgedehnte Parkviertel, Vorortbahn nach Potsdam, Botanischer Garten, riesiger Stadtpark beim Teltow-Kanal zwischen Havel und Spree, Königliches Jagdschloß unweit des düstren Grunewaldsees, und vom Fichteberg gleich hinter der Villa Nr. 13 sah man weit übers flache, herbe Märkische hinaus zu den Wäldern, Brüchen, Äckern. Im übrigen schien er »hier gut und zart behütet bis an die Grenzen irdischer Möglichkeit«. Unten am Ende der Villenstraße, vier Minuten zu Fuß, lag der Rathausplatz, wo es südwestlich hinausging nach Zehlendorf und Wannsee und nordöstlich in die City mit dem gelben Autoomnibus No. 5. Und am Platz auch die Großstadtverführung mit den Albrechtshof-Lichtspielen, dem ersten pompösen Kino hier draußen mit Bühnenschau, Fox-tönender Wochenschau und den von einem Pianisten untermalten, stummen Streifen. Er war ja ein Freund dieser neuen Kunst, und er bewunderte vor allem diesen Charlie Chaplin, von dem das Lichtspieltheater eben den Film zeigte *Die öffentliche Meinung:* absurd, grotesk, surreal? Während, später, in der Prosa des Mannes eher Düsteres erkannt werden wird, sahen es die Prager Freunde anders; wenn er vorlas, lachten sie Tränen, und oft konnte er nicht weiterlesen, so sehr mußte er selber lachen: – Auswechselbarkeit zweier Masken des Jahrhunderts, zweier Visagen des Zeitgeists, des Chaplinesken und des Kafkaesken?

Kunst auf Zelluloid, Anfänge der Flugtechnik, Nacktbaden, Vegetariertum, Sozialethik: Und nach einer weiteren Neuerung schloß dieser janusköpfige Mensch sich auf. Aus dem Lokalblättchen *Steglitzer Anzeiger*, ein paar Schritte die Albrechtstraße hoch, rechts an der Schützenstraße gedruckt, schnitt er sich einen

Artikel aus und schickte ihn dem Schwager in Prag: *Mein schönstes Goal*. Und er notierte, daß der jüdische Club Hakoah gegen Slavia Prag 2:4 verloren und in London gegen Westham United 5:0 gewonnen hatte, denkwürdige »events«! wie er zünftig hinzufügte.

Im Dezember beantragte er, ausführlich begründet, die Zustimmung der ihn beschäftigenden Arbeiter-Unfall-Versicherungs-Anstalt Prag zu einer Art Frührente wegen Krankheit und zu einem Aufenthalt in Steglitz. Schwere Fieberanfälle fesselten ihn ans Bett. Genau zum Jahresende wurde sein Gesuch genehmigt, er erhielt die Pension ausgezahlt, die Eltern in Prag nahmen sie in Empfang, und er mußte nun regelmäßig amtlich beglaubigte »Lebensbescheinigungen« an die Versicherungsfirma schikken. »Der Tisch steht beim Ofen«, schrieb er an Schwester Valli, »eben bin ich vom Ofenplatz weggerückt, weil es dort zu warm wird, selbst dem ewig kalten Rücken, meine Petroleumlampe brennt wunderbar, ein Meisterwerk, sowohl der Lampenmacherei als auch des Einkaufs (sie ist aus einzelnen Stücken zusammengeborgt und zusammengekauft, freilich nicht von mir, wie brächte ich das zustande! Eine Lampe mit einem Brenner, groß wie eine Teetasse, und einer Konstruktion, die es ermöglicht, sie anzuzünden, ohne Zylinder und Glocke abzunehmen: Eigentlich hat sie nur den Fehler, daß sie ohne Petroleum nicht brennt, aber das tun wir andern ja auch nicht)«.

Hier schrieb er, Erzählungen, die zum Teil von Dora vernichtet wurden, weil er darauf bestand. Immer seltener gingen sie aus. Er hohlbackig, tiefliegende dunkle Augen, die fieberhaft glühten, das dichte, feste Haar straff nach hinten gekämmt, mit Wasser oder Pomade, die Stirn eher niedrig und bedrängt von Gedanken, Nase hager und leicht bucklig, eine drohend scharfe Falte zwischen den Augenbrauen, Lippen scharf und schief und unerbittlich, das Kinn zart, ein Nichthiesiger mit abstehenden Ohren, von einer Art Häßlichkeit, die in sonderbare Schönheit umschlagen konnte – und der Rest war Tarnung, also sauber gewaschenes weißes Oberhemd mit Schlips, unter dessen Knoten eine Schlipsnadel den Hemdkragen zusammenhielt, wie es die Mode befahl, bürgerlicher Anzug des Juristen, und nichts von Künstler, Bohème, Außenseiter. Schreibend, dann das Geschriebene vernichten lassend, um sich von den »Gespenstern« zu befreien. Was er wahrhaftig schreiben würde, sollte später kommen, wenn er seine echte »Freiheit« gewonnen hatte. Dora las ihm vor, Kleist und Grimm, Andersen und E.T.A. Hoffmann, Goethe und Hebbel. Er trug sich mit Gedanken einer Auswanderung nach Palästina, Dora sollte Köchin, er wollte Kellner werden. Aus Prag weiterer Besuch, von Franz Werfel; der konvertiert zum Katholizismus, und so pflegt jeder sein Utopia. Die Freunde weinten, als sie sich trennten, zu den Mißverständnissen das Larmoyante? Aus der Heimat trafen Lebensmittelpakete ein. Kohlen wurden in der Reichshauptstadt knapp, im Zimmer war es kalt. Unten an der Schloßstraße Bettler, Ladendiebe, Demonstranten, und beim Spaziergang eilte man nervös an der Matthäuskirche, dem alten dörflichen Feuerwehrdepot und dem Wrangel-Schlößchen mit Pferdestall vorbei, später wird dies Restaurant, Kino und das Schloßparktheater, in dem eine Generation danach der aus Steglitz-Friedenau stammende Regisseur Rudolf Noelte den dramatisierten Roman *Der Prozeß* einem inzwischen auf das Kafkaeske eingestimmten Premierenpublikum genußreich vorzelebrieren wird. »Man könnte ja die Erscheinung fast aufzeichnen«, schrieb er an Max Bord, »links stützt ihn etwa Dora, rechts etwa jener Mann«, der andere, der Dämon, »der Gegner«, aber nur dann, wenn jetzt »noch der Boden unter ihm gefestigt wäre, der Abgrund vor ihm zugeschüttet, die Geier um seinen Kopf verjagt, der Sturm über ihm besänftigt, wenn das alles geschehen würde, nun, dann ginge es ja ein wenig«.

Eines Nachmittags schlenderten sie über die Zeunepromenade zum Fichteberg und vorüber an der Anstalt für Blinde, die hier

Körbe flochten und an der Schloßstraße verkauften. Schwer, ihre Welt zu begreifen. »Schwer?« sagte Dora, jiddelnd. »Wos schwerer mer nehmt sich vor, als leichter helft Gott!« Durch Wege, Pfade, Nebenstraßen zum Stadtpark, der seine Entdeckung war, Trost bei Schlaflosigkeit und Atemnot, auch schmerzliche Erinnerung an den Laurenziberg über der Moldau, wo er einst Wärme genossen zu haben glaubte. Jetzt hielt er sich lieber in Berlin auf mit dessen »erzieherischer Wirkung« trotz der »schweren Nachteile« eines Molochs. Am Teich blieb er stehen. Ein rotblonder Vierjähriger kam angerannt, mit einem schmuddeligen Teddybären, dem ein halber Arm fehlte. »Franz heißt du? Wie unser Postbote?« Franz durfte den Teddybär halten, während Bubi mit den anderen spielen ging. Eine Szene, die sich an den nächsten Tagen wiederholte. Eines Nachmittags heulte Bubi, der Teddy war weg. »Er ist in der Nacht fortgelaufen, er mag mich nicht mehr!« Vielleicht mußte er verreisen? »Wie kannst du das sagen! Das hätt' er doch mit mir besprochen!« Nun gab Franz zu, Teddy habe ihm geschrieben, einen Brief, den er morgen mitbringen werde.

Zu Haus in der Grunewaldstraße sah Dora Kummerfalten um den Mund des Freundes. Er müsse ja nun den Brief schreiben. Dora kniff die Augen zusammen. Mit einem Brief helfen? Wäre es nicht gescheiter, einen neuen Teddy zu kaufen? Nein, es handele sich ja nicht um Spielzeug, sondern um Teddy, um etwas Lebendiges. Am nächsten Tag brachte er den Brief in den Stadtpark mit. Teddy bat, ihn zu entschuldigen, er habe ganz plötzlich eine wichtige Reise antreten müssen, allein, weit weg, auf die er niemanden hatte mitnehmen können, und er würde jeden Tag schreiben. Viele Male brachte Franz einen Brief mit. Teddy schrieb, es gehe ihm gut, aber mit den Kindern der Leute, bei denen er wohne, habe er Sorgen, manchmal seien sie ungezogen und wollten ihren Haferbrei nicht essen. Den möge er ebenfalls nicht, rief Bubi, man sehe ja nun, es ergehe Teddy in der Fremde genau wie zu Haus. In den folgenden Briefen zeigten sich weitere Ähnlichkeiten zwischen den fremden Kindern und Bubi, und so verlor die Korrespondenz allmählich ihren Reiz. Eines Tages erschien Bubi mit einem neuen Teddybären. »Kannst du Teddy mal schreiben? Also schreib ihm, er kann ruhig bei den Leuten mit den Kindern bleiben, ich freue mich, daß es ihm gut dort geht. Der neue Teddy und ich, wir kommen jetzt ohne ihn aus, wir essen jeden Tag unsern Haferbrei!« Und nach einer kurzen Pause: »Oder schreibe ihm nicht von dem Teddy hier, das ist vielleicht besser.« Abends in der Villa deckte Dora den Tisch und sagte, der Riß sei verheilt, und sie sprachen nie wieder über die Korrespondenz mit einem Kind.

Im Winter wurde ihnen auch diese Wohnung gekündigt, mit der Begründung, sie seien »arme, zahlungsunfähige Ausländer«. Nun zogen sie nach Zehlendorf-West in die Heidestraße zur Witwe jenes Carl Busse aus Birnbaum, Schriftsteller, Kritiker bei der bekannten Zeitschrift *Westermanns Monatshefte*, über den sich der eher unbekannte Prosaist des öfteren lustig gemacht hatte. Kälte, Unterernährung, Sorgen, die Zeitumstände – der Zustand des Kranken verschlechterte sich zusehends. Onkel Siegfried Löwy, Landarzt im Böhmischen, traf ein und bestand darauf, daß der Neffe in die Heimat zurückkehre. »Hier freilich draußen habe ich es sehr schön, werde aber wohl fort müssen«, schrieb er. Auf seinen Wunsch verbrannte Dora nochmals zahlreiche Manuskripte. Was Witwe Busse tadelte, obgleich sie zugab, Künstler seien eben seltsame Leutchen, auch der wie ihr verstorbener Mann aus Birnbaum stammende Maler, ein gewisser Ury, Lesser, stecke ja in seinem Atelier hoch oben am Nollendorfplatz seine schönsten Öle und Aquarelle, wenn ein Besucher zu wenig biete, in den eisernen Ofen und horte gleichzeitig in Brikettshaufen Dollarnoten und Schecks für die Zeit nach der Inflation.

Der Kranke verließ das Zimmer nicht mehr, las Bücher und Zeitschriften und bereitete sich auf die Heimkehr vor. Mitte

März traf der Freund ein, Max Brod. Dora sollte nachkommen, er wünschte sie nicht mit seiner Vergangenheit zu konfrontieren. Am 17. März brachten sie den Kranken in einer Autodroschke durch Steglitz, an der Grunewaldstraße und am Rathaus und den Albrechtshof-Lichtspielen vorbei in die City. Vom Anhalter Bahnhof reiste er zusammen mit dem Freund zurück nach Prag, hier wurde er über die Universitätsklinik Wien ins Sanatorium Kierling bei Klosterneuburg gebracht, wo er am 3. Juni starb. Kaufmann Moritz Hermann aus der Dahlemer Miquelstraße verunglückte bei einem Verkehrsunfall in der Schloßstraße Steglitz tödlich, die Witwe floh vor den Nationalsozialisten nach London, der Sohn war schon Mitte der zwanziger Jahre nach Amerika ausgewandert, wohnte in Chikago, die Villa brannte im Krieg nieder, der Garten verwilderte, und der Hauswart nebenan erinnerte sich keiner weiteren Einzelheiten. Im Keller der Villa Grunewaldstraße 13 bewahrte die Witwe des Sohnes jenes Dr. Rethberg, des Antisemiten, eine Kiste mit Briefen und Schriftstücken auf, versprach, nachzusehen, worum es sich bei diesen Hinterlassenschaften handele, doch der Tod des Rechercheurs – Vater des Chronisten – unterbrach die Verbindung, und oft fragte man sich, wo jene Kiste geblieben war. Dora Diamant soll, so in Prag Gustav Janouch, in einem Londoner Armenspital Memoiren verfaßt haben auf englisch, deutsch, jiddisch und hebräisch, wo sind sie geblieben? Das Leben als Krankheit zum Tode. Es gab keinen Weg, nur ein Ziel. Jahrzehnte vergingen, bis sich herumsprach, wer dies eigentlich gewesen war, der Unbekannte in Dahlem, Steglitz und Zehlendorf, an der Grenze von City und Mark, wo die Beke in den Teltow-Kanal, wo die Zeit mündet in die Ewigkeit.

13. Gesang

In Stalins Bett oder die Windhunde von Sanssouci

Man reist nicht von Ort zu Ort, sondern von einem Zeitalter ins andere, dachte ich, als ich eines Mittags im Bus am Kleistpark von Schöneberg vorbeifuhr, durch die Bäume schimmerten vorsichtig die Fahnen der Vier Alliierten hindurch, die es noch immer und wenigstens historisch gab. Was interessierten mich Dürren in Afrika, Erdbeben in Chile oder Brände auf Neuseeland, bei mir fanden die Katastrophen im engsten Familienkreis statt, ich war allein ohne Frau und ohne Kinder, die nach Nordamerika geflogen waren, und mir kam der Gedanke, meinen Trosthimmel anderswo zu suchen. Ich passierte den Kontrollpunkt Bahnhof Friedrichstraße, wo sich *de facto* und *de jure* noch immer die Westalliierten von dem Ostalliierten abgrenzten, und nahm die Stadt- und dann die Fernbahn über den Zentralflughafen Schönefeld zum neuen Potsdamer Hauptbahnhof außerhalb der Stadt. Vom Hauptbahnhof brachte mich die Straßenbahn in die Stadt hinein. Angewiesen vom Reisebüro, fuhr ich wiederum mit der Straßenbahn, nun freilich hinaus aus der Stadt, in die ich hineingefahren war, stieg in den Oberleitungsbus um und suchte nach der angegebenen Straße, der Bruno-H.-Bürgel-Straße.

Bruno H. Bürgel war mir ein Begriff, dessen Bücher hatte ich als Junge verschlungen, die *Kleinen Freuden des Alltags*, beispielsweise oder *Vom Arbeiter zum Astronomen*, in der alten *Berliner Morgenpost* auch seine Sonntagsartikel, aber die *Straße*? Schon sah ich die Sternwarte an der Allee nach Glienicke, stand vor dem Griebnitzsee, erkannte hinten den Westberliner Postsendeturm und war also hier in Babelsberg fast schon wieder dort, wo ich hergekommen war, in *West*berlin, als ich endlich doch noch die *östliche* Straße entdeckte, die von Bruno H. Bürgel. Allerdings war das amtlich angewiesene Zimmer besetzt. Mit dem Obus und der Straßenbahn zurück nach Potsdam wiederum *in* die verlassene Stadt. Das Reisebüro sollte just geschlossen werden. Alles in allem war ich jetzt einen halben Tag unterwegs; in der vormaligen Wannseebahn hatte es von meinem Wohnort Steglitz nach Potsdam vielleicht dreißig Minuten gedauert, aber der Krieg und die Zeit und der Wille der Alliierten – Schutzmacht hin, Schutzmacht her – hatten es nun anders bestimmt, nun gab es andere Verkehrsverbindungen außen einmal um die ganze City herum, es gab neue Grenzen und andere Staaten und auch ein ganz neues und anderes *Zeitalter*, die Himmel hatten ihre Sterne gewechselt, und als die Tür des besagten Reisebüros Punkt sechs eben zufiel, stellte ich meinen rechten Fuß zwischen Tür und Türrahmen, drängte mich an der Angestellten vorbei zur Abfertigung und begann entsetzlich zu brüllen. In solchen Reisebüros in diesem Lande *brüllte* sonst niemand, außer vielleicht ein Angestellter gegenüber dem Kunden oder die Polizei, und da ich nun brüllte, hielt man sich wohl gar für die Polizei, schwieg und fand auch plötzlich das, was es vorhin, als ich schon einmal hier vorgesprochen, nicht gegeben hatte: ein Hotelzimmer!

Es sei hier angemerkt, daß jede Reportage, beruht sie nur auf genauester Beobachtung der Wirklichkeit und akkuratester Wiedergabe derselben, mit Notwendigkeit zum Absurden führt, also zum Roman, wie eben an dieser Stelle, zumal dann, wenn ein Land abgehandelt wird, das sowiso dem sozialistischen Sur-Realismus verpflichtet ist wie dieses. Besagtes Hotelzimmer befand sich nun wiederum weit draußen. Mit dem Taxi fuhr ich nach Cecilienhof und stieg ab am Ort der POTSDAMER KONFERENZ. Und schlief in keinem anderen als in STALINS Bett.

Es war inzwischen fast zweiundzwanzig Uhr geworden, die

Reisezeit angewachsen auf zehn Stunden für eine Strecke von rund zehn Kilometern. Abenteuerroman der Postmoderne! Ein Speisesaal mit dezent dunkelbrauner Täfelung, Wappen von Oels in Schlesien und von Danzig, Kellnerin aus Prag, dazu Pilsner Urquell Original, Heilbutt in zerlassener Butter und eine erste Umschau. Drei ganz entzückende Kellnerinnen neben jener Tschechin, drei Mädchen märkisch à la Stine.

Die Spaltung Deutschlands und der Weg zur Wiedervereinigung las ich als Nachtlektüre im Bett, ganz allein. Das Impressum verriet, dies war ein älteres Schriftstück, inaktuell und auch von der herrschenden Partei längst nicht mehr gedeckt, doch was findet sich nicht alles im Hotelnachttischschränkchen neben Bibel, Nachtgeschirr oder -topf! »Ein dokumentarischer Abriß, Herausgeber Nationalrat der Nationen Front des demokratischen Deutschlands« zur Potsdamer Konferenz, 17. Juli bis 2. August 1945 in Cecilienhof. Wie gesagt, ich schlief ja in Stalins Bett, nicht in dem Attlees oder Trumans, der bald darauf die erste Atombombe abwerfen ließ, als der Krieg gegen Japan praktisch vorüber war. »Der deutsche Militarismus und Nazismus werden ausgerottet«, versprach die Schrift. CDU, KPD, LDPD oder FDP und SPD bekannten sich am 12. August vorbehaltlos zum Potsdamer Abkommen. Kurt Schumacher, später Vorsitzender der Sozialdemokraten, wollte die »ungeheure Wirtschaftskraft der Konzerne« in die Hand der »Allgemeinheit« legen, und im Kölner Gründungsaufruf der CDU vom Juni hatte es schon geheißen, mit »dem Größenwahn des Nationalsozialismus verband sich die ehrgeizige Herrschsucht des Militarismus und der großkapitalistischen Rüstungsmagnaten«, von »Monopolen und Konzernen«, Mächte, die »gebrochen« werden sollten. Wie gesagt, ein *Roman*, den ich hier schreibe, purste Erfindung! ...

Ich packte nun meinen Koffer aus, die Schuhe waren sorgsam in Zeitungspapier eingewickelt, das der Grenzkontrolle entgangen war. »AEG, Daimler, Ford«, las ich unter Notierungen der

Wertpapierbörse, »Krupp, Mannesmann, Schering, Siemens, Thyssen« – ah, dachte ich, ich würde bei meiner Rückkehr in den Westen der CDU beitreten, die einzige Partei, die ich auf Grund ihres schon 1945 erfolgten Gründungsaufrufs für die Brechung der Konzernmächte gebrauchen konnte! ... Vom See stieg feuchte Nachtluft aus den Büschen, ich ließ das Fenster einen Spalt breit auf, stellte die Zentralheizung ab und bereitete mich auf meine Alpträume vor, schließlich lag ich ja in Stalins Bett. Aber andere Bilder erwachten, in Potsdam hatte ich einst Fußball gespielt, hier hatte der Vater Potsdamer Stangenbier getrunken, hier war der »Tag von Potsdam« mit Reichspräsident v. Hindenburg und seinem neuen Reichskanzler Hitler über die Bühne gegangen, dieser von jenem (einem Generalfeldmarschall) »böhmischer Gefreiter« geschimpft, hier waren wir beim Staffellauf Potsdam-Berlin gestartet, hier hatten wir Schwarzmarktgeschäfte getrieben, hier erwachte ich nun am ersten Morgen meiner Reise von Zeitalter zu Zeitalter, und was sollte ich zuerst tun?

Durch den Neuen Garten am Heiligen See, am Marmorpalais oder dem jetzigen Armeemuseum und der Orangerie vorbei in die Stadt. Die alten Tore inspiziert, Brandenburger Tor, Naurener Tor, Jägertor, Tore für Jagdhörner und Reiter, preußische Grenadiere, Staatskaleschen, Autos der Wartburg-Fabrikation und der Ford oder General Motors mit amerikanischen Soldaten am Steuer. Ich rieb mir die Augen, GIs und keine Iwans? Ah, es waren Straßenkreuzer der United States Military Mission, die es neben der englischen und französischen Militärmission noch gab, wie es in der Bundesrepublik noch die Sowjetische Militärmission gab, Zeichen unserer Spaltung, Besetzung und fehlende Souveränität. Die Fords oder Chevrolets waren alle vor Antiquitätenläden geparkt – Ausverkauf auch unsres Kulturerbes? Das Rokoko-Rathaus, inspiziert mit dem aus Kupfer getriebenen goldglänzenden Atlas, der die Weltkugel noch immer brav und bieder auf seinen Schultern trug. Außen war das Rathaus historisch getreu restauriert, innen modernisiert als Kulturhaus Hans Marchwitza, und hier ließ ich mich von der entzückenden Stine des Veranstaltungsbüros durch die Räume schleppen.

»In der Galerie«, sagte sie, »ist eine Ausstellung zeitgenössischer Kunst, im Foyer Sonnabend Eröffnung der Sonderausstellung sorbischer Malerei, abends in den Klubräumen Tanz mit dem Modern Swingtett, Donnerstag Urania-Vortragszentrum über Karl Marx und den Sozialismus –«

»Sind das zwei verschiedene Dinge?« fragte ich.

»Sonnabend findet im Tanzfoyer eine Strand- und Bademodenschau statt, das ist was für Sie!« rief sie aus. »Sonntag im Theatersaal Jugendweihefeier vormittags, Schaufrisieren nachmittags, Mittwoch Jugendforum zum Thema Olympia und Farblichtbildervortrag über den Polarkreis, Donnerstag Diskussion über die brandenburgischen Handwerkszünfte, für den Rest des Monats sehe ich vor einen Chansonstudioabend, das Koeckert-Quartett aus München mit einem Brahms-Abend, Wassersport- und Campingexhibition und im Theater Premiere von Tucholskys *Schloß Gripsholm*, auf die Bühne gebracht durch –«

Plötzlich war mir nach Liebe, ich küßte die hübsche Veranstalterin auf den kirschrot geschminkten, wie blutenden Mund und rannte hinaus. Vor der Ruine der Garnisonskirche – *Üb immer Treu und Redlichkeit* – fand ich mich wieder, die Kirche war nicht etwa im Krieg zerstört, sondern durch die Sozialsurrealisten aus symbolischen Gründen gesprengt worden, man versteht?

Hatte man nun auch Schloß Sanssouci gesprengt, aus symbolischen Gründen? Beklommen war mir zumute, als ich hinmarschierte.

»Wo denken Sie hin!« schnauzte mich ein Pförtner am Tor an. »Sanssouci gesprengt! Kurz vor Ende des Krieges setzte sich ein Sonderkommando der Roten Armee in Bewegung, angeführt von einem perfekt Deutsch radebrechenden Offizier, der den Befehl erhalten hatte, Sanssouci vor Beschuß und Zerstörung zu schützen. Dett gloobnse nich? So wahr mir Lenin helfe! Und ick will uff de Stelle erblinden, wenn ick lüje. Denn für den Friedrich, den Preußen, da ham die watt übrich, weil doch Marxen für die der rote Preuße is, klar? Übrigens soll es der Gardehauptmann Ludschureit gewesen sein, der Sanssouci vor der Zerstörung gerettet hat. Und nu, da oben, da liegt Ihr Juwel!«

Gang in den ungeheuer großen Museumspantoffeln durch Vorsaal, die kleine Galerie, vorbei an der Lehnstuhlreliquie, in der Friedrich II. starb. Ins Konzertzimmer, in dem Bach spielte, das Menzel auf dem Bild vom *Flötenkonzert* festhielt, und ins Zimmer des Atheisten Voltaire, dessen *Candide* sich über die Leibnizsche »beste aller möglichen Welten« mokierte. Hin zu Rokokogold und zu Georg Wenzeslaus von Knobelsdorff, dem Schöpfer des Lustgartens von Potsdam, und zu all den Wunderbarkeiten dieses Palais Ohnesorge, wo der König, der als Kronprinz nicht hatte König werden wollen, am liebsten seine Herrschertage verbrachte. Zeit vor der Baumblüte; noch befanden sich einzelne Statuen unter Winterverkleidung. Aber schon blühte das Gold und Blau der Stiefmütterchen und konkurrierte mit dem fernen Gold des Rathausatlas. Etwas fehlte mir noch – nein, nicht Auseinandersetzungen mit Vertretern der neuen Macht darüber, was aus dem Motto vom »ersten Diener des Staates« schließlich geworden war, was aus des preußischen Untertanen Kant »ewigem Frieden«, was aus Lessings »von Vorurteilen freien Liebe«, was aus Kleist-Kohlhaas'schem Gerechtigkeitsfanatismus, was aus *Potsdam* hatte werden müssen. Vielmehr schien eine Pointe zu fehlen, ein Erlebnis.

Suche oben auf der Schloßterrasse nach gewissen in den Boden eingelassenen Platten. Links mußte es sein, fiel mir ein, links, wenn man von Sanssouci in den Park hinunterblickte, nach links war mein Vater immer zu den in einem Halbkreis versammelten sechs Büsten römischer Herrscher gegangen, hatte diese freilich nicht beachtet und war weitergeschritten. Elf in den Boden eingelassene Platten fand ich auch dieses Mal wieder, mit geschwungenen, ausgewaschenen, gerade noch lesbaren Rokokoinschriften. »Phyllis«, buchstabierte ich mir zusammen, »Alcmene«, »Thisbe«, »Alouette« ...

»Wer war denn das?« fragte jemand prüfend hinter mir.

Ich drehte mich um, mein Freund und Begleiter stand hinter mir, der ja ebenfalls einen französischen Namen trug, Fóntan. »Nun, vielleicht wissen Sie es nicht, oder Sie denken, Ihrem Naturell gemäß, an Mätressen – es sind des Alten Fritz' Windhunde!« sagte er leise, und ich hörte es im Laub des Vorjahrs entlang den Hecken rascheln. Versailles oder Windsor oder Eremitage – ich gebe alle Schlösser der Welt für Sanssouci.

Spricht man von Friedrich, denke ich an die Windhunde, die um ihn herum bei seinen Spaziergängen spielten. Auf dem Hintergrund von Chinesischem Teehaus und Neuem Palais sah ich immer wieder die Zerbrechlichkeit schmaler Fesseln, die Hinfälligkeit von Schnauze und Lefzen, die Rokokoschnörkel über unsterblichen Hundeherzen. Das Glockenspiel von »Treu und Redlichkeit«, was andres konnte gemeint sein als der Blick dieser Kreatur? Bei seinen Hunden wollte der König begraben sein, nicht bei der »mechanten Rasse«, den Menschen, doch man schaffte ihn »hinunter zu seinen Soldaten« in die Garnisonskirche. Es war ein Fehler. Friedrich, der eine Scheinehe führte, der keine echten Freunde hatte, keine Kinder, der die Giftkapsel unterm Rock trug: Nicht zu Menschen, doch zu Windhunden war er human? Je größer die Menschenverachtung, desto stärker die Tierliebe? Was uns fehlt, ist die Dissertation zur Frage der Windhunde im Leben des »Philosophen von Sanssouci«. »Schnell wie Windhunde, hart wie Kruppstahl, zäh wie Leder« hatten wir dem Willen eines Österreichers zufolge werden sollen, der nach Preußen zog, um Potsdam zu vernichten. Und Abschied nehmend von den Phyllis, Alcmene, Thisbe, Alouette, stiegen wir hinunter in die Stadt der Kindheit.

14. Gesang

*Das alte Fräulein
oder Café Heider*

»Preußen«, meinte Fóntan beim Nauener Tor und stieß vehement mit dem Stock auf den Bürgersteig, »und mittelbar ganz Deutschland krank an unsren Ostelbiern!«

Himmel, was hatte der Alte wohl gegen Ostelbien oder den neuen, den ersten Arbeiter- und Bauernstaat auf unserem Boden?

»Über unsern Adel«, fuhr er böse fort, »muß hinweggegangen werden!«

Ah, auf die Vergangenheit bezog er sich, hier, auf der Straße, die nach dem ersten Reichspräsidenten der Republik von Weimar umbenannt worden war, nach Friedrich Ebert, der von Beruf Sattlermeister gewesen war?

Man könne, spottet er, den Adel besuchen wie das Ägyptische Museum und sich vor Ramses und Amenophis verneigen, aber das Land ihm zuliebe regieren, in dem Wahn, dieser Adel sei das Land? Er gab sich frappant fortschrittlich, fand ich, woran mitwirken mochte, daß er vielleicht wußte, wie der Adel sich gegenüber freisinnigen Leuten und nicht zuletzt gegenüber Schriftstellern, etwa Fontane, verhalten hatte.

»Und solange dieser Zustand fortbesteht«, eiferte er, »ist an eine Fortentwicklung deutscher Macht und deutschen Ansehns nach außen hin gar nicht zu denken. Worin unser Kaiser die *Säule* sieht, das sind nur tönerne Füße. Wir brauchen einen ganz andren Unterbau.«

Wie jung dieser Alte mit einemmal geworden und wie er im Ausdruck modern, ja prophetisch geworden war! Vor dem neuen Unterbau erschrecke man, aber »wer nicht wagt, der nicht gewinnt. Daß Staaten an einer kühnen Umformung, die die Zeit fordert, zugrunde gegangen wären – dieser Fall ist sehr selten. Ich wüßte keinen zu nennen. Aber das Umgekehrte zeigt sich hundertfällig«.

Auf der Straße fand ein Umzug von Sportverbänden statt, am Ende junge Amazonen hoch zu Roß, und nachdem wir uns an ihnen satt gesehen hatten und hungrig geworden waren, betraten wir das Café Heider. Struppige Teenager in blaßblauem Pullover und verschwaschenen Bluejeans, langes Haar, länger als der Minirock; junge Frauen mit altmodisch offen getragener Sinnlichkeit; ein altes Fräulein in hochgeschlossenem Kleid mit Brosche am Halskragen. Das alte Fräulein erwies sich als stärkerer Magnet: ganz und gar Potsdamer Würde, wächsern das Gesicht, kühle Augen, Hände ohne die braunen Flecken des Alters und ohne Zittern.

»Gestatten?« Fóntan verbeugte sich steif und distanziert.

Das alte Fräulein blickte ihn eisig an und senkte ein wenig den Kopf, sehr majestätisch.

Nochmals verbeugten wir uns, dankend, räusperten uns und nahmen vorsichtig auf den knarrenden Holzstühlen Platz.

Das alte Fräulein trank Trinkschokolade und aß Schwarzwälder Kirschtorte und bestellte sich eine Extraportion Schlagsahne nach. Stirnrunzelnd verfolgten wir das Gastmahl. Eine halbe Stunde später verlangte das alte Fräulein mit kalter Stimme einen Damenliqueur, Cointreau. Wir ließen es bei Blümchenkaffee, sächsisch, bewenden, russischen Tee gab es wieder einmal nicht.

»Ah, *tea-totaler*?« Spitzestes Oxford-Englisch von der rachitischen Sorte. »Aber *tea* bleibt bei uns *Russen* ein *bottle-neck*!« Das Wort *Russen* schien das Fräulein in einen Erstickungszustand zu versetzen. Es wuchs mein Verdacht, einer ehemaligen Gouvernante gegenüberzusitzen. »Ja, der *Kaffee* ist unnachahmlich grausam, und Mokka *un peu trop cher*.«

Die Mädchen am anderen Tisch kicherten. »Gucken Sie sich bloß nicht die Augen aus, junger Mann, diese Miniröcke sind unnachahmlich *ordinaire*. Fast sind mir junge Mädchen in *Bluejeans* noch lieber, die männlichen Schotten zögern ja ebenfalls nicht, des andren Geschlechts Kleidung zu tragen, nämlich Röcke. Waren Sie eimal in Schottland? *Kilt* nennt man solche Röcke dort, daran mußte ich mich erst gewöhnen, meinem Verlobten fiel es leichter, ach Gott, Soldaten sind anpassungsfähiger als junge Mädchen, und ein blutjunger Leutnant aus der 4. Gardekavalleriebrigade entführt auch ohne Hemmungen ein hübsches Kind nach Schottland, wie mich damals, und es war ein Skandal, sage ich Ihnen, ein Skandal! Wir flohen in die Grafschaft Kinroß, deren schönster Punkt der Levensee ist, mitten im See liegt eine himmlische Insel, und mitten auf dieser himmlischen Insel erhebt sich ein altes Schloß, von dem nur noch der Rundturm steht, in dem Queen Mary gefangen saß, und die Pforte ist noch sichtbar, durch die Douglas die Queen geführt hat. Es ging uns *nicht* gut in Schottland, wie es mit Queen Mary nicht gutging –«

Fóntan stieß mich unterm Tisch mit der Stiefelspitze gegens Schienbein.

»Das kommt mir doch so bekannt vor?« flüsterte er wütend. »Das ist doch von mir? Das grenzt doch an ein Plagiat! Pardon, Madame –«

»Nur daß *er* sein Leben verlor, nicht irgendeine Queen, seine Herzenskönigin, nicht ich!« fuhr sie fort, und ich sah, wie sie Fóntan mit *ihrer* Stiefelspitze gegens Schienbein stieß, daß er vor Schmerz laut aufstöhnte. »Unterbricht man derart eine *Dame*, Monsieur? Als mein blutjunger Gardeleutnant erkannte, daß wir kein Geld mehr hatten, erschoß er sich. Mein Vater holte mich zurück. Anfangs sollte das *Huren*kind nach Heiligengrabe, doch dann wuchs Gras über jenes Grab und auch über die Affäre, und sogar ich kriegte noch einen Mann. Was schreiben Sie da unentwegt, junger Mann!« Die albernen Gänse am nächsten Tisch, die in Bluejeans, hörten auf zu kichern, zu schnattern, zu naschen und zahlten, um zu gehen.

»Waren Sie wählen, junger Mann?«

Dies an mich gerichtet, doch ich hob die Schultern und gab die Frage weiter. »Waren *Sie*, Herr Fóntan?«

»Der?« Das alte Fräulein lächelte. »Monsieur Fóntan, ein Brunnenvergifter? Das ist doch ein ganz infamer Reaktionär oder, wenn mich seine Blicke nicht täuschen, ein *petit* Hurenbock...«

Fóntan wollte sich erheben, das alte Fräulein hielt ihn am Ärmel fest.

»Ich *war*! Ich begab mich zum Abstimmungslokal. Und es gab tatsächlich das Ja und das Nein. Abstimmung über die neue Verfassung, ich traute ja meinen Augen nicht! Und es gab wahrhaftig zwei Kreise, für Ja oder Nein! Und die *box* für die geheime Stimmabgabe. Ich habe die box benutzt. Ich habe immer die *box* benutzt. Sie schauen mich so unnachahmlich neugierig an? Sind Sie aus dem Westen, ein *agent provocateur*? Nein, so sehen Sie nun auch wieder nicht aus, eher wie ein Mensch, der zwischen zwei Stühlen sitzt, halb Kapitalist und halb Salonbolschewist, wie sagt man heute? Ein roter *playboy of the Western world*? Auf der Suche nach seinem Spielmädchen, einer liebesfreien Stine? Sie sollten sich mit Ihrem anbiederisch roten Revoluzzerhemd wirklich schämen!«

Blutjunge und frische Mädchen in Nachmittagskleidern traten ins Café, die nicht weniger jungen Volksarmisten zeigten gewisse Hemmungen. Ich wollte den Mädchen Platz machen, doch das alte Fräulein hielt mich an der Hand fest und drückte sie energisch.

»Was bin ich nun aber, junger Mann?« Das alte Fräulein trug eine goldene, eine winzige Armbanduhr, die einen Uhrdeckel hatte, an dem innen ein Medaillon befestigt war, es zeigte einen Uniformierten. »Bin ich die verwesende Dame von vorgestern oder zufällig eine der ersten deutschen Sufragetten? Wählen Sie den Mittelweg, junger Mann, das bin ich, der Mittelweg! Nichts Bezopftes, nichts Barockes, aber auch keine politische Sensation, keine rührselige antiquierte Jungfer, die plötzlich ihr Herz für die *new times* entdeckt haben will, ach nein ... Verlangen Sie bitte nicht von mir, daß ich vielleicht eine Figur aus Fontane wäre! Die Stines, ja, die gibt's noch, aber die Melusinen und Armgards nicht. Alle *Mätressen* sind tot, nicht wahr, Monsieur Fóntan?«

Sie schien sich selbst Mut zunicken zu wollen. »Nein! Um für das *Alte* zu sein, dazu habe ich im Alten zu viel *verloren*, und für die Novität bin ich zu verstockt. Was habe ich gehabt? Meine zwei Söhne sind gefallen, meine zwei Schwiegertöchter haben wieder geheiratet, die eine hier, die andre in Bad Harzburg, meine Tochter ist ebenfalls im Westen, aber geschieden, mein Mann wurde erschossen, mein Vater erhielt sein Heldengrab weit weg von hier, und meine Mutter erhielt keins, ich bin die letzte von drei Schwestern, ja, was habe ich gehabt? Ein Bruder starb in Gefangenschaft, ein zweiter in der Nervenheilanstalt, ein dritter im Internierungslager, ein vierter kam am 20. Juli ums Leben, und ich stürbe wohl im Armenhaus, wenn es das *Stift* nicht gäbe, das mich aufgenommen hat. Was wollen Sie! Daß ich die Welt rückwärts drehe und alles noch einmal, wenn auch vielleicht leicht verändert, miterlebe, die Heldenkriege und die Kriegshelden? So mutig bin ich nicht, und auch nicht so stark. Daß ich jetzt mitmache? Wie sollte ich denn! Ich wüßte auch gar nicht wie. Ich bin aus der Kirche ausgetreten – ja, das war ein eherner Entschluß! Pastoren und Obristen als Väter und Onkel, und ich trete aus der Kirche aus! Mein Stift weiß das natürlich nicht.« Die Kellnerin räumte ab.

»Nein, ich bin weder eine Rosa Luxemburg – scheußlich, wie man sie ermordet hat, eine zarte, schwächliche Frau –, noch eine Effi Briest, ich bin einfach aus anderen Zeiten übriggeblieben und sitze hier an meinem Kaffeehaustisch wie *neben* der Zeit. Ich stehe gewissermaßen im Freien, in einem Behälter aus reinem

Sauerstoff, und atme. *Mais je ne regrette jamais.* Wir wollen es nicht so sensationell machen, junger Mann, was erwarten Sie von mir? Ein Ja für die Verfassung – nähme mir ja kein Mensch ab, man würde es mir nicht glauben, und ich glaubte es mir ja selber nicht. Wissen Sie, ich würde mich schämen, nicht, weil ich Verrat an *mir* begangen hätte, sondern Verrat an den jungen Mädchen, die Sie so unnachahmlich neugierig ansehen. Ich wäre doch nie mit dem Herzen dabei. Und ich käme mir wie ein Nachäffer vor, der bejahend bellt, ohne etwas von der Sache zu verstehen. Aber zu einem Nein habe ich den inneren Mut nicht – den äußeren hätte ich schon, sollte man mich doch exekutionieren, doch wie billig! Non, ich kann nicht gegen die jungen Mädchen da stimmen, denn dann würde ich mich ebenfalls schämen. Was blieb mir übrig? Überhaupt nicht zu wählen?« Ihre Hände spielten fahrig mit dem Teelöffel, der auf dem Tischtuch neben der Vase mit dem Kunstblumenstrauß liegen geblieben war.

»Die Abstimmung boykottieren? Junger Mann, ich habe mich entschlossen, entgegen den Wünschen meiner Tochter in Wiesbaden, lieber ›rot‹ als ›tot‹ sein zu wollen.«

Erwartungspause.

»Ich habe Ja und Nein gestimmt! Ich habe in beiden Kreisen mein Kreuzlein angebracht, sorgfältig den Stimmzettel in die Wahlurne gesteckt und bin hinausgelaufen. Ein wenig haben mir die Knie gezittert, doch bis hier, bis zum Café Heider habe ich es gerade noch geschafft. Adieu zu Ihnen, Monsieur, Farewell zu Ihnen, und zu keinem Aufwiedersehen!«

Hinausgegangen, das alte Fräulein, das Café füllte sich mit einem Schwarm Teenager, die das alte Fräulein nicht vermißten. Nach dem »Farewell« hatte es noch auf den Tisch geblickt, die Rechnung studiert und plötzlich zerrissen.

»Wiederfinden der Jugend, das wird wohl auch der endgültige Abschied von ihr sein!«

Wir zahlten, und Fóntan griff sich plötzlich an die Stirn. Ob das alte Fräulein überhaupt die Rechnung beglichen habe? Da sehe man es ja wieder einmal, »dieser rapp'sche Adel!« Und das alte Fräulein quasi eine Zechprellerin! Etwas wie Liebe oder doch Verliebtheit zog über sein Gesicht, leicht glühte es auf, und er ließ auf der Tischplatte einen größeren Geldschein liegen, der alle Schuld tilgte.

15. Gesang

*Stine
aus Treeuenbrietzen*

»Als unsere Havelwanderungen vor lang oder kurz begannen«, sinnierte mein Begleiter und blickte aus dem Hotelzimmer im Cecilienhof neugierig hinaus, »und unser Auge, von den Kuppen und Berglehnen am Schwilow aus, immer wieder der Spitzturmkirche von Werder gewahr wurde, da gemahnte es uns wie alte Schuld und alte Liebe, und die Jugendsehnsucht nach den Werderschen stieg wieder auf: hin nach der Havelinsel und ihrem grünem Kranz, wo tief im Laub die Knupperkirschen blühn!«

Gerade schlug Hagel auf Cecilienhof nieder, und wir beschlossen, noch ein Weilchen im Zimmer zu bleiben, wo Fóntan mich aufgesucht hatte, um die Sonne abzuwarten. Eine Leiter wurde von draußen ans Fenster gelegt, und ich erschrak in dem Maße, wie Fóntan nun noch neugieriger wurde. Nein, sagte ich mir, es konnte doch nicht Stine sein, wie sollte sie, am hellerlichten Tag, fensterln wollen? Der Kopf des Fensterputzers tauchte auf, April nicht nur der grausamste, sondern auch der sauberkeitswütigste Monat, jedenfalls in der Mark. Dann tönte von weither das Horn eines Dampfers über den Garten. Vorsaison die schönste Saison, man hat noch den Glauben an einen warmen August. Wahrhaftig zeigte sich die Sonne, und wir liefen hinaus. Stühle und Bänke wurden, hier und da, ins Freie gestellt, es roch nach frischer Farbe und nach noch frischeren Holzspänen. Flirt mit Natur. Erste Wärme auf Zaunpfählen. Wiederum Hornruf, über den Neuen Garten, Provokation seitens der Weißen Flotte?

Unsere Fahrt begann an der Langen Brücke am Kai von Pots-

dam. Lostäuen, Klingelzeichen, Schraubenwirbel, *Muß i denn* ...
Ein Maat, verwegen als Fremdenführer kostümiert, verkündete forsch durch die noch leicht rostig-heisere Lautsprecheranlage: »Wir möchten Sie ein wenig mit der Gegend bekannt machen... Wir befahren jetzt also den Templiner See, der seinen Namen nach einem verschwundenen wendischen Rittergut hat... Vor der hundertvierzig Meter langen Eisenbahnbrücke steuerbords der ehemalige Luftschiffhafen... Auf der Backbordseite liegt Caputh... Dort das im siebzehnten Jahrhundert erbaute Schloß... Steuerbords erkennen Sie den Zeltplatz Himmelreich...«

Fóntan nickte begeistert: Badeengel, göttliche Nacktheit, paradiesische Unschuld, Liebe, Camping im Himmelreich, ewige Sonne! Da war nun auch unser geliebter Schwielowsee, da lag Baumgartenbrück, da war die Jugend, doch plötzlich dräute ein Sturm, der letzte Rest von Sonne verschwand, ein Sturmstoß drückte den Dampfer zur Seite, die wenigen Vorsaisonpassagiere flüchteten unter Deck, Fóntan warf sich und mir je einen Rettungsring über, und die Cruise nach Werder degenerierte zu einer Art Strafexpedition: SOS! Mich überfiel die Sehnsucht nach Stine, die jetzt in Cecilienhof Dienst tat, eine bulgarische Reisegruppe war angemeldet zum Mittagessen, für neun Uhr abends waren Stine und ich verabredet, würden wir uns je wiedersehen?

»Rettet unsere Seelen!« rief ein Mann, der sich eben noch gegenüber dem Kapitän als im »besten Alter« stehend bezeichnet hatte, und verschwand bleichgesichtig im *Water closet*.

»Ach Jottejott, Fränzchen, so soll dett hin?« Die wesentlich jüngere, aber auch wesentlich dickere Frau, die neben ihm gesessen und sich nun erhoben hatte, öffnete oberhalb des Busens den Mantel und bereitete den rettenden Sprung in die Havel vor, sollte die Schlagseite mehr als ein Alarmzeichen werden.

»Wo sind denn überhaupt die Schwimmwesten? Ich bin ja in mein janzes Leben noch nie richtich seekrank geworden, nich mal von Warnemünde nach Rügen, und nu soll mir dieses aufn Ausfluch nach Werda pasiern?«

Wir trieben nach Geltow hin ab, schon rückte die Bergmeierei näher. »Wie 't Kapp Horn!« Der Mann im besten Alter, der jetzt stark nach Zernsdorfer Boonekamp roch, war dem WC entronnen; aus dem Mantel, oben in jener Gegend, wo sonst die Brieftasche steckt, ragte eine Flasche heraus. »Ob wa sinken? Is denn wenichstens 'n Pfaffe an Bord, for die letzte Ölung?« Kaffee wurde bestellt, als hinge davon das ewige Leben ab. »Aba beichten tu ick nich, ooch nich bein Sturm, watt'n jewiefter Landmatrose is, der sieht sein Unterjang mutich in'n Schlund wie Schpengla sein' Abendland, nich wa, Mariechen?«

Langes Hornsignal. Der Dampfer dampfte rückwärts, dann aber wieder schnittig vorwärts.

»Nu ham wa uns freijeschwomm, Mariechen! Und nu landn wa doch noch in Werda. Aba, Mariechen, dett is imma noch viel ssu früh, in April nach Werda is viel ssu früh, wo doch die Baumblüte erst in zirka vier Wochen is!«

Und über den Steg wackelte die ramponierte Ausflugsgesellschaft ans Werdersche Land.

Eine der Picassoschen sehr unähnliche Taube trug die ersten blaßrosa Pfirsichblüten im Schnabel.

»Firsich?« der Mann im besten Alter tippte sich mit dem behaarten Zeigefinger mehrmals gegen die Stirn. »Firsich is nich, wir sind doch nich an'n Jardasee! Dett is sswar dett Oberitaljen von der Mark, aba nur mit Erdbeern und Knupper, und dassu is man ssu früh.«

Dort, wo die frühlingsbedürftige Menschheit in spätestens vier Wochen den Staub der Streusandbüchse aufwirbeln würde, herrschte noch ein vorzeitgemäßer Aprilattentismus.

»Doch, Fränzchen, dieses *war* Pfirsich! Jewisse Pfirsichbäume stehn in'n Schutz von Häuser mit Wände nach Süden –«

»Un da solln Firsiche –?«

»Pfirsichbäume, Fränzchen, blühn neemlich doch vor die Knupper. Was ne richtige Werdersche is, die kann dir auf deine ollen Tage noch ne richtige Obstkultur beibringen!«

Kein einziges Café geöffnet, nur wartende Schwäne und auf sich warten lassende Vorbereitungen auf der Friedrichshöhe.

»Weeßte noch, Mariechen? Wir warn ja lange nich mehr hiea, aba der Johannisbeerwein von damals, der schteckt mir noch heute in't Jehirn. Un denn kam damals ooch noch Schtudenten, oder war dett die Bismarckhöhe?« Die Gesellschaft wand sich über tiefe, pfützenreiche Wege. Fränzchen wurde belehrt, daß dieses heute Rauenstein heiße.

»Ick hab' for die deutsche Jeschichte 'n mieserablet Jedächtnis, Mariechen, aba Schtudenten warn dett damals doch, ooch mit ihre Professorn, un die kam' alle von der Karl-May-Festschpiele, war woll noch in'n Kriech, haste ma watt von Winnetou jehört? Oder von Olt Schätterhend? Mensch, Mariechen, ick kann dir flüstern, soja der eene Professor damals hat sich imma so uff die Lippen jehaun und dabei jetrillat, wie'n richtja Injana! Un nu, wo jehn wa nu unsre Friedensfeife schmauchen? Oda'n echt brasiljanischen Mokka jenehmigen, hahahahaha! Entweda komm wa ssu spät, oda wir komm ssu früh, bloß wejn deine Dusslichkeit, du kannst ooch keene Ruhe jebn mit dein Werda in April! Un ssu die Baumblüte, da bin ick diesma mit mein Kejelkluppkollektiv vaabret, damit de weißt, Mariechen, wir lebn in 'ne emanzipierte Ssseit!«

Wer die Abenteuer des Weges der Befriedigung des Ziels vorzieht, wer an Spiel und Vorspiel mehr Vergnügen hat als an Sieg und Eroberung, dem gehören diese Stunden der Präparationen, gewissermaßen *amor ante portas*. Ich sehnte mich nach Stine. Der schwierige Muffelkopf an meiner Seite schien fragwürdiger Ersatz. Dort, wo sich Brandenburger und Potsdamer Straße kreuzten und an der Hauswand noch in kaiserlich-frakturierten Lettern stand »Potsdamer Tageszeitung A. A. Hayn's Erben

Größte Zeitung des Havellandes« oder »General-Agentur für Versicherungen aller Art« oder auch »Möbel-Haus Bautischlerei Sarglager Glindow-Werder Begründet 1889«, verhielt Fóntan seine Schritte.

»Moment mal!« flüsterte er. »Was ist denn das? Auch Zahlen haben eine gewisse Romantik, schrieb ich damals über Werder, von 1853 bis 1860 sei der Dampfer *Marie Luise* zwischen hier und Berlin gefahren, dann *König Wilhelm*, und 1881 in meinem Schlußwort zu den Wanderungen gab ich sogar die Quelle meiner Gespräche, den Garnisonschullehrer Wagner mit seinen frischen Unterwegsunterhaltungen – aber 1889?«

Er blickte mir forschend in die Augen.

»Hatte ich da nicht gerade meine Erzählung abgeschlossen, die ich flatternden Herzens geschrieben hatte, *Stine*?«

Er zog mich weiter. Wir beobachteten Kinder, wie sie mit Murmeln und Springseilen spielten, ein kleines Mädchen sang: »Seht euch nicht um, der Klunter geht um .../ Nehmt euch in acht, wer sich umdreht oder lacht ...«

Ein geleiertes Singsangritual, ich kannte den Text anders: »Der Plumpsack geht um« hatten wir als Jungs gesungen, später las ich einmal, mit Klunter oder Plumpsack sei Gevatter Tod gemeit. Drüben am Platz eine Motorradkavalkade größerer Kinder, zwei Volkspolizisten schlenderten bewußt salopp heran, die Kavalkade mißtrauisch inspizierend, wer lange schaut, findet auch etwas, und wirklich war an einem Rad eine Schraube locker: am Rad, nicht im Gehirn.

»Die Substanz der Mark hat sich erhalten«, reminiszierte Fóntan, »verändert hat sich ihre Struktur!«

Da, rief er aus, die Holländische Mühle, doch wo seien die einst hier zugewanderten Holländer! Dort die Havelschwäne, doch weh ihm, wo nehme er, wenn es Winter sei, die Blumen und wo den Sonnenschein und Schatten der Erde? Ob das nicht Hölderin sei? warf ich ein. Aber er: Unsinn! Wenn etwas von einem wirklichen Dichter stamme, dann gehöre es jedem Dichter, wenn der wirklich ein Dichter sei! Und dort, die Fähre nach Wildpark West, das Golmer Luch, der Große Entenfängersee, Kuhfort und Pirschheide, Grube und Leest und, jawohl, der Namensromantik wegen, auch Nattwerder an der Wuhlitz! Die Havel ein Flachlandneckar, was brauche man da Reben oder schwarzbraune Mädel! Wanderung durch Gefühle. Und endlich wieder Einzug in Potsdam, Marsch durchs Holländische Viertel mit den karminroten Glasurziegeln und vor uns dann Cecilienhof. Im Garderobenständer des Foyers musterten wir einen Regenschirm, er schien vergessen und leicht bestaubt, als stünde er schon seit dem vorigen April hier. Unschlüssig rieben wir uns die Hände. Ich gedachte meines späteren Rendezvous. Fóntan nahm mich beim Mantelknopf, der locker herunterhing, drehte ihn einmal um seine eigene Achse und hielt ihn mir vor die Nase. Ärgerlich riß ich ihm den Knopf aus der Hand, gähnte und schützte Müdigkeit vor, morgen könnten wir uns ja hier treffen. »Zum Annähen brauchte man jetzt seine Ehegattin, nicht wahr?« sagte er. »Und wenn die vielleicht in Amerika ist, was macht man dann? In meiner Erzählung *Stine* –« Abrupt machte ich kehrt und schritt steif die Stufen zum ersten Stock hoch. Im Zimmer hinter dem Vorhang versteckt, beobachtete ich ihn, wie er gemächlich den Park in Richtung Stadt verließ. Ich legte den Mantel ab, plazierte den abgerissenen Knopf auf den Nachttisch und nahm das dort liegende, geöffnete Buch zur Hand.

»Du willst nach Amerika, weil es hier nicht geht«, las ich. »Aber glaube mir, es geht auch drüben nicht. Eine Zeitlang könnt' es gehen, vielleicht ein Jahr oder zwei, aber dann wär' es auch drüben vorbei«, sprach er zu ihr.

Ich legte das Buch weg. Früher, entsann ich mich, hatte ich es eigentlich mit Vergnügen gelesen, jetzt enttäuschte es mich, vielleicht deswegen, weil ich unlängst mit dem *Stechlin* Bekanntschaft geschlossen hatte? Ich versuchte ein paar andere Seiten.

»Du wolltest nicht den weiten Weg mit mir machen«, schrieb Waldemar an Stine, »und so mache ich den weiteren ... verzichte nicht auf Hoffnung und Glück, weil ich darauf verzichtete.« So menschlich dies klingen mochte, das Rührselige schlug ins Unerträgliche um. »Ich habe nur einfach vor«, meinte Waldemar, »mit der Alten Welt Schicht zu machen und drüben ein andres Leben anzufangen.« Wozu der alte Graf sagte: »Und als Hinterwäldler deine Tage zu beschließen ... ist es denn so leicht, aus einer Welt bestimmter und berechtigter Anschauungen zu scheiden und bei Adam und Eva wieder anzufangen?« Dagegen Waldemar: »Alles, was unten ist, kommt mal wieder obenauf, und was wir Leben und Geschichte nennen, läuft wie ein Rad ... Und nun laß mich die Nutzanwendung machen. Die Halderns haben lang genug an der Feudalpyramide bauen helfen, um endlich den Gegensatz oder den Ausgleich, oder wie du's sonst nennen willst, erwarten zu dürfen. Und da kommt denn nun Waldemar von Haldern und bezeigt eine Neigung, wieder bei Adam und Eva anzufangen.«

Ich knipste die Nachttischlampe aus und gedachte der Familie, die in Atlanta war. Auswandern, zurückkehren, scheitern und kein Ende? Eine halbe Stunde mochte ich geschlafen haben, angezogen auf der Decke liegend, nun fror mich plötzlich, ich knipste das Licht wieder an, es ging auf neun. Klopfte es? Als ich die Tür geöffnet hatte, sah ich drei Mädchen im Flur stehen, sie kicherten, als sie meine Überraschung bemerkten. Zwei Kolleginnen von Stine und sie selber, in Feierabendzivil, liebreizend anzusehen. Stine hieß in Wirklichkeit Petra. Wir benutzten Bett, Hocker und Stuhl zum Sitzen. Zwei Flaschen Rotwein, bulgarisches Balkanfeuer, hatte Petra mitgebracht, wir tranken aus Wassergläsern, und für Musik sorgte der Radioapparat, Jazz vom Mississippi über American Forces Network einige Meilen nordöstlich von hier, aber eigentlich *westlich*. Irgend jemand bummerte gegen die Zimmerwand, und ich stellte das Radio leiser.

Mal tanzte ich mit Petra, und die Kolleginnen guckten zu, dann mit den Kolleginnen, und Petra schenkte ein, und mal tanzten wir alle zusammen, das Balkanfeuer brannte heiß. Taktvoll brachen, um Mitternacht, die beiden Kolleginnen auf, doch ebenso taktvoll bestand Petra darauf, nun ebenfalls gehen zu müssen, und der Reihe nach absolvierten sie ihre Gutenachtküsse: Irmgard preßte leidenschaftlich die Lippen auf die meinen, die kleine, lustige Tschechin öffnete ein wenig den Mund und lief nach einem kurzen Hauch lachend hinaus, und Petra kostete tief den bulgarischen Wein in mir. Die Tür ließ ich unverschlossen, entkleidete und wusch mich und legte mich hin, und irgendwann bewegte sich das braune Holz der Tür geräuschlos ins Zimmer, wie ein Schatten, ein schwacher Luftzug wehte herein, ein Schlüssel drehte sich im Schloß, und im dunkelroten Schein der Nachttischlampe stand Petra im blaßrosa Bademantel da, schämte sich, zaghaft lächelnd, wie es die jungen, drellen, hübschen Mädchen der Mark an sich haben seit eh und je, all die entzückenden und unsterblichen *Stines*.

Am nächsten Nachmittag gingen wir im Park spazieren. Passierten das Grüne Haus am Heiligen See, wo die Angler ihr Glück versuchten, die Villa derer von Seydlitz oder von Beck, ich brachte die Namen der Männer vom Zwanzigsten Juli oder vom Nationalkomitee durcheinander, was Petra amüsierte, und gerieten in die Berliner Vorstadt und zum Gebäude der französischen Militärmission, wo wir umkehrten. »Zickenhof« nannte Petra das Hotel Cecilienhof. Sie hatte Dienst, und wir verabredeten uns für den Abend. Das Badezimmer in meiner Nummer Siebenundzwanzig war lila gekachelt, die Wanne hatte das Zimmermädchen vollaufen lassen, grün war das Wasser und rosa das riesige Frottiertuch. Der Pyjama lag artig gefaltet auf dem Bett, das Kopfkissen hatte in der Mitte eine Kerbe, mit der Handkante gehauen, wie von einem Karateschlag, doch mit mehr Zärtlichkeit. Mehr als zuvor kümmerte man sich um mich. Das Telefon klingelte. »Petra?« sagte ich, aber die Frau am anderen Ende sprach ungarisch, mehrmals fragte sie zärtlich »Jean?«, und als ich erwiderte, dies sei Stalins Bett, blieb nur der lange Summton zurück. Auch die Telefonistin wußte nicht, woher der Anruf gekommen war.

Vorbereitungen auf Touristenströme des Sommers, Petra erledigte notwendige Nebenarbeiten wie das Nachzählen der Bettwäsche. Im Eßsaal immer wieder die fremden Gesichter gespielter Gleichgültigkeit. Kellnerinnen einsam wie Soldaten. Ich ertappte mich dabei, wie ich eifersüchtig eine Gruppe junger Sportler musterte, die verköstigt wurde. Busladungen von Franzosen trafen ein, denen Potsdam, dessen Konferenz und *Stine* ganz etwas anderes bedeuteten, wenn überhaupt etwas. Es gab Orte, wo man die Zeit auf den Raum fixierte, über den sie längst hinweggegangen war. Petra lächelte, wenn sie mich eintreten sah, nickte mir zu, alles sollte geheim bleiben, auch das Hotelkollektiv schien dieser Meinung und behandelte mich mit streng observierter Reserviertheit, um keinerlei Intimitäten Vorschub zu leisten. Das Zimmerradio versorgte mich mit Nachrichten von sogenannten wichtigen Tagesereignissen, die aus östlichen Sendern lauteten anders als die aus westlichen, es gab zwei Welten – und wenn ich noch Nachrichten aus Kalundborg, Belgrad und Rabat hinzunahm, so lebte ich wirklich statt in einem einzigen Universum in einem *Multiversum*, das mir über lange oder kurze Wellen aus allen möglichen Winkeln des Kosmos Meldungen von Sturmfluten, Erdbeben, Seuchen und andren Katastrophen zuspielte. Die Liebesgeschichte mit Petra hatte mich pessimistisch gestimmt, ihre Lieblichkeit und Frische verwandelte sich immer wieder in Laune und in Trauer, und oft wandelten wir durch Gärten, Hand in Hand, und wußten mit unsrem Glück nichts anzufangen. Es *war* Glück, doch eins ohne Chance. Ihre Finger fühlten sich kalt an. »Immer, wenn wir zusammen sind«, sagte sie und schüttelte den Kopf mit dem braunen, strähnigen

Haar, »friere ich.« Wenn wir uns küßten, zitterte sie, und der Arzt hatte gesagt, sie müsse etwas gegen den niedrigen Blutdruck tun.

Eines Abends wollten wir ins Kino, es gab einen englischen Film über einen verrückten Jazzpianisten, lang die Schlange junger Menschen vor der Kasse, und dann hieß es *Ausverkauft*. Wir suchten ein Lokal auf, nicht gerade der geeignetste Ort für jemanden, der tagsüber serviert, und setzten uns auf die letzten beiden freien Stühle in der Ecke, wo die Toiletten waren und wo am Garderobenständer Zeitungen hingen, die seit vierzehn Tagen niemand gelesen hatte, ihr Papier so frisch wie die Schöpfung, die sie nicht spiegelten. Bier und Brause tranken wir. Momente, Verlegenheitsfragen zu stellen, etwas: »Wo kommst du eigentlich her, Petra?«

»Ich bin aus Treuenbrietzen, da bin ich geboren.«

Der Kellner fragte, ob wir etwas zu speisen wünschten, und wir bestellten Stangenspargel in zerlassener Butter, »der erste Spargel, und wo ooch der letzte!« flüsterte er hinter vorgehaltener Hand, entweder er hatte den Renommiergast entdeckt oder die Kollegin, der er gönnerisch zunickte. Ob ich Treuenbrietzen kenne, fragte Petra. O ja, dorthin hatten wir einst die Partie zu Himmelfahrt unternommen, über Land und zu Fuß, hatten in einem Dorfgasthof übernachtet, die Eltern waren am nächsten Morgen zur Kirche gegangen, während der Steppke den Fußball gegen die Dorfkirchenmauer wuchtete, bum, zu Orgelmusik und Chorangesang, bum. Petra haßte Treuenbrietzen, sie stammte aus der Vorstadt, der Vater tot, die Mutter Angestellte im Rathaus, und sie fragte, ob ich auf dem Marktplatz das Denkmal für Sabinchen kenne, das in der Moritat zwar als »Frauenzimmer« galt, doch »treu und tugendhaft« gewesen war. Mein Gott, dachte ich und hob die Arme und summte die Melodie.

»Ob ich für dich auch silberne Löffel bei meiner Herrschaft stehlen würde?« Sie legte die Hand neben die meine.

»Ob auch ich dich erpressen würde?« Ich legte die Hand auf die ihre.

»Und wenn ich mich nicht erpressen ließe?«

»Müßte auch ich dich mit dem Rasiermesser ins Jenseits befördern, wie's mit Sabinchen durch den säuferischen Schuster geschah?«

Wußte ich nicht in Cecilienhof, was ich unternehmen sollte, weil Petra Dienst tat, stellte ich mich auf den Vorplatz des Hauptbahnhofs. Lauschte D-Zügen und der weithallenden Stimme der Ansagerin von der Reichsbahn. Es freute mich zu hören, daß es noch Züge gab, die altmoderischerweise über Brandenburg an der Havel nach Halberstadt fuhren, von Orten mit archaischen Namen zu Zielen anonymen Wesens. Ich hätte jetzt überall dorthin fahren können und das besuchen, was mir sonst versperrt war, Anklam zum Beispiel oder Parchim oder Eisenach, Stätten extremer Exotik, oder Wismar, Wernigerode und Bautzen, sagenhafte und verwunschene und versunkene Teile dieser Erde, die nirgends so fremd waren wie zu Haus. Und eines Morgens, gleich nach dem Frühstück im Wartesaal, saß ich im Bummelzug, der holperte über ausgefahrene Gleise der Erinnerung in Richtung des Prellbocks Gedächtnis, wo Vergangenheit und Träume endeten. Bei Neuseddin legten wir die erste Verschnaufpause ein, und mir war tatsächlich, als befände sich die alte Dampflokomotive hinten und wir führen rückwärts. Dann ging's in die Zauche hinein, ein weites, leeres, feuchtes Grün, ohne jeden Halt des Entsinnens. Die Abzweigung über Beelitz, weiter nach Süden zum Fläming hin und seinen kiefernbewachsenen Hügeln, brachte uns endlich ans Ziel. Ein Rinnsal, die Nieplitz, es beugten sich Wäscherinnen tief zu ihren Spiegelbildern. Hier lag die Endstation der Brandenburgischen Städtebahn, die im Halbkreis um den drohenden Wasserkopf am Horizont herumschlich. Gasthöfe mit Namen wie fernen Echos, »Posthorn« oder »Zum Kronprinz von Preußen«. Café Beerbaum, wer war denn hier der

Gründer gewesen? Am Rathaus, wo sich in Lebensgröße Sabinchen in Stein erhob, vermißte ich das Standbild Friedrichs I. von Brandenburg. Zwei spätromanische Kirchen, eine spätgotische Kapelle, Fachwerkbauten, Umwallung, Nicolai- und Marienkirche. Bei einer Erkundigung auf dem Standesamt nach Verwandten traf ich eine Frau, die, um die Vierzig, angegraut und um die Mundwinkel durch Sorgenfalten gezeichnet, meiner Petra zum Verwechseln ähnlich sah. Sie schaute mich versonnen an, wußte sie womöglich, wer vor ihr stand? Kannten wir uns überhaupt von einst, von damals, als hier Eltern und Kind zu Himmelfahrt gewandert waren? »Wo warst du denn den ganzen Tag!« zischelte abends Petra, als sie mir märkischen Hecht und Teltower Rübchen servierte.

»Zu Haus«, sagte ich und verschluckte eine Gräte, an der ich erstickt wäre, hätte mir Petra nicht auf den Rücken geklopft, wie sie es als Kellnerin mit Wissen um Erste Hilfe gelernt hatte. Sie rettete mir das Leben. Die Zeit, wie Havel oder Nieplitz, lief aus. Oft muß ich an die Dunkelheit denken vor dem Aufbruch, am Morgen. Vor dem Cecilienhof stand der Wagen, der mich abholen sollte. Alles beglichen, allen die Hand gedrückt, auch der kleinen, niedlichen Tschechin, nicht gezögert, Dienstleistungen zu honorieren, ohne Trinkgeld mit Taktlosigkeit zu verwechseln. Als der Fahrer das Gepäck verstaut hatte, als ich am Wagenschlag stand, huschte ein Schatten aus der Hoteltür, eine schnelle Umarmung, ein rascher Kuß, die Frau im Fond des Wagens, die mitfuhr und vom Verlag kam, blickte diskret weg, und bis zur Stadt wechselten wir kein Wort.

Jahre später im Strandhotel Warnemünde traf ich Irmgard wieder, wir hatten für ein Gespräch nur wenige Minuten, ich war nicht allein, und sie erzählte mir, Petra habe unlängst Zwillingen das Leben geschenkt, Jungen. Auch Irmgard habe ich dann nicht wiedergesehen. Wer mit der Bahn von Friedrichstraße oder Zoologischer Garten nach Süddeutschland fährt, wird in Wiesenburg auf dem Bahnhofsschild in Klammern die Bezeichnung »Mark« sehen, weiter nordöstlich liegen Beelitz und Brück, und jenseits der Felder, Kiefern, Hügelkuppen, der Plane und des Rabensteins, der mythischen Flecken Kuhlowitz, Kranepuhl, Niemegk, hinter archetypischen Kuhdörfern wie Ziezwo, Locktow, Grabow, Schlalach und Rietz versteckt sich das verzauberte Treuenbrietzen, wo, wie man weiß, keine andre zur Welt gekommen ist als die landesübliche Stine.

16. Gesang

Auch nur eine deutsche Landschaft

»Was denn«, rief Fóntan entsetzt aus, als ich ihm das Mitteilungsblatt unter gerade eingegangenen Postsachen zeigte, »ein Archiv gibt's von dem auch? Schriftsteller müßte man sein! Allerdings mahnt Archiv verteufelt an Arche, etwas Vorsintflutliches, an Tod und an Sarg, und da möchte man ja doch lieber nicht tauschen!«

Verdrießlich blätterte er in der Broschüre und forderte mich endlich feindselig auf, mit ihm den Gang in jene »Grabkammer« anzutreten.

»Kennen Sie die Friedhofsszene«, fragte er, »in der jener Lumpenproletarier von Totengräber den ausgegrabenen Schädel hochhält, den ihm Hamlet abnimmt, der sagt, er habe ihn erkannt, den armen Yorick, ein Bursche von unendlichem Humor? Eine meiner Lieblingsszenen, auf dem Theater, aber im Leben?«

So zogen wir los, und zwar nach Potsdam, suchten die Dortusstraße und fanden hier das Schild *Fontane-Archiv* der Brandenburgischen Landes- und Hochschulbibliothek, ein Besuch übrigens vor zwei Jahrzehnten, als ein märkisch-preußischer Joachim, mit Nachnamen Schobeß, noch die Forschungsstätte leitete: selber ein Original, der, wenn nicht ein Archiv, doch ein Denkmal verdiente.

»Manchmal kommen Journalisten«, empörte er sich, ohne daß wir ein einziges Wort gesagt hätten, »und die schreiben ganz was andres, als man ihnen sagt!« Ob man auch schreiben dürfte, erkundigte sich Fóntan, was er nicht sage?

»Und überhaupt«, fuhr er achselzuckend fort, »dieses Archiv hier, das war doch früher einmal das Gebäude vom Rechnungshof des Deutschen Reiches, selber so etwas wie Kammer oder Grab, und wenn man sich vorstellt –«

»Verzeihung, Herr Professor – pardon, wie war doch gleich Ihr werter Name? Also neunzehnhundertfünfunddreißig, da ging das Archiv durch Ankauf von Friedrich Fontane, dem jüngsten Sohn des berühmten Dichters –«

»Als Fontane noch lebte«, warf Fóntan Wein, »da hat sich, weiß Gott, kaum jemand um ihn wirklich gekümmert. Kümmern Sie sich denn heute um unbekannte Dichter, die hungern müssen, die an Auszehrung sterben, doch morgen von Ihresgleichen wieder *berühmt* gescholten werden?«

»– des berühmten Dichters in den Besitz der Landesbibliothek über«, setzte der Archivar ungerührt seine Rede fort. »Bei Kriegsende erlitten wir schwerste Verluste. Nach Bereitstellung größerer Geldbeträge seitens staatlicher Stellen wurde die Stätte neu aufgebaut, derzeit verfügen wir über fast zweitausend Handschriften des Dichters, Briefe, Manuskripte, Tagebücher, fünftausend Abschriften, Bücher aus seiner Handbibliothek, mit Randnotizen, Bilder und Erinnerungsstücke. Laufend trifft Neues ein, manche sensationelle Entdeckung –«

Fóntan griff sich an den Kopf.

»Zweitausend, fünftausend, Entdeckungen – verglichen mit dem, was hier liegt und was offenbar schon über Fontane geschrieben worden ist, habe ich ja doch wohl sehr wenig geschrieben! Mich dünkt, die Germanisten oder wer sonst hier arbeitet, wissen immer mehr über immer weniger, bis sie am Ende alles über nichts wissen! Für wen schreiben die Germanisten eigentlich!«

»Für die Germanisten natürlich!« erklärte der Archivar.

»Und wer liest es?«

»Andere Germanisten!«

»Germanist hätte man sein müssen!« seufzte Fóntan.

Der Archivar trat an den Katalogschrank.

»Und dann habe ich hier das Filmarchiv, bitte schön! Es gibt wohl wenig von der Belletristik des Dichters, das nicht schon einmal dramatisiert oder verfilmt worden wäre. Zweihundertfünfzig Karteikarten beweisen das zur Genüge, und das Echo –«

»Gut«, warf Fóntan ein, »Dialoge, dafür schaut ja ein Dichter dem Volk aufs Maul, aber wie will man denn das eigentlich Erzählerische auf der Bühne, im Film oder gar im Fernsehen wiedergeben?«

Das solle er ruhig den *Künstlern* überlassen, belehrte ihn der Archivar.

»Herr Schobeß«, sagte ich, »wer benutzt denn dieses Archiv!«

Der Archivar war beleidigt, »Wissenschaftler benutzen es«, erklärte er leise und verachtungsvoll. »Wissenschaftler aus aller Welt. Wissenschaftler aus Europa –«

»Liegt denn Potsdam nicht mehr in Europa? fragte Fóntan.

»Aus Asien«, schrie der Archivar, »aus Amerika und aus Australien, sehn Sie her!«

Er schlug das Gästebuch auf. »Japan, Neuseeland!«

Fóntan guckte neugierig auf die Seiten.

»Im Alter von siebzig Jahren schrieb ich meinem Freund Georg Friedlaender«, sinnierte er, »wenn ich alles überschlage, so erscheinen mir die kleinen Erfolge meines literarischen Lebens noch geradezu als Wunder!«

»Dichterruhm ist die Geschichte der Nachwirkung«, belehrte ihn Herr Schobeß.

Aber, meinte ich, wer kenne denn heute noch den ersten deutschen Dichter, der den Nobelpreis für Literatur bekommen habe!

»Wer war denn das?« fragte Fóntan.

»Paul Heyse«, sagte der Archivar.

»Ah, Paul Heyse!« rief Fóntan. »Den kenne ich. Einmal schrieb ich ihm: ›Von den jeweiligen Kolossalerfolgen jammervollster Dümmlinge will ich noch gar nicht mal sprechen, aber daß Personen und Schöpfungen, die *wirklich* den Besten ihrer Zeit genügt haben, mit einem Male Gegenstand des Angriffs, ja geradezu der Abneigung werden, das gibt mir doch zu denken und läßt mir die sogenannte *Huldigung der Nation* als etwas sehr Fragwürdiges erscheinen. Alles ist Zufall, besonders auch der Erfolg, und die einzig Erquickliche ist nicht der Ruhm, sondern die Ruhe. Trotzdem, solang es sein muß, in Arbeit weiter.‹«

»Fontane«, bemerkte Herr Schobeß, »hat etwas von Kafka.«

»Kafka«, sagte ich zu Fóntan, »sei erst nach –.«

Ob ich etwa andeuten wolle, zischelte er, er wisse nicht, was kafkaesk sei, und das Geniale an Kafka sei ja dies, daß er sich nach diesem Begriff genannt habe.

»Jedenfalls«, so wieder Herr Schobeß, »auch Fontane ordnete bei der Vorbesprechung des Testaments an, nach seinem Tod alle seine ungedruckten Handschriften zu verbrennen.«

»So?« sagte Fóntan überrascht. »Hat er das? Und man hat sein Gebot nicht befolgt? Hat man denn Kafkas Sachen vernichtet? Auch nicht? Ist das nun richtig oder falsch! Was gibt man denn auf dem Handschriftenmarkt für solche Sachen?«

»Es kommt drauf an«, meinte Herr Schobeß.

»Für Kafkas Handschrift vom Prozeß hat man unlängst mehr als eine Million Pfund gezahlt«, sagte ich, »und mancher Dichter erschießt sich, weil er kein Geld hat.«

Da Renovierungsarbeiten stattfanden, denn auch das Älteste verdient zuweilen frischen Glanz, begaben wir uns in den Keller, wo die Kantine lag. Wie habe wohl der Verfasser der *Wanderungen durch die Mark Brandenburg* die Gespräche, die er belauschte, aufgezeichnet, erkundigte ich mich bei dem kundigen Herrn Schobeß. Konnte er Kurzschrift, hatte er ein phänomenales Gedächtnis, füllte er die Lücken in der Erinnerung mit Hilfe der Einbildungskraft?

Interessiert hörte Fóntan zu, als der Archivar darauf hinwies, daß es ja damals zwar noch keine Tonbandgeräte gegeben habe, doch Notizbücher! Einundzwanzig Notizbücher Material für die *Wanderungen*, dazu ein Band Arbeitsnotizen: Genie als Fleiß.
»Aber er hat oft des Guten zuviel getan«, wandte ich ein. »Wo er voll ins Leben greift, rührt er noch heute, aber diese ewigen historischen Stoffhubereien?«
Fóntan erstarrte.
»Andrerseits«, gab ich zu, »hat er durch seine Kombination von Menschlichem und Geschichtlichem der Mark ein gültiges, hübsches und am Ende eben durch die Verschränkung lesbares Literaturdenkmal gesetzt, nicht wahr?«
Herr Schobeß in seiner vollen Würde als Archivar verbot mir den Mund.
»Maßen Sie sich etwa ein Urteil auch über Shakespeare, Dante oder Homer an! Hätte Brecht den Nobelpreis verdient?« Verwundert blickte Fóntan von einem zum andern, als wisse er gar nicht, wovon die Rede war. Der Moment schien gekommen, zu zahlen, uns zu verabschieden und uns herzlich zu bedanken. Ein zweischneidiges Schwert, murmelte Fóntan, als wir wieder auf der Straße standen, nein, nein, er beziehe sich diesmal nicht auf Ritterrüstungen und dergleichen, sondern auf ein Archiv als Schutthalde von Historie und als selber schon wieder historisch, nämlich hinter der eigenen Zeit zurück.
Gewiß, meinte ich, doch was solle man denn tun, *nicht* aufheben und nicht forschen und nicht der Vergangenheit nachsinnen, und wäre nicht solcher Verzicht gleichbedeutend mit Verlust aller anderen Dimensionen von Zeit, von Zukunft und natürlich auch –
»Was aber bleibt, stiften die Dichter«, fiel er mir ins Wort.
»Hölderlin«, sagte ich.
»Hölderlin? Nicht Fontane? Hat übrigens Hölderlin den Nobelpreis erhalten?«

Tief atmete er die vergleichsweise frische Luft ein. Katakomben, eine Schicht immer auf der andren, Ruinen, Steinzeitgräber, Schweiß, Blut und Bernsteinschmuck mit eingeschlossenen Insekten, Jahrmillionen alt, ein arg zerbombtes Potsdam mit Betonneubauten und Restaurationen, und schon bröckelte wieder der Putz ab von den vorgefertigten Teilen der Hochhäuser. »Ein weites Feld«, murmelte der Alte neben mir. »Der Pastor Lorenzen im *Stechlin*, ich meine den Roman, der hat damals geglaubt, eine bessere Zeit breche an, kurz vor der Jahrhundertwende, und da ja nun wieder eine Jahrhundertwende droht, fragt man sich, sind wir glücklicher geworden? Mindestens wäre mehr Sauerstoff in der Luft zu erwarten gewesen, mutmaßte der Pastor, mehr Luft zum atmen, je freier man atme, je mehr lebe man auch, aber sagen Sie selbst, der Sie ja stets alles besser zu wissen meinen, wie steht es nun bei uns mit Sauerstoff oder aber mit dem Ozonloch?«

Wir fuhren zurück, und in der Bahn meinte er, ein Archiv, das sei das letzte, in das er einmal kommen wolle, und er zitierte wiederum aus jener Friedhofsszene, in der Hamlet von dem Hofnarren spricht, dem Burschen mit unendlichem Humor, Yorick! Am Bahnhof Friedrichstraße zog er mich hinunter zur Nordsüdbahn in einen Zug Richtung Wannsee. Aber daher, rief ich, kämen wir ja gerade, hinter Wannsee liege doch gleich Potsdam, er winkte ab, und nach etwa zwanzig Minuten stiegen wir in Steglitz aus. Der Weg zur Bergstraße war leicht gefunden, und auf dem bäuerlichen Gottesacker bei den Rauhen Bergen wohnten wir einer Beisetzung bei, zu der er gebeten worden sein wollte.

»Wenn es erlaubt ist, im Gleichnis zu reden, so möchte ich sagen, daß seine Künstlerseele etwa dem ruhigen Spiegel eines märkischen Sees glich, der die ganze Melancholie unserer märkischen Heimat widerspiegelt«, sprach am offenen Grab ein Dichter, dessen schlohweiße, wehende Mähne mir bekannt vorkam.

»Das ist doch etwas andres«, flüsterte Fóntan, »als ein steriles Archiv, oder?« Ob ich denn wisse, wer dort stehe, und er legte den Zeigefinger auf den Mund.

»Solange Berlin, die gefährliche Riesenstadt, sich nicht selber vergißt«, fuhr der Dichter fort, »wird es auch des Mannes nicht vergessen, der die düstere Kraft, Anmut und Monotonie seines breiten Wälder- und Seengürtels wie kein anderer geliebt und den Sinnen erschlossen hat!«

Nachdem wir eine Handvoll Erde über den Sarg im Grab geworfen hatten, liefen wir auf dem Friedhof herum; noch immer wußte ich nicht, wer der Redner gewesen war, Fóntan schwieg, und unweit entdeckte er den Stein für den Begründer der Wandervogelbewegung, Karl Fischer, der hierherzugehören schien, in dieser sich über Lichterfelde in Richtung des Landkreises Teltow ins Märkische hinein erstreckende Landschaft. Hauptmann habe dort bei der Bestattung gesprochen, sagte er plötzlich, Gerhart Hauptmann, unvergeßlich charakteristische Worte, und wieso habe er von seiner märkischen Heimat gesprochen, wo er doch aus Schlesien stammte? Er habe hier seine zweite Heimat gefunden, seine intellektuelle, aber er sei auch Gestalter märkischer Schicksale geworden, die des Bahnwärters Thiel oder Michael Kramers! Und wer, fragte ich zögernd, sei der Verstorbene gewesen? Voll Verachtung blickte er mich an. »Sie kennen ja wohl bloß Ihren Lesser Ury«, zischelte er, »aber der, der dies Land au coeur erfaßt hat, das war kein andrer als Leistikow, der Maler des Grunewaldsee!«

Und wo sei der geboren?

»In Westpreußen!«

Hinter dem Stadtpark stießen wir, beim folgenden Spaziergang, auf den Teltowkanal, der Havel und Spree verbindet, und wir beobachteten, wie ein etwa Mittvierziger mit Hilfe einer Flugmaschine aus Holz, Draht und Blech von einem Hügel herab auf ein Feld niederschwebte, wobei er tödlich verunglückte.

Das sei der erste fliegende Mensch gewesen, meinte ein Treidelschiffer, dem gehöre doch ein Denkmal gesetzt! Wenn das Lilienthal gewesen sein sollte, bemerkte ich, der sei aus Anklam in Pommern hierhergezogen, auch ein Wahlmärker. Fóntan fragte, ob ich ein Bestattungsinstitut leite, und ich gab zu, ich hätte mich mit der Frage befaßt, inwieweit das Bonmot seine Richtigkeit besitze, daß jeder Berliner »in Breslau« geboren sei, und ich sei dabei den Toten auf die Spur gekommen. »Ja und wieso sind so viele hierhergezogen?« rief Fóntan. Um Karriere zu machen!

»Das ist ja das Merkwürdige, daß viele, die schließlich diesem märkischen Kuhdorf zu Weltstadtruhm verhalfen, aus der allertiefsten Provinz stammten! Man brachte ein paar Talentchen mit, eine eher normale Bildung, und in diesem durch militärische Erfolge, territoriale Gewinne und ökonomischen Erwerbssinn, durch Pflicht, Treue und Redlichkeit und *Sparsamkeit* allmählich zum Magneten gewordenen Kaff und endlich durch ein Ensemble individualistischer Geister entstand eine Atmosphäre, die ebenso unvergleichbar schien, wie sie inspirierte!«

»Nein«, sagte ich, »es seien ja auch sehr viele große Leute an Beke, Panke und Spree geboren.«

»Na, wer denn schon!« So er.

»Schinkel zum Beispiel«, meinte ich.

»Schinkel?« Er tobte. »Und Sie wollen Fachmann sein? Schinkel erblickte das Licht der Welt in Neuruppin, genau wie unsereiner!«

Man könne irren, meinte nun wieder ich, aber Zille stamme von hier.

»Dieser Ihr ›Urberliner‹ war waschechter Sachse, und weil er Distanz zu dem Lumpenproletariat besaß, deswegen konnte er es so unnachahmlich witzig abkonterfeien!«

Im übrigen sei man ja nicht nur nach Berlin gezogen, sondern in eine ganze deutsche Landschaft, in den Osten, Kolonialgebiet, ins Brandenburgische, wo die Ebenen weit waren. Wir wanderten weiter. Gebe es denn eine »natürliche Grenze« zwischen Stadt und Land, fragte er, seien nicht in der City überall Schrebergärten, Parks, viel Grün, breite, baumbestandene Alleen wie in kaum einer andren Metropole, Paris ausgenommen, herrsche nicht auch in der Mark der urbane Geist des »verwegenen Schlags«, liege nicht die Stadt »wie der Kern in der Frucht« oder, um weiter den Dichter zu zitieren, wie »der Tod mitten im Leben«: eins Teil des andren?

Dieser Art nostalgischer Gleichmacherei war nur mit kalter Verachtung beizukommen.

»Asphaltliteratur ist nicht Blut und Boden!« sagte ich. »Brecht beispielsweise, das heißt Makadam!«

Nun lachte er mich aus. »Brecht war doch dann am glücklichsten, wenn er draußen in Buckow sein durfte. Jeder Mietskaserneninsasse will doch wenigstens einen Balkon mit Blumenkästen und seine kleine Meise. Und wo stand Brechts Wiege? Nicht etwa in Augsburg, liebster Freund? Haben Sie nie darüber nachgedacht, daß Kennzeichen dieser Szenerie, weiterhin bekannte Symbole geradezu, von Fremden, von Ausländern, von Juden oder Polen geschaffen worden sind? Das Eisenwalzwerk und das Sanssouci-Flötenkonzert von einem Breslauer, die berühmten Unter den Linden und Brandenburger-Tor-Impressionen mit Ihrem naßglänzenden Asphalt von einem Birnbaumer, Schlemihls Schatten von einem Franzosen, saure Gurken von Holländern, nicht wahr?«

»Und die Borsig, Schadow, Lortzing, Meyerbeer, George Grosz, Alexander von Humboldt und so weiter, waren sie etwa nicht Berliner?«

Wir liefen über Friedhöfe, auf denen weißer und lila Flieder blühte, Birken wiegten sich im Wind, Tannen und Kiefern rauschten, und vom duftenden Buchsbaum tropfte der Regen. Überall regte sich etwas, Frauen harkten Laub zusammen, Gärtner beschnitten Hecken, zupften Unkraut aus und setzten wie nach Gas riechende Geranien ein. Kinder spielten zwischen Gräbern, und man mochte Trost empfinden, vielleicht war die Welt doch nicht so schlecht, wie sie oft schien? Wir kamen nach Dreilinden und sahen vor uns den Kleinen Wannsee schimmern, als zwei Pistolenschüsse krachten. Ein Doppelselbstmord, so hörten wir, eine unglückliche Liebesgeschichte, unheilbare Krankheit und gescheiterte Existenz, dem Manne sei auf Erden nicht zu helfen gewesen. Bei einem sehr viel später unternommenen Spaziergang fanden wir einen Gedenkstein.

»Ich bin aber nicht das erste Mal hier«, bekannte Fóntan. »Ich kenne nämlich noch den allerersten Stein, auf dem die Lebensdaten falsch eingemeißelt waren, komisch, was?«

Er habe sich seinerzeit einer »Partie« zugesellt, unter der man damals eine Ausflugsgruppe verstand, erzählte er. »Vier Personen und einem Pinscher, die, den Pinscher nicht eingeschlossen, mit jener Heiterkeit, die, von alter Zeit her, allen Gräberbesuch auszeichnet, ihre Pilgerfahrt bewerkstelligten. Es waren kleine Leute, deren ausgesprochenster Vorstadts- und Bourgeois-Charakter, mir, in dem Gespräche, das sie führten, nicht lange zweifelhaft bleiben konnte.« Die Tochter ging ein paar Schritte voraus. »Er soll ja so furchtbar arm gewesen sein«, sagte sie mit halber Wendung, während sie zugleich mit einem an einer Kette hängenden großen Medaillon spielte. »Solch berühmter Dichter! Ich kann es mir eigentlich jar nich denken.« –

»Ja, das sagst du wohl, Anna«, sagte der Vater. »Aber das kann ich dir sagen, arm waren damals alle. Und der Adel natürlich am ärmsten. Und war auch schuld. Denn erstens diese Hochmütigkeit, und dann dieser Kladderadatsch und diese Schlappe. Na, Gott sei Dank, so was kommt nicht mehr vor . . .«

Unlängst war die Stelle erneuert worden, und wir lasen: »Heinrich von Kleist / Geboren 18. Oktober 1777 / Gestorben 21. November 1811 / Nun, / 0 Unsterblichkeit, / Bist Du Ganz Mein.«

Aber die Szenerie, murmelte Fóntan, sei wie vor hundert oder mehr Jahren: »Fluß und Wald in einem goldnen Abendschimmer, und Villentürme, Kioske und Kuppeln wuchsen daraus empor... Und daneben gedacht' ich des Dichtergrabes..., auch der unbekannten Hand, die vor wenig Stunden erst einen Feldblumenstrauß in jenes Häuflein Erde geplanzt hatte.« So durchstreiften wir Land und Stadt, grenzenlos. Im »Alten Krug« an der Dorfaue von Dahlem schräg gegenüber der Dorfkirche tranken wir eines Spätnachmittags unsren Kaffee hinten im Garten unter schattenspendenden Bäumen, Ausflügler an den weißgestrichenen Tischen bei Apfelkuchen und Tee, später bei 'ner Weiße mit Schuß, Himbeer- oder Waldmeistersaft, und die Jöhren spielten hinten am Zaun. Es roch nach Kuhdung und Pferdemist von drüben aus dem Gut, vermischt mit dem Benzingestank der Autos, die, aus dem Grunewald kommend, in Richtung Stadt hielten. Ob wir nun drin oder draußen seien, fragte Fóntan, gehöre Dahlem oder Pankow mit seinen Biergärten zur Mark oder zur City?

Ein langer Zug marschierender Mädchen und Frauen passierte vorn den Gasthof, sie trugen Transparente und Fahnen, skandierten revolutionäre Sprüche, steckten in Sackleinen, schienen ungekämmt und überhaupt wenig weiblich und sangen Arbeiterlieder.

»Emanzen von der Universität«, sagte ich, »von der Freien!«

»Nicht von der Friedrich-Wilhelms-Universität?« Fóntan schien verwirrt.

»Die Friedrich-Wilhelms-Universität heißt heute nach Humboldt und liegt ja *drüben*, eine Neugründung liegt hier, und die Weiblichkeit demonstriert für die totale Emanzipation und gegen alle Versuche, sie weiterhin als Sexualobjekte der Männerwelt zu verstehn!«

So ähnlich, gab Fóntan zu, hätten in seiner Jugend auch die Blaustrümpfe argumentiert, und was sei draus geworden? An der

Spitze des Zuges deklamierte eine Frau, ganz offenbar eine Dichterin, ihre Verse.

»Die Karschin!« rief Fóntan aus. »›Kennst du, Wanderer, sie nicht, lerne sie kennen‹, steht auf ihrer Gedenktafel an der Sophienkirche Große Hamburger Straße in Altberlin, und fürwahr! Eine unsrer frühsten Lyrikerinnen, schon im achtzehnten Jahrhundert! Übrigens wirklich aus der Mark, der Neumark, unweit der Oder in jenem unheimlichen Winkel zwischen Grenzmark und Schlesien, wo so viele unsrer genialsten Köpfe geboren sind. Aus Züllichau! Klingt das nicht wie Musik in Ihren Ohren? *Züllichau*, Birnbaum, Sellin, Crossen und nochmals *Züllichau* – lassen Sie das mal auf Ihrer Zunge zerlaufen! ...«

Und da, rief er dann aus, das sei ja doch wohl keine andre als die Sorma, eine der gefeiertsten Schauspielerinnen um die Jahrhundertwende. Ich kannte sie nicht mehr. Rotraut Richter erkannte ich, die hatte in dem Film *Das Veilchen vom Potsdamer Platz* die Hauptrolle gespielt, die kannte nun wieder er nicht. Die Birch-Pfeiffer war ihm ein Begriff, in seiner Jugend sei sie ja berühmter als Goethe und Schiller gewesen mit ihren Rührstükken, sie liege auf dem Jerusalemer Friedhof in der Bergmannstraße, Kreuzberg, bemerkte ich, wozu er nur den Kopf schüttelte, die und tot? Käthe Dorsch marschierte mitten im Zuge mit, ebenfalls Aktrice, die Bildhauerin Käthe Kollwitz mit blutroter Fahne in der Faust, neben der Königin Luise die Revolutionärin Rosa Luxemburg, die »rote Rosa«, die Verfasserin von *Das Siebte Kreuz*, Anna Seghers, und dann wies Fóntan auf die letzte Figur, die in einer Pferdekutsche mitfuhr. »Sehn Sie doch mal da!« flüsterte er aufgeregt und rieb sich die Hände. »Durch wen erhielt Friedrich der Große seine frühste Bildung? Durch Vater, König oder Hauslehrer? Durch ein Frauenzimmer, eine Ausländerin, eine Französin aus der Normandie, durch Mademoiselle Marthe Duval, bitte schön!«

Marschschritte, Rufe, Musik, Gesang, Protestgeschrei von

Tausenden und Abertausenden Frauen verklangen in Richtung der Untergrundbahn.

Durstig kehrten wir abends in der Weinstube Habel Unter den Linden ein, probierten den trocknen Weißwein von den Bergen bei Guben an der Neiße, verzehrten Weinbergschnekken vom Weinbergsweg im Norden der Stadt, und Fóntan lachte plötzlich leise vor sich hin.

»Non, mon cher, nicht was Sie denken, mir ist eben bloß Freddy Sieg eingefallen, der in Carows Lachbühne am Weinbergsweg auftrat mit seinem Couplet von der Emma an der Krummen Lanke, kenn' Sie das? Nein, der Humor, den die Leute hier haben! Die beiden Carows, Vater und Sohn, verzankten sich, natürlich draußen in ihrer Laub, der Vater sucht seinen Kragenknopf, die Mutter sagt, nimm doch den von deinem Sohn, und der Alte sagt verächtlich: Nee, lieber schlag ick mir'n Nagel durch die Kehle!«

Kurz vor Mitternacht stiegen wir die Stufen zu Luther und Wegner hinab am Gendarmenmarkt, heute Platz der Akademie, bei dem Deutschen und dem Französischen Dom, dem der Hugenotten, bemerkte Fóntan stolz, einem der schönsten Plätze Europas. Hier sei mein Ururgroßvater, im Deutschen Dom, kopuliert worden, zu Friedrichs des Großen Zeiten, merkte ich vorsichtig an. Feindselig, doch vor den Gästen und der Bedienung zu Höflichkeit genötigt, stießen wir an, in meinem Glas Weißburgunder aus Sachsen, in *seinem* Champagner aus Reims.

»So«, sagte er, »Sie wollen also wirklich ein waschechter Spreeathener sein, ein City-Slicker!« Er neigte sich vor. »Nun hören Sie mal gut zu, Sie Naseweiß und Neunmalkluger! Corinth zum Beispiel, einer unsrer bedeutendsten Impressionisten, kam aus Ostpreußen, ja? Und brachte sicherlich Farben wie von Bernstein mit. Der alte Rauch fällt mir ein, er liegt an der Chausseestraße, er hat das schönste Bauwerk Borussiens geschaffen, das Reiterstandbild des Alten Fritz zwischen Palais und Universität Unter den Linden, und wo stammte er her? Aus Hessen! Der berühmte Pietist Spener brachte Elsässer Erdfrömmigkeit mit, wenn ich so sagen darf, unser erster großer Rechtsgelehrter und Sprachreiniger Pufendorf, beigesetzt bei der Nicolaikirche, war *Sachse*, der Historiker Preußens Ranke kam daher, wo Ihr saurer Wein angebaut wird, von der Unstrut, Moses Mendelssohn hatte gewiß das Philosophieren in der Synagoge von Dessau erlernt, weltweit geschätzte elende Skribenten wie Heinrich Mann oder Johannes R. Becher waren in Lübeck beziehungsweise München zur Schule gegangen, Fichte ein Jenenser und Hegel Schwabe, Wilhelm Friedmann Bach Weimaraner, der Arzt Virchow – weiß Gott ein Pionier! – Pommeraner, Warenhausbegründer Tietz stammte wie Lesser Ury aus dem elenden Birnbaum, unser erster Nobelpreisträger für Literatur –«

»Fontane hätte den Nobelpreis verdient!« warf ich ein. »Erstens gab es diesen Preis damals noch gar nicht, zweitens hätte Fontane den Preis niemals angenommen, und drittens war ihm auch noch der Schiller-Orden III. Klasse, den er erhielt, eher eine Beleidigung!« Fóntan war böse geworden.

»Wer aber war unser erster Nobelpreisträger für Literatur? Kein Dichter, sondern ein Historiker, Mommsen, aus Garding, irgendwo an der Nordsee!«

»Wenn man bedenkt«, sagte ich, »daß weder Rilke noch Kafka noch Brecht durch den Nobelpreis geehrt worden sind –«

»– und nicht die Brüder Grimm, nicht wahr?« Er lachte. »Und auch sic, die man hier am wenigsten erwartet, unsre geliebten Märchenerzähler, liegen in Berlin begraben, auf dem Matthäusacker Schöneberg, dito aus Hessen! Der liegt hier und die, auch die und auch der, erst wenn man über die stillsten Plätze spaziert, weiß man, wie herrlich laut hier das Leben war und ist, und wie uns deutsche Landschaften sozusagen befruchtet haben, Sie Asphaltliterat!«

Ja, mußte ich denken, und der Schicklgruber, was ein Österreicher war, der liegt auch hier, er oder seine Asche oder Knochenreste, in der Reichskanzlei war er, nachdem er Hand an sich gelegt, verbrannt worden. Aber hatten nicht umgekehrt andere, die mit Spreewasser getauft worden waren, wirklich fremde Landschaften befruchtet, vielerorts in der Welt? *Au coeur* sprach ja aus meinem Trinkkumpan eher ein Weltbürger denn ein Kirchturmpolitiker, ich gab es zu, und als wir draußen standen neben dem Theaterbau, wies er auf den Französischen Dom mit jenem Nachdruck, der bedeutete, was wären wir wohl ohne *dieses* Erbe? Neuerdings fürchtete man bei uns »Überfremdung«: Gastarbeiter aus Südeuropa, dazu Türken und Pakistaner, Asylsuchende aus allen Erdteilen, Einwanderer und Flüchtlinge mit schwarzer oder gelber Hautfarbe drohten aus uns einen Vielvölkerstaat zu machen nach Art des Balkans, aber hatten wir nicht im Laufe einer zweitausendjährigen Geschichte Römer in uns aufgenommen, West- und Osteuropäer, so viele Polen im Ruhrpott, daß unsere Fußballnationalmannschaften aus Polen wie Szepan, Tibulski, Kuzcora, Littbarski, Juskowiak, Burdenski, Frontzek und so weiter zu bestehen schienen, nicht auch Juden, Holländer und Salzburger, und waren wir untergegangen? Oder waren wir durch diese Verbindungen produktiver geworden? Was hieß eigentlich *Identität*? War nicht auch das mit in unsere Lebensweise eingegangen, was die Neuankömmlinge hinter sich gelassen zu haben glaubten, ein Schimmer der blauenden Ostsee, die Neugier des Wattlaufenden oder die Sehnsucht nach Unendlichkeit beim Verweilen auf einer Düne oberhalb der Brandung, und schien nicht noch die in Chemieabgasen erstickende Landschaft um Halle oder Leuna anheimelnd, weil sie *Herkunft* bedeutete? Landschaften, deutsche oder europäische Landschaften tauchten über den Horizont, als wir die Jungfernbrücke über die Spree passierten, Bauden des Riesengebirgskamms, das sanft ansteigende Gebiet zwischen Mecklenburg und Erzgebirge im Smog, er erzählte von einer Fahrt den Rhein entlang, unsereiner dachte an das Düstere des Böhmerwaldes und die sterbenden Bäume des Schwarzwalds, Donau und Elbe fielen uns ein, Flößer den Main herunter mit Stämmen für Atlantiksegler, die Alpen, Trier und Leipzig und der Chic sächsischer Frauenzimmer, und Grenzen waren gar nichts. Die Landkarte hatte sich sowieso verändert, und sie würde sich auch weiterhin verändern getreu dem Kalenderspruch, den mir meine Mutter einmal morgens vorm Schulgang vorgelesen hatte, »nichts sei ewiger als der Wechsel«.

17. Gesang

*Nostalgietour über Birnbaum ans Chinameer
oder die Föderative Eurasische Union*

Endlich mußte ich noch die Stadt besuchen, die einer ganzen Provinz den Namen geliehen hatte. Ah, hatte damals meine Mutter gesagt, als ich schon einmal dortgewesen war, in Brandenburg ist dein Vater in den Krieg gezogen, die Fotografie existiert ja noch, von dem Artilleristen auf der Protze, feldgrau die Atmosphäre, und die Kanoniere tragen den Vorkriegshelm mit der vergoldeten Spitze, letztere jetzt mit Tuch überzogen, weil sich herausgestellt hat, daß den französischen Scharfschützen die Goldspitze als Ziel dient!

»Was?« hatte mich verdutzt der Auskunftsbeamte am Bahnhof Friedrichstraße gefragt. »Sie wollen wissen, wann der Elf-Uhr-fünfundzwanzig-Zug geht?!«

Und nun saß ich in diesem Zug, studierte die Reklame von der »erfrischenden Körperseife« und den »wirtschaftlichen Traktoren«, als der Fahrkartenkontrolleur erschien und mein Billett knipste. Die in der Ecke schlafende Frau prüfte er mißtrauisch und ging dann weiter, ohne sie geweckt zu haben, in meinem langen Leben der erste Fahrkartenkontrolleur, der jemanden weiterschlafen ließ.

Sofort zum Verlieben, diese Stadt, das Hotel »Zum Bären«, die Altstadt, vom Krieg verschont, die Gotthardtkirche aus dem zwölften Jahrhundert, der backsteinerne Dom und das Rathaus, der Fischerkiez, der Neustädter Markt: gewiß, tausendmal studierte Versatzstücke, doch welch Ensemble! Ich saß im Schankraum des »Bären«, als einem jungen Mann ohne Schlips der Rauswurf drohte. War dies das Land des Etepetete, nicht trotz, sondern wegen der sogenannten Revolution? Dem Chef schienen auch die Röcke der Mädchen anstößig, vielleicht waren sie ihm nicht kurz genug? Immerhin, die jungen Leute sahen sauber aus, Pullover und kariertes Hemd aus dem postrevolutionären Laden *Exquisit*, also teuer, und gab es nicht Krawattenmänner und Mannequins andernorts mehr als genug? Vorgestern Smoking, gestern Jeans, heute Cord und morgen die Mode der Zukunft, wieso, um aller umstürzlerischen Gründerväter willen, kreierte man denn nicht einfach eine eigene, eine realsozialistische oder eine aus dem Bürger- oder Arbeiterbrauchtum tradierte Kleidung? Wieso dieses ewige Nachäffen?

Mancher, der Niethose trug, dachte ich, war selber eine Niete, und betrachtete den Chef in schwarzem Anzug, weißem Hemd mit schwarzer Krawatte. Und bald war es dann soweit, daß ich rausflog, nicht der Schlipslose. Durch die Hintertür auf dem Hof vorbei an der Toilette schlich ich die Stiege zum Zimmerchen hoch, Zimmer sechs, diesmal.

Absteigen in Hotels verdirbt. Man verlottert. Und verliert die letzten Wurzeln, sollte man je welche gehabt haben. Gewiß, ein sauberes Zimmerchen, doch unaufhörlich tropfte der Wasserhahn, über dem an der Wand ein Zettel hing mit der handschriftlichen Warnung: »Achtung! Vergessen Sie nicht, die Wasserhähne zu schließen! Überschwemmungsgefahr!« Am Kleiderschrank fehlte der Türknopf. Die Tapete hinterm Heizkörper war stockig, hier hatte der letzte Wasserrohrbruch stattgefunden. Der Lampenschirm um die Nachttischlampe war angesengt. Durch das Flechtgitterwerk des Papierkorbs fiel die Zigarettenasche auf den Fußboden. In Höhe der achtzehn Grad stand auf dem Thermometer »Zimmerwärme«, doch die Quecksilbersäule reicht nur bis siebzehn Grad. Und schon tat mir die boshafte Inspektion wieder leid, denn Vorsorglichkeit und ein Gran Liebe sogar waren in der Gesamtausstattung des Zimmerchens nicht zu übersehen. Am Fenster zog es allerdings wie Hechtsuppe, doch mit dem Kopfkissen am Fußende des Bettes in Richtung Zimmermitte rettete ich mich vor Kopfgrippe, und eingemummelt schlief ich fest bis in den Morgen hinein.

Ich plante, angeln zu gehen, suchte zuvor aber noch das Barbiergeschäft in der Mühlentorstraße 17a auf, das mir von Fóntan, dem Kenner, aufs wärmste empfohlen worden war. »Friedrich Bollmann« stand auf dem Emailleschild, im Winkel von neunzig Grad zur Hauswand das goldene Schild der Zunft.

»Haarschneiden und Rasieren, der Herr?« Der Meister drückte mich in den braunledernen Lehnstuhl, der Lehrling band mir den weißen Umhang um, während der Geselle Schere und Messer an dem langen, schwarzen Streichleder neben dem Spiegel schliff.

»Façonschnitt, der Herr?« Der äußerst liebenswürdige Meister fuhr mit dem Apparat tief ins Haar, von unten her am Hals nach oben und zum Scheitel, und dies auf allen Seiten des Kopfes. Trat zurück, betrachtete sein Werk mit Wohlgefallen und schur fort.

»Genau wie Ihr Herr Vater!« rief er aus, selber erstaunt. »Preußischer Haarschnitt! Soll kein Unterleutnant nich meckern können! Feldartillerieregiment Nr. 3, wenn ich mich nich irre, beritten natürlich, eine tapfere Truppe, Ihr Herr Vater wird in Frankreich, an der Somme, schwer verwundet, durch einen Granatsplitter tief in der Stirn, o ja, in Geschichte kennt sich unsereiner bestens aus!«

Durch einen Schmerz am linken Ohr wurde ich gestört. Der Lehrling erhielt vom Meister eine Ohrfeige, der Geselle den Spucknapf an den Kopf geworfen und ich ein Wundpflaster dort, wo mich der Meister verwundet hatte.

»Fritze Bollmann!« schrien auf der Gasse ein paar Jungs. Der Meister trat ans Fenster und drohte mit der Schere. »Das geht nun schon seit Jahren so!« wetterte er. »Eigentlich heiße ich nämlich Friedrich, nich Fritz und auch nich Fritze, das ärgert unsereinen maßlos, sag ich Ihnen! Die Bengels singen sogar ein Lied, kenn' Sie das? Willi, sing mal, du hast die bessre Stimme!«

Der Lehrling stellte sich in Positur, strich sich eine Locke in die Stirn und schmetterte: »In Brandenburg uffn Beetzsee, / Da steht ein Fischerkahn, / Und darin sitzt Fritze Bollmann / Mit seinem Angelkram.«

Der Meister ging zu Feinschnitt über mit Spezialschere und Kamm. »Ich stamme aus Salbke bei Magdeburg, müssen Sie wissen, nich aus dem Kaff hier, aus einer Leineweberfamilie und arm, und als Barbiergehilfe bin ich hierhergekommen, leider, mein Herr! Und hier in der Mühlentorstraße hab' ich selber ein Barbiergeschäft gegründet. Willi, die Handbürste! Mein Los blieb schwer, mit geringem Einkommen muß unsereiner Frau und nicht weniger als elf Kinder durchbringen. Was, glauben Sie nich? Forschen Sie im Stadtarchiv nach, is allens belegt. Reich mir mal den Spiegel, Otto! Fleißig muß ich natürlich sein, und ich verfüge auch über Hauskunden, und wenn Apotheker oder Ratsherr rufen lassen, pack' ich mein Becken ein und so weiter, marschiere hin, und die Kunden, die hier in der Zwischenzeit aufkreuzen, müssen eben warten, wobei sie meine Frau unterhält oder eins von meinen älteren Fräulein Töchter, ja? Willi, kiek nich so deemlich! Jedenfalls hält sich unsereiner so über Wasser und nur gelegentlich, versteht sich, huscht man mal so rüber in die Kneipe von Mutter Preuß und hebt einen. Und sonntags geh' ich angeln. Nach dem Kirchgang geh' ich immer angeln.«

Mehrere Spiegel wurden bewegt, ich mußte begutachten, was der Meister nicht schlecht gemacht hatte, und der Lehrling balbierte mich ein, während der Geselle nochmals das Messer wetzte.

»Aber immer«, sprach leise der Meister und setzte versuchsweise das Messer auf meiner rechten Backe an, »wenn ich durch die Gassen der Altstadt laufe, schrein mir die Lausebengels was nach, und was ich am wenigsten vertragen kann, is dieses laute, langgedehnte ›Fritze Bollmann‹, mit dem e an Fritz, was ich auf den Tod nich leiden kann, und dann verprügele ich das Lausepack, was alles nur noch schlimmer macht. Willi, sing ma'!«

Der Lehrling schmetterte: »Fritze Bollmann wollte angeln, / Da fiel die Angel rin, / Fritze Bollmann woltt se langen, / Und da fiel er hinterdrin.«

Das, erklärte der Meister, sei übrigens der ursprüngliche Text, der Volksmund habe dies vielfach umgedichtet. Jedenfalls sei sein Geschäft immer schlechter gegangen. Auch die Erwachsenen verspotteten ihn nun und sogar die eigenen Kinder. Die Frau? Zanke sich von früh bis spät mit ihm und mit den Nachbarn.

»Willi, mehr Schaum! Die Konkurrenz nimmt mir die letzten Kunden weg, und als einzige Freude ist mir mein Angeln geblieben. Otto, sing du jetzt ma', du verstehst dich besser aufs Seriöse!«

Der Geselle hielt die Hände wie ein Rohr an den Mund.

»Fritze Bollmann schrie um Hilfe, / Liebe Leute, rettet mir, / Denn ick bin ja Fritze Bollmann, / Aus der Altstadt der Barbier!«

Der Meister schabte rücksichtslos an meinem Kinn herum. »Ein bekannter Brandenburger Geschäftsmann, muß ich nun berichten, ein gewisser Friedrich Hollerbaum, ließ sich den Text vorlegen und veranlaßte den Druck auf Postkarten. Stellen Sie sich mal vor! So läuft die Welt. Was ist der Mensch? sage ich immer. Otto, 'n neues Messer! Jedenfalls boten nun die verschiedensten Läden diese Postkarten mit den Spottversen zum Verkauf an. Ich stellte Strafantrag gegen Hollerbaum und gewann den Prozeß. Was alles wiederum noch viel böser machte. Zwar wurden die noch nicht verkauften Postkarten von der Polizei beschlagnahmt, doch mein Ruf, der des unglückseligen Barbiers, war weit ins Land gedrungen, von dort kehrten Wortlaut und Melodie zurück, und die Polizei gab sich ohnmächtig. Willi, den Pinsel! Aus Sparsamkeitsgründen zog ich in die Brielower Straße um, ich trug auch selber einen Teil der Möbel rüber, und als ich die Homayenbrücke passierte, da standen die Schulkinder Spalier und grölten –«

Und Otto grölte: »Nur die Angel ward gerettet, / Fritze Bollmann, der versuff, / Und seitdem jeht Fritze Bollmann / Uffn Beetzsee nich mehr ruff!«

Der Meister wischte mir den Restschaum vom Gesicht, verstrich mit einem Alaunstift meine Wunden, bis sie aufhörten zu bluten, rieb die Haut mit Rasierwasser ab, cremte sie ein, blies ein wenig Wundpuder auf gerötete Stellen, sagte: »Bitte sehr, der Herr.« Ich erhob mich und betrachtete mich im Spiegel.

»Wie neujeborn!« seufzte Otto und erhielt vom Meister eine Schelle, der Geselle bürstete mein Jackett ab und wurde »Esel« betitelt, weil es mich noch immer unterm Hemdkragen von Härchen juckte.

»Die Petrusverse sind übrigens erst später hinzugedichtet worden, als das Geschäft längst wieder in der Mühlentorstraße und ich tot war«, meinte der Meister. »Willi und Otto, nu ma' im Chor!«

»Fritze Bollmann kam in Himmel, / Lieber Petrus, laß mir durch!/ Denn ick bin ja Fritze Bollmann / Der Barbier aus Brandenburch!«

Dann zu guter Letzt der Meister selber! »Und der Petrus hat Verständnis,/ Und er ließ den Meister rin./ Und nu salbte Fritze Bollmann / Petrus' Haut mit Seife in! / Doch das Messer schnitt 'ne Wunde / Und die Haut, die blieb nich glatt. / Blut schon in der ersten Runde! / Petrus da ein Einsehn hat. / 'Uff de jroße Himmelsleiter/ Kannste wieder runterjehn, / Kratz man unten feste weiter, / Ick laß' mir'n Vollbart stehn!«

Der Meister begleitete mich hinaus auf den Bürgersteig. »Derart erlangt unsereiner Unsterblichkeit, werter Herr! Daß ich am 7. Mai vor vielen Jahren verstorben sei, gehört der Legende an. Und daß ich, der Vielgelästerte, ausgerechnet an Zungenkrebs zugrunde gegangen sein soll, als sollte ich büßen, was andre an mir gesündigt, ist lediglich Pointe. Sie wandern nun zum Beetzsee weiter? Nun dann, nach alter Anglerart, Petri Heil!« Da mir das Angeln verleidet worden war, bummelte ich per Bahn quer durchs Havelland, wo es am tiefsten schien, vorbei an Weseram über Pöwesin und Behnitz nach Nauen, das einst über seine Großsendeanlage das Nauener Zeitzeichen, das Zeichen der Zeit, gegeben hatte, und stieg in eine rappenbespannte Kutsche um, die auf mich wartete. Der Kutscher schnalzte, die Rappen vom Gestüt Neustadt/Dosse zogen an. Ackerbauernland, satte Wiesen, geduckte Dörfer, die Katen eng aneinandergeschmiegt wie eine Herde Schafe, schwarze und fette Erde, wie aus dem Blubobuch. Wie kannst du dies den Leuten schildern? dachte ich. Daß es auch Menschen in Südamerika oder in Indochina verstehn, die *Provinz sozusagen im Weltmaßstab*? Holperpflaster zwischen reetgedeckten Häuschen, Schlamm, der hoch in die Kutsche spritzte.

»Eijentlich«, brabbelte der Kutscher, als er mir auf den Weg hinaushalf, »finden Sie die ja eher in der Nicolaikirche von Spandau, aber wenn Sie Glück haben... –?« Am Dorfrand das mir vom Kutscher gewiesene Restgutshaus. Ribbeck, war ich von Fóntan gewarnt worden, könne den Eindruck eines verkommenen Kiezes machen, doch hinter unverputzten Scheunen und Stallungen habe die Knausrigkeit beträchtlichen Besitz und Wohlstand verborgen, seit Jahrhunderten schon! Ein rüstiger Greis empfing mich an Tor, rückte den Jägerhut in den Nacken, drückte die breite Brust raus, klatschte sich mit der Reitgerte auf die blauen Bridges und stampfte in hellbraunen, weichen, blankpolierten Stiefeln durch den Modder, daß es laut klatschte. »Ribbeck«, sagte er barsch und drückte mir hart die Hand. »Willkommen auf Ribbeck!«

»Verbindlichen Dank, Herr von Ribbeck!« Ich verbeugte mich steif, der Alte mißfiel mir in seiner Art und Weise, seinem

Hochmut, seiner demonstrativ zur Schau getragenen reaktionären Kleidung und darin, wie er seinen illustren Namen herunterspielte. Nach einem Rundgang um den Hof betraten wir den Garten. Küchengemüse, Obstbäume, Johnnisbeer- und Stachelbeersträucher, Erdbeerbeete, Himbeer- und Brombeerbüsche, ein paar Kartoffeln beim Misthaufen: ja, der Garten, östlich von Elbe oder Oder, Kindheitsgarten, Bauerngarten, Heimatgarten, und war es nicht dies, Heimat, dieser angekränkelte, sentimentalisierte, verlogene Begriff, der Menschen in aller Welt noch immer so viel bedeutete, so daß sich über ihn dieses Land in allen Erdteilen bekannt machen ließ?

»Herr von Ribbeck auf Ribbeck im Havelland«, bullerte fragend der Alte und glättete mit dem Stiefel einen Maulwurfshügel im Spargelbeet, »ein Birnbaum in seinem Garten stand?«

In Amerika hatte ich einmal die Verse den Studentinnen eines renommierten College vorgetragen, und mit Enttäuschung und Niedergeschlagenheit hatte ich bemerken müssen, daß der Geist des Gedichts nicht begriffen wurde, nicht die Stimmung, der leise Humor, die Skepsis und die unverwüstliche Hoffnungsfreudigkeit ohne jedes Pathos. »Und kam die goldene Herbsteszeit / und die Birnen leuchteten weit und breit«, bullerte der Alte weiter, »da stopfte, wenn's Mittag vom Turme scholl, / der von Ribbeck sich beide Taschen voll.«

Ein Traktor mit einem Jauchewagen donnerte vorbei, und weit draußen auf dem Feld spritzte eine Frau irgendwelche Chemikalien über die Zuckerrüben.

»Und kam in Pantinen ein Junge daher, / so rief er: ›Junge, wist' 'ne Beer'?‹«

Mit der Reitgerte drohte der Alte dem Schulbus hinterher, der schaukelnd und holpernd aus der Kleinstadt ins Dorf fuhr. Der Krach im Bus mußte fürchterlich sein, er drang noch bis zu uns, eine Schulmappe flog durchs Fenster der gerade auf dem Fahrrad passierenden Postbotin gegen den Kopf, und ihre Beschimpfungen gingen im ohrenbetäubenden Lärm eines Kofferradios unter, den eine siebenjährige Jöre aus dem Fenster hielt.

»Und kam ein Mädel, so rief er: ›Lütt Dirn, / kumm man röwer, ick hebb' 'ne Birn!‹«

Ein Auto hielt drüben am Konsum, und der vornehm im Zweireiher mit Parteiabzeichen am Revers auftretende Bürokrat, denn das war ohne Zweifel einer, winkte uns lässig zu. »Einen schönen Tag!« zwitscherte er. »Ich komme eben mal zu Ihnen hinüber, Herr Ribbeck, haben Sie vielleicht für meine Kinder in der Hauptstadt ein paar Birnen?«

Der Alte machte kehrt und verschwand hinter dem Schattenmorellenbaum, ich hinter ihm her.

»So ging es viel Jahre, bis Lobesam / der von Ribbeck auf Ribbeck zu sterben kam«, deklamierte er mit finstrer Miene weiter. »Er fühlte sein Ende, 's war Herbsteszeit, / wieder lachten die Birnen weit und breit.«

Vom Feldweg her tutete es, und wir sahen, wie der Volkspolizist auf dem Motorrad vergeblich versuchte, den Traktor mit Jauchewagen zu überholen, bis er plötzlich ins Schwanken geriet und im Graben landete.

»Da sagte von Ribbeck: ›Ich scheide nun ab. / Legt mir eine Birne mit ins Grab‹! Und drei Tage drauf, aus dem Doppeldachhaus, / trugen von Ribbeck sie hinaus.« Auf dem Kirchhof drüben bei der Dorfkirche trugen Arbeiter lange Planken in die Ecke unweit des Dorfteiches, und wir konnten ihre Rufe hören. »Alle Bauern und Büdner mit Feiergesicht / sangen ›Jesus, meine Zuversicht‹, und die Kinder klagten, das Herze schwer: ›He is dod nu. Wer giwt uns nu 'ne Beer?‹« Die Musik aus dem fernen Kofferradio, der Hit um ein U-Boot, The Yellow Submarine, verklang gegen den Waldrand, und der Alte legte lauschend die Hände hinter die Ohren.

»So klagten die Kinder. Das war nicht recht, / ahh, sie kannten den alten Ribbeck schlecht, / der neue freilich, der knausert und spart, / hält Park und Birnbaum strenge verwahrt.«

Ein etwa Fünfundvierzigjähriger im Monteursoverall und ölverschmiert bis ins Gesicht überquerte die Dorfstraße zwischen dem Schuppen der Genossenschafts-Technik und dem Restgutshof, uns zurufend, das Essen sei fertig.

»Aber der alte, vorahnend schon / und voll Mißtraun gegen den eigenen Sohn, / der wußte genau, was damals er tat, / als um eine Birne ins Grab er bat.«

Ein dürres Fräulein, es konnte nur die verbliebene Pastorentochter sein, betrat die Kirche, und nun läutete es vom Kirchturm, wenn auch dünn, schwach und wie im Widerstand gegen den Zeitgeist, der überall, auf Lastwagen, Mähdreschern, Mopeds, im Linienbus und im über uns dahindonnernden giftsprühenden Agrarflieger gegen Reste von Stille anritt.

»Und im dritten Jahr, aus dem stillen Haus / ein Birnbaumsprößling sproß heraus.... Und kommt ein Jung' übern Kirchhof her, / so flüstert's im Baume: ›Wiste 'ne Beer?‹ / Und kommt ein Mädel, so flüstert's: ›Lütt Dirn, / kumm man röwer, ick gew' di 'ne Birn.‹«

Nun war es ruhig im Dorf geworden. Weit hinten auf dem Bahndamm rauschte ein Güterzug von der Stadt fort und ein Schnellzug in Richtung Stadt, die unterhalb des Horizonts lauerte.

»So spendet Segen noch immer die Hand / des von Ribbeck auf Ribbeck im Havelland.«

Nach dem Mittagessen machte ich mich wieder auf den Weg. Der Park mit uralten Eichen. Ein Hain, eine Schonung, winzig die Kiefernsetzlinge. Am Ortsrand verfallene Ställe, verwilderte Obstgärten, brachliegende Äcker, auf denen Unkraut gedieh oder Unkraut wucherte, Disteln und Mohn und geknickte Sonnenblumen. Nach Osten hin aufwirbelnder Staub, Qualm, violette Rauchfahnen und Abgase. Ich geriet in den frühen Abend, und im Abgrund der breiten Dunkelheit erglühte rötlich die alte und die neue City, metallischer Kern mit warmer Schale, der Mark.

Und dann kam ich zum Stechlinsee.

»Wie still er da liegt.«

Fóntan hatte sich wieder zu mir gesellt, und wir waren in einer Forstkutsche durch den Wald hierher gefahren. Nur wenige Menschen, keine Autos oder Lastkraftwagen, Motorbootfahren war streng untersagt, einige Segler kreuzten zwischen den Ufern, und Ruderkähne wippten auf dem spiegelblanken Wasser. Zeitenferne Ruhe. Zwei Grad wärmer als einst solle der Stechlin sein, bemerkte Fóntan und schaute mich vielsagend an. Unweit, in der Menzer Forst, führte er mich zu einer der landesüblichen Datschen, wo wir Professor N. trafen. Er wies mit dem Zeigefinger durch das Fenster auf einen hohen, turmartigen Schornstein. Ob wir wüßten, was dort liege.

»Das Rheinsberger Atomkraftwerk ist eine der möglichen Antworten auf gewisse Existenznöte der Menschheit«, erklärte er uns und schenkte Märkischen Kräuterlikör ein. »Diese Nöte gab es immer, was auch die Freiheit des Menschen ausmacht, das ganze bleibt ja in steter dialektischer Bewegung! An einem bestimmten Bewegungspunkt setzt das neue wissenschaftliche Denken ein. Der Stechlin liefert uns an einem ruhigen Ort Wasser, und das brauchen wir. Katastrophen gab es ebenfalls immer, dagegen bauen wir vor, ohne absolut sicher zu sein. Das ist ja die Crux der Dialektik! Wir gehen gegen die Not an und schaffen unter Umständen neue Nöte, aber was sollen wir tun? Jeder Staat, der die Zeit nicht erkannt hat, fällt hoffnungslos zurück. Und jedes Malheur, das uns zustoßen kann, bleibt stets weniger schlimm, als nichts getan zu haben, was das schlimmste scheint. Wobei wir unser menschliches Anliegen niemals vergessen, im Gegensatz zu Ihnen vielleicht«, wobei er mich anblickte, »der Sie womöglich an ganz andres denken, wenn ich mich nicht irre!«

Seine Frau, eine kecke Kunstblondine, servierte belegte Brötchen.

»Natürlich immer wieder zweifeln«, fuhr Professor N. leidenschaftlich fort. »Denn das heißt Dialektik! Dabei gibt es Grenzen des Zweifels, auch wiederum dialektisch gesehn. Endlich tauchten die Grenzen von Grenzen auf, dahinter gibt es etwas andres, weder Zweifel noch Gewißheit, was wir noch gar nicht kennen können, und so weiter ad infinitum!« Brötchen, Kräuterlikör, auch die Kunstblondine – im Geiste – verzehrt, und draußen schimpfte ich auf den Karrieristen. Nein, widersprach Fóntan, ein unglücklicher Mensch, der aus Not Tugend machen wolle!

»Sehn Sie mal, dort drüben!«

Auf die Balken eines Bauernhauses in Neuglobsow am Stechlinsee hatte der Besitzer vor Zeiten in bunten Lettern einen Spruch gemalt.

»Vor Wederslag und Kriegsgebrus, Bewahr du leiwer Gott dit Hus. Lat Füersnot voröbergahn, so as dat steiht, so lat dat stahn!« las Fóntan vor und blickte über den Wald hinweg in Richtung des Atomkraftwerks. Er hatte darauf bestanden, noch Neuruppin zu besuchen, und nun standen wir vor der Löwen-Apotheke an der Hauptstraße, die jetzt Karl-Marx-Straße hieß. Ja, meinte er, dies sei seine Zeit, Bismarck und Marx, sozusagen *Bismarx*! Gelbockern frisch verputzt das stattliche, stuckierte Bürgerhaus mit zwei großen Schaufensterscheiben zu Seiten der Tür, über der sich der Stucklöwe streckte. Fóntan zog mich in den Eingang zum Hausflur. Marmorfußboden, Biedermeierallegorien an den Wänden, dunkelbraune, schwere Wohnungstüren. Die Wendeltreppe hoch. Eine Tür mit Messingklingelknopf. *Calov* stand an dem Namensschild. Ich klingelte. Eine ruhige, leise, gebückte Dame öffnete, Frau Calov. Eine Privatwohnung, kein Museum, Familienmöbel aus dem Biedermeier, stilvolles Dekor, Eintritt ins frühe neunzehnte Jahrhundert. Vorn im Zimmer zur Straße sagte die ruhige, leise Dame: »Und hier ist Fontane geboren.«

Fóntan schien überrascht, das habe er sich ganz anders vorgestellt.

Stuckengel unter der Decke, Stuckfries, Flügel, Sofa und frische Schnittblumen. Seit neunzehnhundertzwei sei das Haus im Besitz der Calovs, einer Arztfamilie. Im Mittelzimmer ein Majolika-Kachelofen, Liebermanns Fontane-Porträt, alte Radierungen, im Flur historische Apothekergeräte, ein Phosphorlatwergel-Tiegel, in dem schon der Vater braute.

»Ist er denn hier auch gestorben?« fragte Fóntan, doch ohne die Antwort abzuwarten, schob er mich vor sich her hinaus und die Treppe hinunter. Plötzlich hatte er es eilig, ein Auto wartete auf uns, wir verließen Neuruppin in Richtung Süden, unterhielten uns, nickten ein und wurden vom Chauffeur geweckt, der uns erklärte, wir seien da.

Ein enger Gang zwischen Mietskasernen, der auf einen Friedhof führte, wie Fóntan erläuterte.

»Ein Glück«, sagte er, »daß die Mauer nicht mehr steht, denn damals zur Zeit der Mauer, die ja genau am Friedhofsrand entlangführte, konnte man ja nicht 'rauf!«

Er war noch im Königreich geboren und im Kaiserreich alt geworden, während unsereiner noch im Kaiserreich konzipiert worden war, aber in einer Republik geboren wurde, im Landkreis Teltow der Provinz Brandenburg von Preußen im Entbindungsheim des Dorfes Lichterfelde, das dann zum neu gebildeten Groß-Berlin geschlagen wurde, Hauptstadt der Weimarer Republik, die ins Dritte Reich überging, nach dessen Untergang in Lichterfelder Kasernen, die jetzt McNair Barracks hießen, GI's lagen, während im Landkreis Teltow der Iwan Quartier machte und aus einer Zone ein staatliches Zufallsprodukt entstand mit einer halben Ex-Hauptstadt plus Resten Pommerns, Schlesiens, der Mark und plus Sachsen, ihm gegenüber die andre Hälfte der Ex-Hauptstadt mit der Bezeichnung Besondere Politische Einheit Berlin (W), ihrerseits halb und halb zugehörig zu dem Torso einer sogenannten Bundesrepublik, so daß wir, politisch zerstückkelt und gelähmt, politisch dahinvegetierten im Zeichen begrenzter Souveränität, eines fehlenden Friedensvertrages, eines nach wie vor gültigen Besatzungsstatuts und fremder Armeen zwischen Oder und Rhein, deren Soldaten dort »Freunde« und hier Vertreter der »Schutzmacht« hießen.

»Ja und wie ist die Mauer dann eigentlich gefallen?« fragte Fóntan, als wir den Friedhof erreichten.

»Wie das eben so geht«, sagte ich. »Weltraumflug, Atomkraftwerke, Ölbohrungen im Meer, so viel veränderte sich, und nur die armselige Mark Brandenburg sollte bleiben, wie sie war? Gewiß, düstere Wälder, karge Flecken, niedriger Himmel über Sumpf und Sand, alles schön und gut, der Charme des Simplen, man lernt ja hier erst wieder richtig sehen –«

»Und der Humor der Leute!« warf Fóntan ein. »Vater und Sohn im Grunewald unterwegs, und der Steppke fragt: ›Vata, ham Brombeern Beene?‹ Der Vater sagt nee, und der Steppke: ›Na dann wart'n Mistkäfer!‹«

»Das schwermütige Pfeifen letzter Bussarde«, fuhr ich fort, »die Idylle, aber immer die ewigen Kartoffeln und die Braunkohle? Nun, der Kommunismus war an seinem Fortschrittsglauben zugrunde gegangen, der Kapitalismus an zuviel Freiheit, dort Hunger, hier Chaos, und es hatte keinen andren Ausweg mehr gegeben, als Asien und Europa, sowieso ein einziger Erdteil politisch zusammenzulegen. Jenseits von Diktatur und Demokratie, von Atheismus und Religiosität, auch dies nur Begriffe, entstand die FEU, die Föderative Eurasische Union als einzig gangbarer letzter Weg. Und nur aus dem einen Grund, seiner vermittelnden Lage wegen zwischen Turkvölkern und Slawen des Ostens und Germanen und Romanen des Westens, hatte man die neue eurasische Hauptstadt, die der FEU, hierher verlegt, und zwar in ein typisches Mischgebiet zwischen Oder und Weichsel, nach Birnbaum oder Miedzychod, können Sie sich das vorstellen? In den berüchtigten zwanziger Jahren soll der Rechtsanwalt Kurz am Kurfürstendamm bei Mampe erklärt haben, er habe solche Sehnsucht nach Birnbaum, dem ›Weimar des Ostens‹! Birnbaum-Miedzychod sozusagen das Weimar Eurasiens, welch unvergleichlicher Geniestreich! Jedenfalls war nun die armselige Mark Brandenburg zum Zentrum eines riesigen Erdteils avanciert, und Birnbaum-Miedzychod die unvergleichliche, ebenso romantische wie progressive Metropole!«

Aha, meinte Fóntan und nickte vor sich hin, fast hätte er sich diesen elegischen Ausgang der Geschichte denken können! Jedenfalls befänden wir uns jetzt, erklärte er, unweit der Chausseestraße kurz vor dem ehemaligen Sektorenübergang an der Pflugstraße, und dies hier sei der alte Französisch Reformierte Gemeindefriedhof. Dort vorn ehemals die Mauer, drüben die Liesenstraße, der Gottesacker sei der Mauer wegen lange gesperrt gewesen, aber nun in der Föderativen Eurasischen Union, wieso sollte er da noch unzugänglich sein? Wir traten durch ein Gatter, liefen an einem Schuppen vorbei, an den ein Zettel geheftet worden war mit handgeschriebenen Informationen: »Öffnungszeiten Dienstag, Freitag und Sonntag«. Heute war Montag, doch wir passierten unauffällig und stießen vorn auf ein ganz einfaches, normales Reihengrab, efeuüberwachsen, mit einem neueren Stein, der sich in nichts von den meisten andren Denkmalen unterschied. »Hoffentlich«, bemerkte Fóntan und schaute sich um, »kommt nicht mal irgendein Kulturbürokrat auf die Idee, hier eine pompöse Gedächtnisstätte einzurichten! Die Sache fing ja sowieso kurios und menschlich genug an, haben Sie davon gehört?«

Ich hob die Arme.

»Das Begräbnis fand an einem Sonnabend statt, im Herbst, das genaue Datum ist mir entfallen –«

»Der 24. September«, sagte ich. Er blickte mich an. »Woher wissen Sie dann das? Ach ja richtig, Sie sind ja der Leichenspezialist! Jedenfalls, es war kurz vor der Jahrhundertwende, und es hatten sich überraschend, ja verwirrend viele Leute eingefunden, viele hundert, glaube ich. Auch die Kapelle war brechend voll. Kurz nach elf, eine Kirchleinuhr drüben in Wedding hatte gerade geschlagen, der übliche Rummel, Sie wissen ja, wie Ihr Freund einmal gesagt hat, der Haut- und Geschlechtsarzt mit den ganz hübschen Expressionsversen ›Trubel im Haus und Trauer im Herzen‹, blumenüberhäufter Sarg, die Familie, dazu falsche Freunde und Wichtigtuer, die einen Dichter nie angeguckt hatten, und plötzlich steht da ein Herr mit glänzenden Orden, wie ich keinen besaß, hält einen wunderbaren Kranz in der Hand, aber kommt durch das Gedränge nicht durch! ... Wurde auch nicht weiter beachtet, schrieb der Berliner Börsen-Courier, sagt aber, ebenso bescheiden wie freundlich und bestimmt, er müsse in die Kapelle rein. Nun bleibt dies bei einer solchen Affaire, immerhin die einzig demokratische unsrer Weltenordnung, vor *dem* Gevatter sind wir alle gleich, etwas durchaus Gewagtes, sich vordrängeln zu wollen, und meine Berliner und Märker gaben das dem vornehmen Menschen zu verstehn, der schließlich als ein Herr von Lucanus identifiziert wurde, Chef des Civilcabinetts von Allerhöchstdemselben. Was denn! denkt da manch ein Rezensent neidisch, ein letzter Gruß vom Adel, der doch den Verblichenen immer von oben herab behandelt und dem der Verblichene keinerlei Kritik erspart hatte? ›Mit dem Kranz muß ich rein‹, erklärt da von Lucanus und duldet keinen Widerspruch, ›er kommt von Majestät!‹ Von ihm, vom Kaiser selber? Eine Gasse bildet sich, und Herr von Lucanus legt das Gebinde dort ab, wo es hingehört. ›Nun, o Unsterblichkeit‹?«

Während sich Fóntan abwandte und Gräber anderer bekannter oder vergessener Leute besuchte, etwa die des Hoteliers Adlon und des Historikers Savigny auf dem benachbarten Gottesacker der Hedwigsgemeinde, deren Kirche hinter der Staatsoper Unter den Linden stand, las ich die Beschriftung des Steins.

Oberhalb des Namens der Ehefrau, Emilie, war eingemeißelt: »Theodor Fontane / 30. 12. 1819 / 20. 9. 1898«.

Ob denn wenigstens die Daten gestimmt hätten, fragte Fóntan, als wir uns am Gatter wiedertrafen. Drüben hart neben der Friedhofsmauer donnerte die Stadt- oder Nordsüdbahn in Richtung Humboldthain, Gesundbrunnen, Schönholz und Frohnau, wo man weiterkonnte über Velten und Kremmen bis Neuruppin und, wer wollte, an die Ostsee. Gelobt dies neue Imperium, die Föderative Eurasische Union, die FEU! Und um diese zu feiern, begaben wir uns ins Stadtzentrum Friedrich-, Ecke Behrenstraße ins nun schon von Patina bedeckte Grand Hotel, das damals nach seiner Eröffnung gradezu sensationell gewirkt hatte in Ost und West, der schier größenwahnsinnige Prunkbau in einer eher doch heruntergekommenen Kapitale eines durch den Realsozialismus zugrunde gewirtschafteten märkisch-sächsischen »Arbeiter- und Bauernstaats«.

»Das Grand Hotel«, bemerkte Fóntan im Foyer, »hat mich immer an Schloß Neuschwanstein dieses geisteskranken Bayernkönigs erinnert, der durch Freitod im Starnberger See endete. Und auch dieselbe Kulisse wie bei Wagner, den er förderte!«

Er wies auf die schimmernd lilafarbene Glaskuppel des von Marmorsäulen, Galerien, Freitreppe pompös aufgelockerten Empfangsraums. Barock und majestätisch die Atmosphäre, dachte ich, mein lieber alter Bismarck oder Fontane, wo ist da eure Bescheidenheit geblieben?

Im Kaminzimmer vor flackernden Scheiten, es war ein Sommerabend, und unter exotischen Hirschgeweihen kredenzte uns ein befrackter Ober einen Manhattan-Cocktail. Irgendwo begann eine Orgel zu spielen. Fóntan tippte auf die Ouvertüre zur »Götterdämmerung«, ich dagegen auf die »Lustige Witwe«. Die Speisekarte im Restaurant offerierte Spreewald-Forelle, Bier aus dem Stammhaus Kindl, Schusterjungen mit Griebenschmalz, Spargel mit Kaviarschaum, Knupperkirschen aus Werder und

Erdbeeren aus Caputh, übergossen mit Wodka. Orchideen auf dem Tisch, Gerüche nach Musik oder Incense-Räucherkerzen, und die wunderbarsten Stines mit weißen Schleifchen über wakkelndem Popo streiften beim Servieren unsere Ärmel. In der Bar genossen wir unsren Mitternachtstrunk, Luckenwalder Magenbitter. Das Grand Hotel schien leer, ein Pianist stimmte dezent an *Wenn der weiße Flieder wieder blüht.* Das Café Bauer war als Intim-Raum nachgebildet worden, wo wir endlich meiner geliebten Hebe aus dem Hotel Cecilienhof bei Potsdam begegneten, Petra. Sie war, über Aushilfskellnerin und Bardame, zur Empfangschefin des Grand Hotels aufgestiegen und inspizierte nur eben einmal in mitternächtlicher Stunde die einzelnen Lokalitäten. Wenn ich zuvor irgendwo gesagt hatte, ich hätte Petra nach meinem Cecilienhof-Aufenthalt nicht wiedergesehen, nun, ein Rest Zweifel blieb mir im Grand Hotel wirklich, ob Empfangschefin und Cecilienhofhebe ein und dieselbe Person waren, zumal Petra tat, als kenne sie mich nicht. Und so ließen wir es bei einem kühlen Kopfnicken bewenden.

»Kannten Sie die?« fragte Fóntan, als wir uns für die Nacht trennten. »Ja«, seufzte er, »dies ist unsere geliebte Mark! Alles ist, wie es war, und doch ist alles anders, als es war!«

Am nächsten Morgen fuhr uns ein schwarzlivrierter Mietchauffeur zum Hauptbahnhof. »Hat man nun auch hier einen ›Hauptbahnhof‹ wie jedes Käsekaff?« Fóntan schien konsterniert. »Anfangs, vor hundert oder zehnhundert Jahren, hieß dies Frankfurter Bahnhof. 's ist lange her, dann Niederschlesischer und, in Ihrer Jugend wohl, Schlesischer –«

»Das hat man dann umgetauft«, sagte ich, »weil Schlesien am Ende des Zweiten Weltkriegs verlorenging, und Ostbahnhof, weil –«

»Jedenfalls geht's nun hier los!« Fóntan nickte begeistert, als aus Paris kommend, der alte, wiederaufgemöbelte Orientexpreß einlief, in dem er allein seine Nostalgietour unternehmen wollte in die Hauptstadt der Föderativen Eurasischen Union, Birnbaum-Miedzychod, von wo aus er, nach einem Zwischenaufenthalt, weiterfahren würde über Warschau und Moskau ans Chinesische Meer: zwölf Tage Sentimental Journey inklusive Vollpension für rund fünftausend eurasischer Mark.

»Wer wollte«, seufzte Fóntan, »da nicht mitkommen wollen! Eine solche Reise, Himmel, welch ein weites Feld!« Der Expreß ruckte an, und solange ich Fóntan am Fenster stehen sah, aufrecht und regungslos, ohne die Hand zu heben, winkte ich ihm nach, bis der Zug in Qualm und Dunst der alten und neuen Stadt wie eine ferne Ahnung von Kindheit und Zukunft verschwand.

18. Gesang

Zufällige Anteilnahme

Ich hatte ihm versprochen, die Fuchsien auf einem bestimmten Hügel zu gießen, was ich im Laufe des Vormittags tat. Ich geriet in eine Beerdigung, viele Menschen waren auf dem Friedhof; es gab Musik und tröstliche Sprüche, aller Zank und alles Böse schien vergessen, sogar das Sterben, und beim Hinausgehen fand ich mich neben einem Herrn, dem ich mein Beileid ausdrückte. Und auch an der Trauerfeier im Gasthof nahm ich teil, es gab Kaffee und Streuselkuchen, anschließend Pflaumenschnaps für die Männer und einen leichten, trocknen Vermouth für die Damen. Der Herr, dem ich mein Beileid ausgedrückt hatte, setzte sich neben mich.

»Sie kommen mir bekannt vor«, sagte er leise, »aber ich weiß nicht genau, woher. Kannten Sie meine Tochter?« Er machte eine Handbewegung in Richtung des Friedhofs.

»Ich war ihr Freund«, gab ich zur Antwort und schaute zu Boden.

Nun war er es, der mir die Hand drückte. »Sie war ein gutes Kind.« Andere Trauergäste erzählten von ihr, man reichte Fotos herum, Andenken wie Locken und Schmuck, auch vergilbte Briefe, unter denen sich einige von ihrem Freund befanden. Alles blickte mich an. »Ja«, meinte die Mutter, »Stine hat mir von ihm erzählt, er ist es.« Und ich verliebte mich in das Mädchen und lief zu ihrem Grab, um zu trauern.

Das Kleingedruckte

das sowieso niemand liest
oder

Statt eines Nachworts

Letzter Gesang

In Sachen Franz Fühmann

Dies ist ein neues Buch zu dem alten Thema.

Mancher mag sich erinnern, daß in den sechziger und siebziger Jahren die Reportagen *Ein Yankee in der Mark. Wanderungen nach Fontane* Aufsehen erregten, weil sie erstmals nach dem Krieg die nähere und die weitere Umgebung der Ex-Reichshauptstadt in die zögernde Erinnerung zurückriefen. Ein im Westen lebender Schriftsteller, eben aus Amerika heimgekehrt, war dem Aufbau-Verlag, Berlin und Weimar, durch seine Satiren auf gewisse politische Restaurationen in der Bundesrepublik aufgefallen, und er erhielt bald nach dem Mauerbau die ebenso überraschende wie reizvolle Einladung zu erkunden, was sich aus dem vorigen Jahrhundert in der Mark Brandenburg erhalten und inwiefern sie sich verändert hatte. Mitsamt amerikanischer Frau und den Kindern, denen all dies unbekannt war, pilgerte er zu den Stätten von Kindheit und Jugend zurück. Deutschland, wie es einst gewesen: Hatten die Dörfer, Kleinstädte, Klöster, die Wälder, Seen, Sümpfe und die Heide nicht sehr viel mehr davon bewahrt als die entsprechenden Gegen-Lokalitäten der Wirtschaftswunderrepublik? Die Reportagen erschienen 1969 gleichzeitig im Aufbau-Verlag und im Limes-Verlag, Wiesbaden, zu dem einst der väterliche Freund Gottfried Benn, auch er Märker, die Brücken geschlagen hatte. Im Westen wurde der Band zwar ein Erfolg bei der Kritik, doch im Osten ein Bestseller und vielfach aufgelegt. Dort sah man sich an Einstiges gemahnt, hier wurden die Leser mit einer ihnen abhandengekommenen Despektierlichkeit und mit unbekannten Namen konfrontiert.

Seitdem ist ein Menschenalter vergangen. Man hatte dann ein Weilchen in der Deutschen Demokratischen Republik gelebt, war gescheitert und wohnt jetzt an der Unterelbe in einer Straße, die ausgerechnet Spreestraße heißt. Die Mark Brandenburg, über Mode oder Aktualität hinaus erneut darzustellen, reizte, und deswegen nun dieser Roman, der einer und der keiner ist. Die Substanz jenes frühen Buches blieb erhalten, doch die Struktur ist neu: Doppelung der Mark selber, wo alles ist, wie es war, und wo alles anders ist, als es war. Bildnis einer deutschen Landschaft: ein bißchen Ewigkeit in der als Streusandbüchse des Heiligen Römischen Reiches Deutscher Nation verrufenen Natur. Inzwischen ist Franz Fühmann gestorben. In einer alten Mappe mit Arbeitsmaterialien fand sich ein Vorankündigungsprospekt des Aufbau-Verlags von 1968. »1969 erscheinen: Franz Fühmann / Joachim Seyppel, Auf den Spuren Fontanes. Etwa 384 Seiten, Ganzleinen etwa 7,80 M. Was hat sich in den letzten achtzig bis hundert Jahren – vor allem aber in den vergangenen zwei Jahrzehnten – verändert? Diese Frage beschäftigte die beiden Autoren, als sie sich auf Fontanes Spuren begaben ... Die zwei verschiedenen Sichten, aus denen das Buch geschrieben ist, machen es interessant und geben ihm einen besonderen Reiz.« Aber es erschien dann ohne Franz Fühmanns Beiträge.

Fühmann, 1922 in Rochlitz/Rokytnice in der Tschechoslowakei geboren, »Sohn eines Apothekers, wuchs in einer Atmosphäre von Kleinbürgertum und Faschismus auf und wurde als Oberschüler zum Kriegsdienst eingezogen«, heißt es in Meyers Taschenlexikon Schriftsteller der DDR (Leipzig 1974), das merkwürdigerweise die Besetzung der ČSSR und die Annexion der Sudeten durch das Deutsche Reich ausklammert. »1942 veröffentlichte er erste Gedichte«, und die sowjetische Kriegsgefangenschaft »wurde zum Wendepunkt seines Lebens«. 1949 kehrte er zurück, lebte in Berlin-Ost, publizierte Gedichte, Reportagen, Erzählungen und erhielt schon 1957 die höchste

Auszeichnung, den Nationalpreis. Und bald darauf lernten wir uns kennen.

Zwei sehr verschiedene Lebensläufe, er das ehemalige Hitler-Jugend-Mitglied oder, wie es Peter Demetz formulierte, der »ratlose Hitlersoldat der DDR-Literatur«, unsereiner wegen »Wehrkraftzersetzung« verurteilt, doch beide nach Osten in den Krieg gezogen und beide in Gefangenschaft geraten. Bei den Gesprächsrunden des Aufbau-Verlags an jedem ersten Donnerstag des Monats im Becher-Club oder im Künstlerlokal Möwe tauschten wir Erinnerungen aus, Meinungen, Zukunftsvisionen. Herrliche Abende, dies, vortragende Gäste, Professoren, Funktionäre, Theaterleute sprachen zu aktuellen Themen, und die versammelten Autoren nebst Ehefrauen oder Freundinnen, Lektoren, Kritikern, Verlagsleitung zogen dann vom Leder, ohne jede Scheu. Günter Kunert zerfetzte, damals schon, die Fortschrittsgläubigkeit der Partei. Der in Ungnade gefallene Heiner Müller glänzte durch leise, spitze Bemerkungen. Noch war seine Frau dabei, Inge Müller, vom Kokain gezeichnet, sie wählte 1966 den Freitod. Christa und Gerhart Wolf, Volker Braun, Peter Hacks, die beiden Strittmatter, Helga Schütz, Kurt Bartsch, Wieland Herzfelde, Piltschmann aus Rostock, Fred und Maxi Wander, Jurek Becker, Irmtraut Morgner, Margarete Neumann, Paul Wiens, einmal auch Anna Seghers, manch einer, der heute im Westen lebt, wie Sarah Kirsch, Creme der DDR-Literatur, damals. Unsereiner nebst amerikanischer Ehefrau – Jeannette Lander, selber inzwischen eine bekannte Autorin im Westen geworden – als einzige »von drüben« dabei. Einmal fragte ich Hermann Kant, weshalb er nie komme, und er: »Was soll ich da?« Der Leiter des Lektorats für gegenwärtige Literatur dabei, Günter Caspar, ich denke nach wie vor an ihn als Freund. Die geliebte Lektorin, Ilse Hörning. Etwa fünfzig Jahre lang war man eine der fleißigsten Besucher dieses Jour fixe, bis 1979. Kein Zweifel, daß diese Donnerstagabende in diesem Zeitraum jene Öffnungen und jene Unruhe mit vorbereiteten, die dann zur Krise um Wolf Biermanns Ausbürgerung führten, zu dem Ausschluß vieler namhafter Mitglieder des Schriftstellerverbands, zu Dissidententum und zu »Auswanderung« oder Ausbürgerung der Bernd Jentzsch, Klaus Schlesinger, Erich Loest, Karl-Heinz Jacobs, der vielen andren, die diese Literatur zu mehr als innerdeutscher Geltung geführt hatten. Ist der Zorn verraucht, sollen wir sagen, Schwamm drüber, müssen wir nicht über unsren eigenen Schatten springen können?

Franz Fühmann besaß eine Datsche bei Königs Wusterhausen und eine Wohnung am Strausberger Platz, wenige Minuten von meiner am Prenzlauer Berg entfernt, wir tranken, aßen, diskutierten, stritten, beide nicht eben kleine Säufer vor dem Herrn, *damals* dann kam die Krise, Fühmann entzog sich, kehrte bei sich selber ein. Eines Donnerstagabends am kalten Buffet des Künstlerlokals Möwe zog er mich beiseite und sagte leise: »Ich kann nicht mehr.« Er war nicht mehr davon überzeugt, die Wahrheit schreiben zu dürfen. Enttäuscht schrieb ich ihm einen Brief, der das Unbehagen an der Situation nicht verhehlte. Schließlich hatten wir beide den Vertrag unterzeichnet, Vorschüsse und Reisestipendien erhalten und schon erste Probeseiten eingereicht. Er fand den Brief »nobel« und kündigte den Vertrag auf, riet mir freilich weiterzumachen. So verfaßte unsereiner die zwei Hälften des Buches allein. Schlechten Gewissens? Konnte Fühmanns Aufforderung nicht als Test gemeint sein? Nahm er nun nicht jene Isolierung auf sich, die unsereiner im untergegangenen Reich erfahren hatte, schloß unsereiner nicht jetzt jenen Kompromiß mit der Macht, den er damals geschlossen hatte, er mit Hitler, unsereiner mit Stalin oder dessen Epigonen? Stand ich dann nicht, nach Erscheinen des Buches, bei einem Empfang zum Gedenken des hundertsten Geburtstags von Heinrich Mann in der Staatsoper vor dem Politbüromitglied Albert Norden, der die Reportagen »aufmerksam« gelesen haben wollte und über den ich dann erfuhr, daß er als Redakteur der *Roten Fahne*, Berlin (des Zentralorgans der KPD) 1930 den Selbstmord Majkowskijs in Moskau als Resultat des »Abgrunds zwischen dem gigantischen Werk des planmäßigen sozialistischen Aufbaus des sowjetrussischen Proletariats und den artistischen, lebensfremden Ideen Majakowskijs« hatte diffamieren lassen: als Weg »vieler haltloser Nihilisten und kleinbürgerlicher Nachtwandler der Poesie«, als »Flucht aus dem Dasein überhaupt« ... Stand auch vor Lotte Ulbricht (*er* just auf Auslandsreise), die meinte, als ich von der »Bürokratie« sprach: »Bürokratie? Wir haben keine!« War nicht Franz Fühmann *nobel* gewesen? Und warf er nicht seinen Schatten über das Buch, das ich verfaßt hatte, schwebte nicht sein Schatten über jeder Zeile, hatte unsereiner nicht gegen Fühmann angeschrieben die ganze lange Zeit? Man lese das Buch nach, wieweit sagte man die Wahrheit, inwiefern stellte man sie zwischen die Zeilen oder verschwieg oder verfälschte sie? Jedenfalls ist nun erstmals die Geschichte der Entstehung jenes Bestsellers enthüllt. Und wenn es keinen andren Grund gab, nochmals ein Buch über die Mark zu schreiben, dies war einer.

Franz Fühmann war in Berlin Ost der als Auffangbecken kleiner Nationalsozialisten gegründeten National Demokratischen Partei Deutschlands (NDPD) beigetreten, »Blockpartei« neben der SED, und er fungierte in deren Vorstand. Nach dem Heinrich-Mann-Preis der Ostberliner Akademie erhielt er unter anderem in München den Geschwister-Scholl-Preis, ein Preis gestiftet in Erinnerung an Widerstand gegen Nationalsozialismus und Hinrichtung; ich weiß nicht, ob gerade diese Auszeichnung die richtige war, eher wäre Fühmann eine andere zu gönnen gewesen, etwa der Fontane-Preis. Zum offenen Bruch mit den Mächtigen kam es aus Anlaß der Ausbürgerung Biermanns. Freilich behielt er seinen Ostberliner Wohnsitz. Widmete sich Neuerzählungen von Mythen und Märchen. Wurde jüngeren Kollegen ein wichtiger Helfer. Ein im Äußeren eher grobschlächtiger Typus von empfindlicher Gemütsart, mochte Fühmann tatsächlich etwas von der rauhen Schale und dem weichen Kern des Märkers haben. Vom Habitus her war er mir nicht unbedingt sympathisch, er begegnete mir mit Mißtrauen, und den Verlockungen von Karriere, Rausch, Eitelkeiten schicken Außenseitertums widerstanden wir nur bedingt. Wurden wir eigentlich Freunde? Aus Gründen schließlich, die geheim bleiben, seien dem Mitwanderer, Kollegen und Verweigerer diese Zeilen gewidmet.

In memoriam Franz Fühmann.

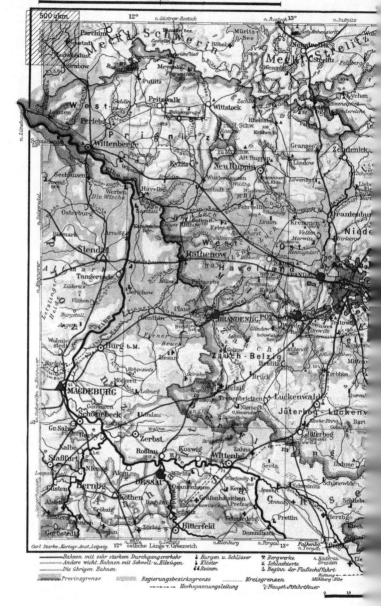

Mark Brandenburg

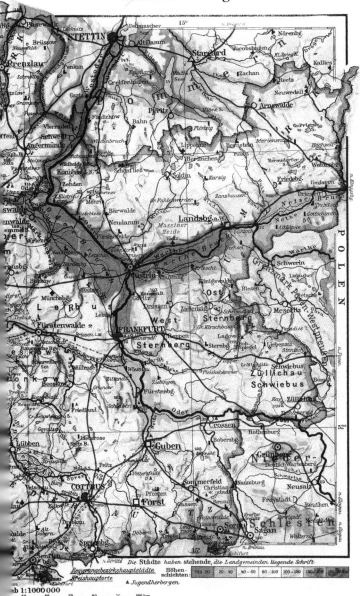

Hinweise

Theodor-Fontane-Zitate nach Werke, Wanderungen durch die Mark Brandenburg, Hanser-Verlag, München 1987 (3. Auflage). Zum Franz-Kafka-Kapitel, 13. Gesang, vgl. insbesondere die Erzählung *Kafka in Steglitz* von Gustav Janouch in: Die Diagonale, Zeitschrift für Dichtung und Kritik, hg. M. Cantwell, H.-K. Konheiser, Michael Krüger, 2/1966.

*Bitte beachten Sie
folgende Seiten*

Joachim Seyppel
LESSER URY

Der Maler der alten City
Leben – Kunst – Wirkung
Eine Monographie

230 Seiten und 16 Tafeln, 14 x 21 cm
Leinen DM 44,–
ISBN 3-7861-1510-9

Schimmernde Großstadtnacht, nasser Asphalt – das sind die gängigen Assoziationen, wenn der Name Lesser Ury fällt. Aus Birnbaum (damals Provinz Posen) war der junge Ury nach Berlin gekommen. In Düsseldorf und Brüssel studierte er Malerei, in Paris lernte er viel dazu, bevor er nach Aufenthalten in Flandern, Berlin und München sich in der Reichshauptstadt 1887 endgültig niederließ. Scheu, seine Herkunft vertuschend, ungebunden, in bescheidensten Verhältnissen lebend, gehört er zu den leidenschaftlichsten Malern um die Jahrhundertwende.

Liebermann, gleich ihm Jude, hatte Sorge, daß Ury besser sein könne als er selbst – also sorgte der einflußreiche Mann dafür, daß der »Nebenbuhler« nicht zu groß wurde. Ury hat darunter gelitten, auch wenn alle bedeutenden Galerien in Berlin seine Werke ausstellten. Der glänzende Kolorist hatte große Erfolge – aber gegen den Strom zu schwimmen machte auch ihn mürbe.

Sein Werk ist groß an Zahl. Wo Gemälde, Pastelle, Aquarelle von ihm im Kunsthandel auftauchen, erzielen sie hohe Preise. Dennoch gehört er zu den »vergessenen« Künstlern aus Berlins aufregender Zeit der Sezession.

Joachim Seyppel legt mit diesem Buch die erste, sorgfältig recherchierte Biographie des beliebten Malers vor: wissenschaftlich fundiert, lesbar wie ein Roman, Kunstgeschichte und Zeitmosaik in einem. Dazu ein aufürlicher Forschungsbericht, ein (erstes!) Werkverzeichnis, ausführliche Bibliographie und Register.

Gebr. Mann Verlag · Berlin

LIMES

JOACHIM SEYPPEL

EURYDIKE
oder
Die Grenzenlosigkeit des Balkans

Roman
256 Seiten, Leinen

Ich bin ein kaputter Typ

272 Seiten, Broschur

JOACHIM SEYPPEL/TATJANA RILSKY

Hinten, weit in der Türkei

Reisen und Leben
310 Seiten, Leinen

VITA SACKVILLE-WEST

ERLOSCHENES FEUER

Roman

Ein Leben lang hat sich Lady Slane untergeordnet und war nichts als ein Anhängsel ihres Mannes. Als er stirbt, ist sie achtundachtzig, und zum ersten Mal seit ihrer Heirat trifft sie eigene Entscheidungen.

». . . Es ist geradezu verblüffend zu sehen, mit welchen Feingefühl sich Victoria Sackville-West in jene Welt des Alters hineinfindet, in der alle Empfindungen im Zwielicht liegen.«
Renate Schostack

MAUDE HUTCHINS

GEORGIANA

Roman

Auf dem schmalen Grat zwischen Eros und Sexus balancierend, erzählt Maude Hutchins – ironisch und kapriziös – die Entwicklung eines jungen Mädchens zur Frau.

»Mit einer betörend weichen Prosa werden die scharfen und zarten, die schwierigen und fragwürdigen, die vernichtenden und bereichernden Sensationen der Liebe beschrieben.«
Frankfurter Allgemeine Zeitung